數之女王

川添 愛
Ai Kawazoe

人人出版

奇幻・冒險・數學概念推演——
從《數之女王》認識數學

洪萬生
臺灣數學史教育學會理事長

根據文類指標，本書除了冒險內容、奇幻情節的風格之外，最顯著的特色，莫過於作者也展現了數學小說的敘事書寫。我這篇推薦短文，就打算從這個面向切入，來分享我的閱讀心得。

首先，本書作者川添愛應該贊成我在此所做的分類。因為她在書末「解說」中，特別針對本書各章所提及的數學知識（或概念），提供了一個簡要的說明。項目依序如下：因數、質數、合數、質因數分解、過剩數、不足數、完全數、友愛數、費波那契數列、費馬小定理、偽質數、卡麥克爾數、質數生成方式、卡布列克數、三角數、循環數、梅森數、梅森質數、畢達哥拉斯質數、盧卡數列，以及考拉茲猜想。如果作者只是運用這些概念設計數學問題，然後在「做數學」脈絡中求解，那麼，這種「乾澀」的敘事大概無從引起我們的共鳴。相反地，作者試圖「從這些概念編織出實際的故事」。因此，本書敘事足以見證她的自白：「不要用其他東西來暗喻『數』，而是讓『數』以原本的樣子在故事中登場」。

這樣一來，數也變成了本書角色，依其概念自主（autonomy of concept）特性來推動情節的發展。因此，在閱讀這個十分吸引人的故事時，讀者絕對會不自覺地參與其中知識活動，從而對相關概念

萌生進一步探索的好奇心。由此看來，本書當然也有數學普及的功能。

　　現在，我要從本書引述一段情節，來印證川添愛的精彩敘事。她一開始就假設「數之女王是萬物之源，是母之數，是至高神」。其次，「母之數賦予每個『子民』一個數，那是生命本身，也是形塑生命形體的命運數。」後來，她又進一步補充：「不管是人類還是我們妖精，都由兩個身體組成。一個是眼睛看得到的『肉體』，另一個是由命運數形成的『數體』」。在本書中，王妃的武器「食數靈」吃的就是這個數體。由於「在肉體與數體交互作用下，生命才得以存在」，因此，「要是其中一個被破壞，另一個也會消失」。

　　本書將王妃的長男里夏爾特與養女娜婕的命運數設定成互為友愛數。友愛數（amicable number）是目前數學小說敘事的新寵，不過，在本書中，作者卻賦予了全新的詮釋，讓這個未解的數學難題（數學家迄今尚不知有多少個友愛數），有了非數學專家也可以敘說的「故事」，這是川添愛的創意，非常令人激賞！

　　由於受限於篇幅，我無法在此指出本書更多有關「數」的合理實作或論證。事實上，相較於其他的數學普及作品，本書數學角色扮演（或概念推演）還充斥著冒險與奇幻的效果，足見數學敘事的更多可能發揮空間。我要鄭重推薦本書，因為它針對數學角色的小說敘事，啟發我們認識數學更多的有趣面向。

主要登場人物

梅姆	鏡中妖精，妖精中的領導者。
基梅爾	妖精。體型高大，性格穩重。
達列特	妖精。基梅爾的表弟，體型高大。
加夫	妖精。梅姆的遠親，個性陽光正面。
扎伊	妖精。沉默寡言，性格謹慎。
娜婕	十三歲的少女。幼時失去雙親，成為王妃的養女。
王妃	梅爾森王國的王妃，據說她可以詛咒別人。
畢安卡	王妃的長女，是娜婕最愛的姊姊。八年前行蹤不明。
瑪蒂爾德	王妃的侍女，負責管理城內的藥草田與蜂屋。
里夏爾特	王妃的長男，性格殘忍。
拉姆迪克斯	年紀輕輕就享有盛名的詩人，據說是王妃的情人。
特萊亞	梅爾森城的衛兵隊長。
樂園長老	負責轉述神明意志的初代直系子孫。
塔尼亞	樂園長老的女兒。

目

次

梅姆現在十分焦慮。

他與同伴跟「外部世界」已經隔絕了好幾年。這個「工作室」的四周都是岩壁，天花板像裂開一個洞似的，有一面橢圓形的鏡子。這面鏡子是他們唯一能跟外界取得聯繫的管道。此刻沒有來自外部世界的「命令」，這個空間顯得特別寧靜，除了自己之外，同伴都在睡覺。在這個片刻，能什麼都不想，好好地放鬆休息。

大塊頭基梅爾與達列特和平常一樣，睡在凹凸不平的岩石上，鼾聲此起彼落。個性一絲不苟的扎伊在工作台一旁坐著入睡。個頭小的加夫則隨意橫躺在工作台上。

乍看之下和平常沒什麼兩樣。但梅姆絕不可能沒注意到同伴身上出現了異變的印記。

這是一種名為「命運數泡沫化」的現象。對於享有數百年壽命，身體強健的妖精來說，這是他們唯一會得到的「病」。原本這種病只會出現在年老將死的人身上，但這裡的空氣危害他們的健康，奪走他們的生命力。如果繼續待在這裡，不久後，他們全都會「泡沫化」而死。

──為什麼第一個得到這種病的會是最年輕的加夫呢？

梅姆無法接受。但眼前的加夫確實越來越衰弱。

到底是為什麼？他的工作並沒有比其他妖精更繁重。真要說起來，基梅爾與達列特的工作還比較累人，他們必須時常在「工作室」與《大書》之間往返，躲避神之使者的監視，從《大書》中找到目標「頁」，抄下「命運數的複本」。

如果過勞不是病因，那什麼是病因呢？不，比起原因，更該思考如何讓他痊癒才對。該怎麼做才能讓他痊癒呢？梅姆陷入深思。不巧的是，「鏡」開始發光了。「主人」──那個殘忍的女人再度現身。

──為了利用我們。

不知不覺中，外面的世界又過了一天。一日之始，也是那個女人最常下達指示的時候。為了完成「主人」的指示，梅姆必須盡快將「步驟」告訴同伴。因為這是他的「工作」。

　　梅姆心想，再這樣下去他們大概會越來越疲勞、衰弱，出現「命運數泡沫化」的症狀而死去吧。但即使如此，他們還是要聽從「主人」的命令。雖然他們不想，卻必須這麼做。

　　梅姆相當自責。為什麼在狀況還沒演變至此之前，沒有看穿那個女人的企圖呢？鏡子另一端傳來的眩目光芒，照耀著「工作室」跟同伴們。但那不是創造生命的光芒。與神聖之光截然不同，現在照著他們的是詛咒之光。

　　我怎麼能放棄呢！梅姆咬著牙，設法不讓自己被絕望吞沒。還有一線希望。那個黑色瞳孔的人不就曾對我們這麼說過？

　　——你們一定會得救。再過不久，就會有人來救你們了……，會有人進入鏡中世界。

　　不過，那又是何年何月呢？是今天？還是明天？

　　——請你快來救我們吧，在我們潰滅之前。

聖之傳說

太初有數。

數之女王是萬物之源，是母之數，是至高神。她創造大氣，創造子代各神，

創造大地，創造妖精，最後創造了人。

母之數賦予每個「子民」一個數，數即生命，

也是形塑生命形體的命運數。

初始第一人的命運數是受祝福之數。

不滅眾神為了第一人，在世界中心設置《大書》，

為第一人製作出受祝福之數。

不老眾神賜予第一人一座樂園。

第一人在樂園中過著自由自在的生活。然而有一天，

影悄悄在他身旁低語。

影說，

即使你擁有受祝福之數，有一天你也會衰老死亡。

難道你不想像不老眾神那樣，擁有更好的數嗎？

第一人不滿於自己擁有的數，想從其他生物的靈魂身上蒐集不老眾神之

數，於是他奪走了許多生命。

這項舉動引來眾神憤怒，

於是剝奪了第一人的受祝福之數，將他趕出樂園。

第 *1* 章

慘劇的記憶

　　神殿位在梅爾森城的王宮旁邊，娜婕披著玫瑰色的頭紗跪在祭壇前，閉眼念出《聖之傳說》的開頭。神殿內聚集了許多人，每個人都靜靜聽著娜婕的聲音。自懂事以來，十三歲的娜婕不知道已經念了多少遍《聖之傳說》。現在之所以要再念一遍，是因為這是她成年儀式的一部份。娜婕必須在城內大祭司與許多賓客的見證下，從頭到尾一字不差地念完《傳說》才行。

　　絕不允許失敗。念錯字當然不用說，即使稍有停頓，也會引起很大的麻煩。因為王妃正在觀看這個儀式，梅爾森王國的重要人物也都列席其中。娜婕的生活幾乎都在織布室度過。一個月前，王妃的侍女「黑之瑪蒂爾德」造訪織布室，告訴娜婕儀式的流程，並對她說。

　　──當天，史慕斯伯爵夫妻、艾爾德大公國使節等重要人士皆會出席，考慮到王妃大人的立場，請您專心做好準備。

　　黑髮、妝容端正的瑪蒂爾德比娜婕略為年長。她身穿高領黑衣，睫毛濃密，黑色大眼直直看著娜婕。從額頭到左頰上方，戴著一副大大的白色眼罩，讓人看不到她的左眼。

娜婕記得瑪蒂爾德從四年前進宮以來，一直是王妃的忠實僕人。瑪蒂爾德這番話看似建言，聽在娜婕耳中卻像是威脅。或許是感覺到娜婕在害怕，瑪蒂爾德繼續說。

——王妃很期待看到娜婕小姐的成長。

但瑪蒂爾德說話的時候面無表情，使這句話聽起來就像「補充說明」一樣，反而讓娜婕變得更不安。自那天起，娜婕便拚命背誦《傳說》。

在儀式參與者的見證下，娜婕背出《傳說》故事中提到**初始第一人**的罪，神殿深處有一幅壁畫就在描寫這個故事。畫中有一名白色肌膚、玫瑰色臉頰的長髮女人，豐滿的體型，顯示出她就是所有人類的始祖。她朝天空伸出右手，好像在尋求什麼東西一樣。她的背後則潛藏著一團輪廓模糊的黑色雲霧——**影**。壁畫的周圍有許多不老眾神、不滅眾神的浮雕。

娜婕每次想起《傳說》的這個部分，總是會陷入沉思。**初始第一人**想得到的**不老眾神之數**，究竟是什麼樣的數字呢？

命運數，據說是**母之數**，或被稱之為**數之女王**的唯一**至高神**賦予每個人的數。若是如此，娜婕應該也被賦予了某個數才對，但娜婕並不曉得自己獲得哪個數。據說所有人的命運數都記錄在《大書》內，但這本書又在何方呢？沒有人知道答案。

初始第一人一定知道自己被賦予了哪個數吧？而且，他也一定知道這個數的意義，所以才對這個數感到不滿。但這種不滿真的有嚴重到讓他違背眾神的意志嗎？從出生起就備受祝福的**第一人**，如果能乖乖待在樂園內，或許就不會發生這些事了。

——走到外面的世界這種事，我連想都沒想過。

娜婕自懂事以來，就沒離開過這座城。她從別人口中或書中得知，城外還有梅爾森王國的領土，再外面也還有許多其他國家，那裡住著許多外觀形形色色的人們，以及矮矮胖胖的妖精。不過，娜

婕並沒有特別想親眼看到它們。真要說起來，娜婕本來就對自己的人生沒有什麼期待。從八年前到現在，一直都是這樣。所以娜婕才會像現在這樣，依照王妃的命令接受儀式。這除了是成年儀式，也代表娜婕向眾神發誓，此生不再踏出城門。換言之，娜婕透過這個儀式，向王妃承諾未來不去旅行、不結婚，一輩子待在城內。

——吶，娜婕，妳喜歡這座城嗎？

腦中響起一個溫柔的聲音，把陷入沉思的娜婕喚醒，讓她能重新專注在背誦上。好幾年沒聽過這個聲音了。這是娜婕還小的時候，比她大六歲的姊姊畢安卡問過她的問題。娜婕除了繼續背誦《傳說》，也試著回答幻想中的姊姊。

——我很討厭。

即使到了今天，娜婕也不曾喜歡過這座城，因為……，她回想起小時候對姊姊說過的話。

——這座城就好像是王妃一樣，所以我討厭。

回想起來，以前的自己真是不知輕重。但這確實是娜婕的真正想法。這座城就像王妃本人一樣，隨著時間流逝，這種印象越來越深刻。畢安卡聽到娜婕說出這句話時，臉色一沉，趕緊看看四周，小聲對娜婕說。

——娜婕，這種話要是被其他人聽到的話就糟糕了，絕對不能對別人說喔，我們就這樣約好了！而且，不能說「王妃」，而是要說「母親大人」才對吧？因為她是我們的母親啊。

姊姊很少在娜婕面前露出恐懼的臉色，這讓娜婕有些不安。

——對不起，畢安卡。我不會再說這些話了。

——娜婕，如果只有我們兩個人的話，要說什麼都可以喔。

畢安卡說這句話的時候，恢復了原本耀眼的笑容。即使到了現在，光是想起畢安卡的笑容，還是都讓娜婕有想哭的衝動。在哭聲影響到背誦之前，娜婕將意識回到儀式上。

娜婕並不是王妃親生的。在娜婕懂事之前，王妃就已經領養了她，據說娜婕的雙親死於疫病，王妃便將可憐的娜婕收為養女。但娜婕一直都不相信這種說法。從以前到現在，一直有許多父母染上疫病而死，留下孤兒。近幾年的疫病威力特別強，孤兒越來越多，但王妃從來沒有可憐過那些孤兒。對王妃來說，娜婕是什麼重要的人嗎？似乎也不是。除了可憐她、收養她之外，王妃幾乎對娜婕不聞不問，平常對待她就像對待傭人一樣「疏遠」，還讓她做紡紗、織布等工作，沒有把她當成王室成員看待。若問娜婕什麼時候有被當成王室成員看待——大概只有那個可怕的「慘劇」發生時，以及這次的「成年儀式」而已。

畢安卡與娜婕不同，是王妃的親生女兒。畢安卡非常漂亮，白皙肌膚配上直挺的鼻梁，點綴著鮮紅的嘴唇、碧藍的眼瞳，再加上光滑柔亮的金髮，簡直就像小一號的王妃。她十歲的時候，就已經像王妃一樣漂亮了，長大後一定會越來越美。與她相比，娜婕只有一頭雜亂的紅髮，滿臉都是雀斑，鼻子又小又歪。誰都能一眼看出娜婕與畢安卡不是親生姊妹。

即便如此，娜婕還是很喜歡姊姊。娜婕覺得，要是自己有個像畢安卡一樣美麗溫柔的女兒，一定會相當疼愛她。但就算畢安卡是王妃親生的，王妃仍待她如傭人，沒有把她當成貴族看。王妃真正寵愛的是她的親生兒子，比畢安卡小四歲，比娜婕大兩歲的里夏爾特。

——里夏爾特。

光是想起這個名字，就讓娜婕覺得不寒而慄。哥哥長得跟王妃很像，外表是個美少年，性格卻相當殘忍，不把殺人當一回事。

四歲時，娜婕就差點要被里夏爾特殺掉。那時里夏爾特剛開始學習劍術，擁有自己的劍，看到娜婕幫忙搬運蠶繭，經過劍術練習

場附近，突然朝著娜婕的背後揮劍。里夏爾特似乎不是針對娜婕，只是剛好出現一個「會動的目標」，所以才砍向娜婕。姊姊畢安卡急忙保護住娜婕，娜婕才沒有受傷。但畢安卡的右手多了一道很深的傷口，血流不止。娜婕永遠忘不了這一幕。流血的畢安卡、看到畢安卡的血而大哭的自己，以及看著她們姊妹大笑的里夏爾特。里夏爾特越笑越誇張，最後跌坐在地上。

被衛兵叫來的王妃，看到眼前的景象時大喊。

——里夏爾特，你沒事吧！？

王妃抱起只是跌坐在地的里夏爾特，命令衛兵趕快照顧他。看到衛兵隊長夸爾德在幫畢安卡止血時，王妃居然還這麼說。

——夸爾德！那種人無所謂，快來照顧里夏爾特！

「那種人」。這段話以及當時浮現在里夏爾特臉上的冷笑，至今仍在娜婕腦中揮之不去。

這樣的暴行在那之後仍然持續著。他殺了好幾個衛兵跟傭人。三年前衛兵隊長夸爾德曾勸諫過里夏爾特，里夏爾特可能因此懷恨在心，便趁夸爾德不注意的時候殺了他。說不定里夏爾特在城外殺過更多人。他從兩年前開始就一直待在盟國艾爾德大公國，據說他在艾爾德大公國與哈爾－雷恩王國的戰爭中立下戰功。聽說他會追殺敗逃的敵人，不留任何活口，甚至追到敵人的聚落，冷血殺害沒有抵抗能力的女人與小孩。即使里夏爾特如此殘暴無道，王妃還是把他當成小貓一樣寵愛。

娜婕實在無法喜歡里夏爾特，王妃就更不用說了。她從來不曾把王妃當成「母親」。不過畢安卡似乎很仰慕王妃的某些地方。

「娜婕，妳知道嗎？眾神有授予**受祝福之數**給我們的母親大人喔。」

「那是什麼？」

「那是很大的『原質之數』。這種很大的數，只能被自己和1

整除。」

　　娜婕記得很清楚，畢安卡當時的表情有點浮誇。里夏爾特那次揮劍砍在畢安卡右手上，留下一道形似眉月，卻有些歪曲的傷痕，仍然會不時隱隱作痛。這個傷痕大概一輩子都不會消失吧。但畢安卡仍原諒了母親。那時候的娜婕甚至懷疑，無法喜歡上王妃的自己，是否才是錯的呢？

　　對王妃來說，畢安卡或娜婕都只是勞動力而已。她們做過各種工作，多半由長年伺候王妃，一把年紀的侍女長派發給她們，其中也包括了一些奇怪的工作。八年前的某天，侍女長像平時一樣出現在她們眼前，帶著娜婕、畢安卡和其他傭人的女兒，來到一間破舊的小屋。這個小屋原本似乎是豢養家畜的建築，幾張桌椅排在屋內，顯得有些擁擠，牆壁上掛著大大的石板，沒有窗戶，所以白天也必須點燈。侍女長搖動手上的燈火說：「從今天起，妳們就是『算童』了，要好好工作喔。」她還接著補充，這項工作是王妃直接任命的祕密工作，絕對不能向外人提起。

　　那天之後，娜婕她們一早就到小屋集合。工作內容是這樣的：每個人一天會被分配到一個數，這個數通常很大，像是 41392 或 246036 之類的。牆上的石板有個「一覽表」，列出了許多數。娜婕他們要以今天拿到的數當被除數，依序除以「一覽表」中的每個數。

　　一覽表最上面的數是 2。娜婕她們首先得用當天拿到的「大數」除以 2。可以整除的話，就先記錄「2」，然後用「商」再除以 2。還是能整除的話，再將得到的商繼續除以 2，就這樣反覆進行下去。直到無法整除時，就用同樣的方式重新除以一覽表中的第二個數──3，再來是 5，再來是 7，依此類推。

　　娜婕至今仍記得一覽表上好幾個數，分別是 2, 3, 5, 7, 11, 13, 17, 19, 23, 29, 31, 37……一直到 127，共有 31 個，它們都是「只能被自己和 1 整除的數」，這個國家稱之為「原質之數」。姊姊畢安

卡說過：「其實原質之數不只這 31 個，原質之數要多少有多少，但因為數量太多，沒辦法全部寫在一覽表上。」

　　將分配到的「大數」陸續除以一覽表中「原質之數」，直到商為 1，或者用完一覽表中的每個數之後，工作才算告一段落。不管是哪種情況，完成計算後都必須向侍女長報告計算過程中「記錄下來的數」。

　　對於當時只有五歲的娜婕與其他女孩來說，這工作相當辛苦。除了娜婕與畢安卡之外，其他人都是城內傭人或衛兵的女兒，沒有受過正規教育。連自己名字都不會讀寫的女孩們，必須在短時間內學會數字的讀寫與除法，然後拿著由石灰粉末壓製而成的粉筆以及黑色石板，從早到晚一直計算除法。

　　正確計算除法並不容易，女孩常常會忘記方法、忘記步驟，算出錯誤的結果。只有畢安卡能正確無誤地完成工作。而且要是自己提早算完，還會幫忙確認其他女孩的計算結果，要是有明顯的錯誤就會幫忙訂正。當然，都是趁侍女長不在的時候做的。

　　有一次，娜婕拿到的「大數」是 56391。娜婕試著將它除以 3，結果「除不盡」。畢安卡看到娜婕的計算結果後說。

　　「娜婕，56391 除以 3 應該可以整除才對喔。」

　　「真的嗎？為什麼妳馬上就看出來了呢？」

　　「試著把這個數的每個位數加起來看看。」

　　「那個……，5 + 6 + 3 + 9 + 1 對嗎？」

　　「沒錯，答案是 24 對吧？ 24 除以 3 會整除對吧？」

　　「我想想……嗯，會整除。因為 24 是 3 的倍數。」

　　「答對了，娜婕真聰明。像這樣將原本的數的每個位數加起來，總和可以被 3 整除的話，原本的數就也可以被 3 整除。」

　　「那就是我算錯了嗎？怎麼辦！已經沒有時間了！」

　　「現在重算一遍就可以囉。我也會幫妳的，一起加油吧。」

「畢安卡，謝謝妳！」

除此之外，畢安卡還知道很多計算方法，也會教其他算童怎麼用這些方法。「將每一位數加總後的結果除以特定除數，看看能否整除」不只適用於除數是 3，也適用於除數是 9 的時候。若想知道一個數是否能被 19 整除，可先將最右邊的位數乘以 2，再加上剩下位數的數字。反覆執行相同步驟，最後如果能得到 19 的話，原本的數就是 19 的倍數。娜婕曾經問畢安卡：「為什麼妳懂這麼多呢？」畢安卡只說她是從書中看來的。無論如何，畢安卡的知識幫了娜婕與其他女孩好幾次。

娜婕想起當時畢安卡與其他女孩的歡笑。雖然工作很辛苦，卻有過一段快樂的時光。

——沒想到後來會發生那種事。

計算工作開始還不到一年，就突然結束了。除了娜婕以外，所有算童以及指揮工作的侍女長都突然死了。

娜婕每當回想起那一天，仍然膽顫心驚。那天晚上，躺在床上的娜婕發現原本睡在隔壁床的畢安卡不見了，這讓娜婕清醒過來。那麼晚了，畢安卡會到哪裡去呢？她開始感覺不大對勁，周圍氣氛似乎也變得十分「詭異」。娜婕感覺到一股莫名的壓力、莫名的恐懼，就好像原本沉睡在意識或記憶深處的恐懼被喚醒了一樣。

這時，娜婕看到某種詭異的生物，在娜婕的床上搖搖擺擺，飛來飛去。

圓形的頭，長長的尾巴，小小的四肢。這些灰色的生物看起來像蜥蜴，身體卻呈半透明狀。頭部、下巴、背部還有幾個發光的金色斑點。

這些生物就像沒看到娜婕一樣，跟她擦身而過，穿過牆壁消失。隨後就聽到隔壁房間傳來慘叫。娜婕嚇得全身僵硬，下床時絆了一下扭到左腳，仍努力爬到隔壁，打開房門。果然沒錯，發出慘

叫的人是跟自己同年的優爾姐，她是衛兵隊長夸爾德的女兒。只見她倒落床下。娜婕趕緊上前扶起她，卻為時已晚，優爾姐已經死了。

其他算童與侍女長也在同一個晚上死亡。這在城內引起很大的騷動，大家都想知道到底發生了什麼事。而且到處都看不到畢安卡的蹤影，讓娜婕心中一陣混亂，她為了尋找畢安卡而出城，卻在森林迷路。

娜婕已經不記得在森林中待了多久，後來終於有一名衛兵發現娜婕的身影。

「啊啊，娜婕小姐真是可憐，侍女長居然把那麼小的女孩捲入她『惡魔般的行為』。」

娜婕聽了衛兵的說明才明白整件事的來龍去脈。算童工作並非王妃的命令，而是侍女長私下要女孩們做的工作。而且在王妃眼中，算童做的計算是「禁忌的行為」，這些行為會招來「詛咒」。歸根究柢，計算這個行為本身，在梅爾森王國就是禁忌，一被發現的話，是會受到嚴厲處罰的。

娜婕被帶回城堡內的宮殿大廳謁見王妃。即使當時是緊急情況，王妃仍像平常一樣打扮得十分美麗。纖細的脖子，白色的耳垂，光滑閃亮的頭髮上裝飾著許多大大小小的寶石，處處突顯出王妃的美貌。雖然王妃面露哀傷，但不知為何，娜婕總覺得王妃就像不同世界的人一樣——與眼前這個充滿悲傷與恐怖的狀況毫無關聯。王妃走向娜婕，然後像演戲般大動作地蹲下，抱住娜婕，王妃的身上傳來淡淡的香味。她夾帶著哭聲在娜婕的耳邊說著，啊啊，娜婕，太好了，妳知道我有多擔心妳嗎……之類的話。

娜婕有些困惑。這時該說些什麼呢？她第一次聽到王妃說出這種話。如果是一般的小孩，應該會很高興吧？但不曉得為什麼，娜婕做不出任何反應。

王妃的擁抱一點也不溫暖。

娜婕的身體一直僵著不動，王妃卻不怎麼在乎娜婕的感受，自顧自地開始下一個動作。王妃拉起娜婕的手走向王座，這時候娜婕才注意到大廳內聚集了許多人。王妃向在場的人說道。

　　——想必各位應該已經聽說這座城內發生的慘劇。侍女長以及數名少女突然死亡，她們喪失了寶貴的生命，讓我感到十分心痛，一想到這個慘劇的「真相」，更是讓我痛徹心扉。

　　「慘劇的真相」。這個詞在大廳的人群間引起小小的騷動。

　　——我有義務在此告訴各位整件事的真相。侍女長強迫少女進行「禁忌的詛咒」——如同各位所知道的，就是「計算命運數」。

　　當王妃說出「計算命運數」時，人們的臉上浮現恐懼，有好幾個婦人甚至發出驚呼。

　　——侍女長聲稱這是「王妃的命令」，要求女孩們協助她進行詛咒工作，計算他人的命運數。誠如各位所知，沒有眾神的同意，我們連自己的命運數都不得過問。侍女長究竟如何得知他人的命運數？計算命運數又是怎麼一回事？這些問題太可怕，讓我連想都不敢想。侍女長以我的名義進行如此恐怖的舉動，因此受到天譴，這就是整件事的真相。託祭司的福，我才瞭解這是怎麼一回事。這件事相當令人遺憾。對我來說，幸運的是次女娜婕平安無事。現在衛兵正在尋找長女畢安卡。既然能找到娜婕，一定也能找到畢安卡才對。

　　王妃說完後，像是要哭出來一樣，伸手壓了壓眉頭，許多人也跟著露出悲痛的表情。接著王妃抬起頭，高聲說道。

　　——各位，我希望這樣的慘劇往後不會再發生。為此，以後將嚴格禁止一切與「詛咒」有關的行為，嚴格取締「計算」行為。

　　王妃自當天起，下令加強取締梅爾森王國內的計算行為，並禁止人民學習計算。若打破禁忌，最重可以處以死刑。

　　最後還是沒有人發現畢安卡的下落。在那樁慘劇的三個月後，

城內為她舉行了簡單的喪禮。在一名祭司的祈禱之下，傭人的墓旁立起一塊刻有畢安卡名字的簡單墓碑。簡短的儀式中並沒有看到王妃的身影。

娜婕順利背完《聖之傳說》，在大祭司的指示下站起來。大祭司要娜婕站在自己的右邊，接著用右手沾取帶玫瑰香的聖水，在娜婕的額頭上畫了驅魔用的三角形圖樣，把手放在娜婕的頭頂，詠唱祈禱詞。觀眾很多，但沒人發出聲音，連呼吸聲都相當克制，全神貫注地看著這裡，緊張感充斥整個神殿。接下來就是這個儀式最重要的部分了，大祭司對娜婕提問。

「何謂受祝福之數？」

問答開始了。娜婕必須完美地給出每個答案才行。

「受祝福之數是巨大、強大、不會受傷、不會裂解的數，因此它們與不老眾神之數相似。」

「何謂不老眾神之數？」

「不老眾神之數與神聖之氣交會時，能轉化成不滅眾神之數。因此它們為不老眾神之數。」

「何謂不滅眾神之數？」

「不滅眾神之數可以從自己的屍體中復活，所以不會消亡。」

「何謂凌駕於不老眾神、不滅眾神之唯一至高神之數？」

「唯一至高神之數即存在本身。她是誕生出萬物的母之數，數之女王。」

「然則，吾等人類之數又是如何？」

「我們人類是又小、又脆弱、容易裂解的數。」

「為何吾等會是這樣的數？」

「因為所有人類之母，**初始第一人**帶有原罪之故。」

「該罪為何？」

「受到**影**的唆使，而想獲得**不老神之數**的罪。」

「汝亦背負此罪。汝願悔改，願行善，為**初始第一人**贖罪嗎？」

聽到最後一個問題，娜婕將雙手貼在胸前，以手勢回應了大祭司的問題。

娜婕已完成了儀式中的任務。即使她閉著眼睛，也知道大祭司正滿意地點著頭，在場見證儀式的賓客也都鬆了一口氣。此時娜婕才放下心中的大石。終於完成了重任，王妃應該不會有任何意見才對，再加上自己的表現或許比王妃想像的還要好，娜婕腦中浮現出侍女瑪蒂爾德說的話。

——王妃很期待看到娜婕小姐的成長。

娜婕並不曉得王妃是不是真的這麼想。但是娜婕完成了一項重任，王妃或許也會感到有點欣慰吧？娜婕不禁想著，現在的王妃會是什麼表情呢？

是什麼表情都好。娜婕覺得只要自己的表現能讓王妃產生某些反應，多少就能有點成就感。

娜婕睜開雙眼。眼前是大祭司的臉，他的右後方是神殿右側的「美之女神像」。神像前有個金色雕花的椅子，那是王妃在神殿的特等席。王妃之所以喜歡坐那個位子，是因為美之女神手上拿著一枚很大的鏡子，只要坐在那裡，即使儀式仍在進行，王妃也能照鏡子。今天王妃依然坐在那個位置上。她的身體像少女般纖細，肌膚像陶製人偶一樣潔白，五官端正，嘴唇紅潤，額頭光潔明亮，沒有一絲皺紋，沒有一個斑點，透過玫瑰色蕾絲製成的華麗頭紗，可以看到她細緻的金髮，王妃果然十分很美。但她自豪的「藍色眼瞳」正閉著。

因為王妃正在打瞌睡。

——啊，果然。

娜婕對於自己還懷有一絲期待，感到相當丟臉。從以前不就一直如此嗎？「那種人無所謂。」王妃當年對親生女兒畢安卡說出這種話，到現在一點也沒變。即使娜婕已經十三歲，完成了成年儀式，還是什麼都沒變。娜婕再次體認到，自己對於王妃來說，只是一個「無所謂的存在」。

不過娜婕也覺得，除了少數人之外，所有人的生死對王妃來說都無所謂。

眾人從神殿慢慢移動至宴會廳，準備參加祝賀宴會。對王妃來說，所有的賓客都是無關緊要的人吧。王座位於宴會廳的另一端，梅爾森王國的國王坐在其中一張王座上——即使他是王妃的丈夫，在王妃眼裡，應該也和蟲子差不多。國王看起來似乎不是很享受宴會，他的眼神空洞，不知看向何方。久久露臉一次的國王，看起來相當蒼老，與外表常保青春的王妃大不相同，任何人都看得出來，他們夫婦早已貌合神離了。控制著這個國家，手握大權的人並非繼承了正統梅爾森王室血統的國王，而是王妃。再說，這個豪華的宴會廳深處，就裝飾著一幅幾乎覆蓋了整面牆壁的「王妃肖像」。

王妃換上當天剛做好的豪華禮服出席宴會。在大宴會廳的中央，有一個特別明亮的正方形空間。四根古典風格的大理石圓柱，撐起了一個挑高圓頂，內側鑲滿許多美麗的鏡子。宴會廳在鏡子的反射下，變得相當明亮。王妃從宴會廳正前方的大門走進來，停在這個正方形空間內，旋轉了一圈。她身穿淡藍色的禮服，胸前掛著由數顆美麗寶石串成的首飾。在場賓客看到這一幕，紛紛獻上讚美之詞。

禮服所使用的布料，是娜婕織的。娜婕操作織布機的技巧，在傭人間大獲好評。每次要製作王妃的豪華禮服時，都會有傭人前來拜託：「娜婕小姐，這次也麻煩您了。」這次禮服使用高級蠶絲，再跟平織法跟畝織法等各種布料的組合之下，可讓成品在不同的光線下，展現出細膩的圖樣變化。另外，布料上還用白線、銀線、金線沿著縱線方向繡出花束圖樣。娜婕為了這件禮服費盡心思，然而把這些豪華布料穿在身上的王妃，應該不曉得這身禮服有多費工夫吧。王妃現在應該滿腦子都在想著，自己要穿什麼樣的新禮服出席下個月的生日宴會。

　　王座上的王妃被貴族簇擁，正在接受他們的讚美。王妃每次戴的首飾款式都不一樣，上面裝飾著漂亮的寶石。聚集在此的貴婦都有穿戴寶石，不過她們寶石的純度，都比不上王妃，沒有一個比王妃的寶石燦爛。娜婕時常在想，王妃究竟有多少顆這樣的寶石呢？這個在傭人間也常成為話題。傳言曾有位侍女想偷偷藏起寶石，被王妃發現後竟馬上被處死。雖不知是真是假，但王妃周圍的侍女替換速度相當快卻是事實。最近這幾年，能夠一直侍奉王妃的侍女，大概只有瑪蒂爾德而已。

　　某些迷信的傭人相信王妃會使用「邪眼」，光靠視線就可以咒殺別人。所以他們盡可能不和王妃四目相接。這個城內除了王妃以外的女性，只能穿著由白色、黑色、藍色等未經染色的布料縫製而成的衣服。包含娜婕在內的傭人，內層穿的都是領口收緊的白色襯衣，以及藍或黑色的背心與裙子，用腰帶束緊後，再套上圍裙。負責織布與縫製衣服的人喜歡在衣服上刺繡裝飾，但幾乎所有人都是在王妃不會注意到的地方，小心翼翼繡上不顯眼的裝飾，太過美麗的裝飾可能會成為邪眼的目標，所以有些人甚至把圖樣弄得歪歪斜斜。娜婕也會在自己平常穿的衣服上刺繡。譬如用白線在白色襯衣的領口與袖口，仔細繡上排成一列的三角形圖樣──或者說鋸齒圖

樣，用黑線在藍色圍裙與裙子繡上相同的圖樣，並在被圍裙遮住的腰帶上，用紅線繡出迷宮般的圖樣。

——總之，就是不能過於顯眼。

不管邪眼的傳聞是真是假，至少娜婕知道，不能讓王妃注意到自己。娜婕實在不喜歡這座城堡，但她沒有其他地方可以去，也不覺得自己能在其他地方活下去。未來大概也會在這裡過著一成不變的生活吧，只要不要表現得特別顯眼，不引起王妃注意就可以了。只要依照王妃的吩咐完成工作，掩蓋自己的感情，當做自己的感情「不曾存在過」就可以了。就像一直以來的自己一樣，直到生命結束，在這裡「一如往常地度過」。

——除此之外，自己還能做些什麼呢？

參加畢安卡的喪禮時，娜婕覺得自己的人生也結束了。美麗的畢安卡是唯一愛著娜婕的人。只有在畢安卡的面前，娜婕能夠說出自己恐懼的事物、說出自己討厭的事物、說出自己的孤單。然而畢安卡已經不在了。在這個沒有畢安卡的世界，沒辦法跟任何人傾訴自己的感情，只能獨自承受。這對娜婕來說實在過於沉重。

宴會開始了幾小時，外頭天色逐漸變暗。娜婕看準時機，避開眾人的視線，順利地溜出宴會廳。她小心翼翼地走下樓梯，來到戶外，她打算穿過藥草田與果園，自己與其他傭人的寢室就在前方的房子中。

晚上的藥草田寧靜得有些詭異。雖然不曉得這裡到底種了些什麼，不過每個傭人都有被吩咐過，不能自行拔取、食用長在藥草田裡的草。況且光是進入藥草田就有危險，田旁邊的蜂屋內養著好幾十隻個頭很大的黑蜂，時常出入蜂屋，還會在藥草田上飛來飛去，所以一般人平時不會隨便靠近。

在娜婕的印象中，那個蜂屋與藥草田從好幾年前就在那裡了。大概每隔幾年，就會有數名穿著奇異服裝的外國男女來保養蜂屋。

傭人私底下稱他們為「養蜂人一族」，不大親近他們。

不過從四年前起，管理蜂屋與藥草田的工作就交給瑪蒂爾德。娜婕偶爾會看到穿著黑衣的瑪蒂爾德出現在藥草田裡，她一踏入藥草田裡，不僅田裡的蜂，就連蜂屋裡的蜂也會大批飛出，聚集在瑪蒂爾德周圍，這些蜂似乎能夠理解瑪蒂爾德的「指示」。她會用手指做出複雜的動作，並從懷中拿出某些道具，操控蜂群的活動。她會讓蜂群自由活動一陣子，把牠們聚集在一起，再下令牠們回到蜂屋。接著瑪蒂爾德會看看田裡藥草的生長情況，並給予適當的水與肥料。

要是有不友善、魯莽的人踏入藥草田，就會有大批蜂群追著他跑。雖然有瑪蒂爾德在的話就不會出事，但通過時最好還是小心一點。畢竟，人們總說蜂是神聖的昆蟲，就像神之使者一樣。

從城堡到寢室的路上，無論如何都會經過這個藥草田。娜婕避免驚動到蜂群，小心翼翼地繞過藥草田，來到樹叢高大的果園。走到這裡應該就安全了吧。娜婕鬆了一口氣，卻聽到果園深處傳來人聲。

——是誰？

這種時間，這種地點，會是誰在說話呢？娜婕躡手躡腳地靠近傳出聲音的樹叢。那裡有三個人影，其中兩人在星光的照射下可以清楚看到面容，分別是史慕斯伯爵與伯爵夫人。兩人都是這個國家的重要人士。另一個人則躲在大果樹的陰影下，看不清楚他的臉。

娜婕的直覺告訴自己這裡不能久待。在她準備要起身離開時，史慕斯伯爵開口了。

「話說回來，次女的成年禮辦得還真豪華。那個女人還是有母愛的嘛！」

接著史慕斯伯爵夫人回他。

「怎麼可能，她只是想吹噓自己的權力，順便炫耀自己的新衣

服吧！啊啊，下個月因為那個女人生日，還得再來一趟嗎？為了向那女人說幾句客套話就得一直進城，實在有夠煩人！」

史慕斯伯爵夫人表面上看起來和王妃相當親近，沒想到她心裡卻是這麼想的。娜婕感到有些意外。

「妳的心情我也不是不懂，但那個女人可是恐怖的魔女喔？妳知道過去有多少個刺客想殺她卻失敗了嗎？就算拿武器襲擊她，她也毫髮無傷。就算下毒，她也面不改色。不管怎麼做都殺不了她，而且現在她還是這個國家的實質掌權者。所以她叫我們『過來』，我們也只能乖乖進城了。」

「這些我都知道，就是因為知道我才來。回到剛才講的話題，很難想像那個女人真的愛她的次女。你想想，畢安卡不就是被那個女人殺掉的嗎？那個八年前的『慘劇』，就是那個女人在幕後指使的吧？」

聽到這裡，娜婕震驚到無法動彈。

──殺了畢安卡？「慘劇」的幕後主使者是王妃？

史慕斯伯爵繼續說著。

「啊啊，妳說那件事啊。有人說當時王妃利用侍女長和少女『詛咒』別人，但自某天起因為『不需要她們』了，為了封口，就把她們全部殺了。但我實在很難相信這個說法。」

「為什麼？這不是很像那個女人會做的事嗎？」

「是沒錯，但我實在很難相信詛咒這種東西。」

「但在那次慘劇之後，違逆那女人的人，的確一個個都死了。雖然有人說他們死於流行病，但沒有人能夠證實，所以他們有可能真的死於那個女人的詛咒耶。她禁止其他人施行詛咒，說那是惡魔般的行為，自己卻持續這麼做。」

「我還是認為那應該是流行病。事實上，這些年接連死掉的人，不少人並沒有跟王妃作對。退一步說，假設真的是王妃下的詛

咒，即使如此，要說王妃主導了八年前的慘劇也很奇怪，畢竟王妃不太可能突然不需要侍女長跟那些女孩，對吧？而且如果真的是為了要封口而痛下殺手，為什麼王妃沒有殺掉娜婕呢？」

伯爵夫人似乎答不出伯爵的問題。娜婕腦中一片混亂，難以思考。史慕斯伯爵繼續說下去。

「無論如何，現在我們該專心思考長男的問題。雖然我們不能違逆王妃，但要是我們的領地被他兒子拿走的話就麻煩了。如果那個披著人皮的怪物繼位，我們不管有多少條命都不夠用。喂，你真的有辦法處理這件事嗎？確定王子一歸國後就要馬上動手？」

史慕斯伯爵對樹蔭下的另一個人說。這個人跪下，將手貼在胸前，代表他明白史慕斯伯爵的意思。在他動作時發出盔甲碰撞聲，是士兵嗎？他的聲音低沉，小聲而清楚地說道。

「請交給我，一定為您拿下王子的性命。」

娜婕突然感到背脊發涼。他們口中的王子，毫無疑問就是里夏爾特。史慕斯伯爵夫人接著說。

「那個女人一直很寵愛長男對吧？如果她看到長男的屍體，不曉得會露出什麼樣的表情呢？真想親眼看看呢。」

怎麼會有這種事，他們居然想要殺害里夏爾特。就像史慕斯伯爵說的一樣，里夏爾特是個危險人物。但聽到暗殺計畫時，還是不免有點動搖。

──該怎麼辦才好呢……。

娜婕踩到地上的枯枝，乾裂的聲音在黑暗中顯得特別響亮。

「是誰！」「誰？誰在那裡？」

被發現了！娜婕趕緊把身體縮在樹叢裡。

「我去看看。」

第三個人一邊低聲說著，一邊靠近這裡。在他慎重的腳步聲之外，還可以聽到金屬摩擦的聲音。這個人拔起繫在腰上的劍。

——啊啊，要被殺掉了！

　　娜婕害怕到差點叫出來。此時她聽到低沉的聲響，那是昆蟲拍動翅膀的嗡嗡聲。振翅聲突然往那三人的方向飛去。

　　「是蜂！」

　　接近娜婕的那個人朝著史慕斯伯爵夫婦的方向大聲喊，要他們小心。

　　「有蜂！有十隻左右！這裡很危險。請快點離開！」

　　「可惡，這附近居然有蜂巢？」

　　蜂的數量越來越多，在三人周圍飛來飛去，發出很大的嗡嗡聲，就像在威脅這三個人一樣。史慕斯伯爵夫婦嚇得驚慌失措，跑沒幾步就跌倒，連滾帶爬地狼狽離去。另一人則是一邊保護史慕斯伯爵夫婦，一邊逃走。娜婕很害怕蜂，所以一直摀著耳朵躲在樹叢中。但蜂看起來沒有要襲擊娜婕的樣子。三人走遠後，一大群蜂直接穿過娜婕身旁，飛回藥草田。娜婕瞄了一眼，發現藥草田裡有個模糊人影。娜婕馬上就看出那個人是誰。

　　「瑪……蒂爾德。」

　　娜婕輕聲叫出她的名字。她和平常一樣，穿著黑衣，戴著白色眼罩。蜂群聚集在她周圍，然後消失在她背後，吵雜的嗡嗡聲也隨之消失。在一片靜寂中，瑪蒂爾德走向娜婕，小聲對娜婕說。

　　「娜婕小姐，您沒事吧。」

　　「他、他們……」

　　娜婕說不出話。瑪蒂爾德和平常一樣面無表情，她對娜婕說話時，也感覺不到任何情感。雖說如此，娜婕仍伸手抓住瑪蒂爾德的手。她的手比想像中還要溫暖，她救了我。想到這裡，娜婕不由得哭了出來。但此時還不能鬆懈。沒錯，有件事要先問清楚。

　　「那個，瑪蒂爾德，那些人說要……」

　　那些人說要殺掉里夏爾特。娜婕想說出這句話，卻被瑪蒂爾德

摀住嘴巴：「我知道。」然後繼續說下去。

「娜婕小姐聽到的對話，我也都聽到了。不必再說，我會處理這件事。不管是今天您走進這裡的事、看到那三人的事，還是看到我的事，都別向任何人提起，好嗎？」

娜婕點了點頭。瑪蒂爾德扶著虛弱無力的娜婕，回到娜婕的寢室。瑪蒂爾德幫她換上衣服，讓娜婕睡在床上。娜婕還是有些心神不寧，但她發現這張床不是她的，而是過去畢安卡的床，於是她和瑪蒂爾德說：「那個才是我的床。」瑪蒂爾德露出驚訝的表情。娜婕覺得會有這樣的反應很正常，死去的姊姊的床還這樣一直擺著。事實上，即使畢安卡不在超過八年，娜婕還是沒有丟掉任何畢安卡的東西。簡陋的抽屜裡，至今仍整齊收著畢安卡穿過的衣服。

瑪蒂爾德讓娜婕在床上躺好，為她蓋上被子，然後倒了一杯水給她喝，這杯水飄著些許藥草香。「這樣就能好好睡一覺了吧。我還要回去宴會廳，那麼，晚安。」瑪蒂爾德說完隨即離去。

就像瑪蒂爾德說的，娜婕很快就進入夢鄉。在睡夢中，有個人扶著娜婕走在晚上的果園。瑪蒂爾德？我和瑪蒂爾德又一起外出了嗎？娜婕一邊想著，一邊轉頭看向那個人的臉。那個人也朝著娜婕露出溫柔的微笑。

——畢安卡？

娜婕醒來的時候，天已經快亮了，她的眼淚緩緩流下。

第
2
章

食數靈

　　隔天早晨，娜婕與其他傭人來到梅爾森城的正門。她們必須為昨天參加儀式與宴會的訪客送行。在朝陽的照耀下，賓客與家僕、馬匹三五成群。王妃現身時，穿著豪華的薄荷綠禮服，上面的珍珠裝飾有如朝露般。她向賓客一一打過招呼後，說道。

　　──有件值得欣喜的事要宣布。今天早上，那位著名的詩人──拉姆迪克斯到了這座城，他將獻上一曲為各位送行。

　　貴族們聽到這個消息後，歡聲雷動，紛紛把目光轉向詩人。娜婕也興奮了起來，這位詩人這幾年都會定期來訪，每次都會停留一段很長的時間。他戴著黑色無邊帽，披著黑色斗篷，服裝簡便，不過他個子修長，年輕，外表俊美，經過打理的烏黑短髮，在微風中輕輕飄動，當他往前邁進一步，以深邃漆黑的眼瞳看向觀眾時，歡呼聲就會此起彼落。當他唱起情感豐富的歌曲時，所有觀眾都會被他所吸引。

　　詩人的聲音乾淨清澈，令人難以想像那是人類的聲音。在早晨的空氣中，詩人用這樣的聲音唱起讚頌美之女神的歌曲。不過仔細一聽就可以知道，這首歌曲顯然是在稱讚王妃。謠傳詩人是王妃的

情人，或許那並非空穴來風，娜婕心想。

史慕斯伯爵夫婦站在詩人的對面。娜婕想起昨晚的事時，突然感到不寒而慄，同時腦中浮現了一個問題。那時候，和他們在一起的「第三人」，那個穿著盔甲的人應該也在這裡。他到底是誰呢？

娜婕打量了一遍史慕斯伯爵夫婦身邊的護衛。每個人都手持長槍，腰間繫著長劍，卻沒有人穿著盔甲。詩人唱完歌之後，「開門！」在梅爾森城的衛兵隊長特萊亞一聲令下，所有人紛紛往正門的方向前進。不知為何，娜婕的目光被特萊亞吸引過去。

特萊亞雖然是女性，不過她的體格並不遜於其他男衛兵。娜婕沒清楚看過她的臉，因為她一直戴著金屬頭盔，眼睛周圍也用粉末塗成黑色。僕人謠傳，那種黑色粉末可以「擋住邪眼」，但不知是真是假。特萊亞外型上最讓人印象深刻的，不僅是她體格強壯，還有頭盔後方垂下的紅色長髮。娜婕第一次看到那規則的波浪捲髮時，就留下了深刻印象。同樣都是紅色捲髮，卻和娜婕難整理的捲髮完全不一樣。

不過此刻，娜婕想到的卻是另一件事。總覺得昨天晚上在果園聽到的聲音，與特萊亞的聲音很像。

——不對，但……不會吧？

特萊亞效忠於王妃，不可能會參與暗殺里夏爾特的行動。畢竟她們家從祖父那一代開始，便侍奉著梅爾森王室。在她的親哥哥——前衛兵隊長夸爾德遭里夏爾特殺害後，特萊亞仍宣誓效忠王妃與里夏爾特，並承襲哥哥的任務，繼續守衛梅爾森城。

——但如果這個忠誠是「裝出來的」，其實她在等待復仇機會的話……呢？

想到這裡，娜婕突然覺得相當恐怖。送完賓客之後，她馬上離開城門。

早上的工作結束後，娜婕來到城內一隅的墓地。這裡是傭人的墓地，平時沒有人整理，周圍雜草叢生。不過也因為雜草長得很高，所以能遮住娜婕的身影。娜婕常來這裡，在畢安卡的墓前祈禱。不過今天她的頭腦一片混亂，實在無法集中精神。那個暗殺計畫一直在她腦中揮之不去。

　　昨晚「黑之瑪蒂爾德」說，娜婕「什麼事都不必做」。不過，瑪蒂爾德有注意到另外的那個人，很可能是特萊亞嗎？如果她沒注意到的話，我應該要告訴她嗎？但如果那不是特萊亞的話，不就變成我在栽贓嗎？

　　該怎麼做才好呢……？娜婕看著畢安卡的墓，像是在向墓碑尋求答案。當然，墓碑不會回應。然而墓碑後方傳來騷動，娜婕看過去，發現一個崩毀的古老墓碑旁，有個五歲左右的女孩看向這裡。

　　——是那個孩子。娜婕雖然見過她，但沒和她說過話。娜婕來這裡時，偶爾會看到她的身影，她的父母大概是哪個在城裡工作的人吧。小女孩有一頭栗色的蓬鬆頭髮，相當可愛，但每次娜婕想和她講話時，她都會跑走。

　　不過今天不同。女孩往娜婕走近，不發一語，將手上摺好的紙條遞給她。

　　「咦？這是什麼？」

　　娜婕問說，女孩則靦腆地回答她。

　　「……有人要我交給妳。」

　　「咦？誰要妳交給我？是誰？」

　　女孩將紙條遞給娜婕後，馬上轉頭就跑，沒有回答娜婕的問題。

　　到底是怎麼回事？摸不著頭緒的娜婕打開紙條，內容如下。

在今天日落的前一刻，到果園最東處。

然後，沿著最北邊的樹影，走到城牆邊。從樹影與城牆交叉處最下方的牆石開始，往右數一個特定數字的石塊。這個數字為「『除了自己之外的所有因數和』比自己大的數之中，第三小的數」。

取走那個石塊，拿走埋在該處的物品。記得別被任何人看到。夜深時，在房間內不顯眼的地方掛起此物，映照全身。

娜婕倒吸了一口氣。娜婕看得出來，這張紙條是故意寫成只有自己看得懂的樣子。但是察覺到這件事後，又讓娜婕更為混亂。因為會寫這種紙條給自己的人只有一個。

——畢安卡？不，不可能是她。但是……。

娜婕回想自己跟畢安卡在當「算童」時，一有空兩人就會玩起「數字遊戲」。雖說是遊戲，但其實每次都是畢安卡出題，娜婕回答。畢安卡出的問題都很有趣。

比方說，有一次畢安卡出了這樣的問題。

「娜婕，妳可以不使用石板計算 48 × 52 嗎？」

娜婕想了一下，然後搖搖頭。

「這題要是沒有石板，我就不會算了。」

「其實有一種簡單的方法可以算出答案喔。」

「咦……什麼方法呢？」

「48 是 50 − 2，而 52 是 50 + 2 對吧？」

「對。」

「50 − 2 乘上 50 + 2，會等於 50 × 50 減去 2 × 2 喔。」

「真的嗎？」

「真的，妳試試看。」

「我來算算看……首先 50 × 50 是 2500，2 × 2 是 4，而 2500 － 4 是 2496 ？這就是 48 × 52 的答案嗎？」

「來確認看看吧。把這個數除以 48，應該會得到 52 才對。」

娜婕用木棒在地面上寫出數字，用 2496 除以 48。

「那個，答案是……52。真的耶！畢安卡妳好厲害！」

娜婕邊說邊抬起頭，看到畢安卡露出得意洋洋的笑容。畢安卡說過，即使是看起來很困難的計算，只要稍加變換，就會變得簡單許多。

當時在玩「數字遊戲」的時候，娜婕並不知道王妃禁止一般人計算數字。換言之，她與畢安卡玩數字遊戲的事，絕對不能被其他人知道。在這個國家，就連計算數字這件事都相當危險。這表示，寫這張紙條給娜婕的人，也冒著相當大的風險。

──為什麼要冒著那麼大的風險，傳遞訊息給我呢？

娜婕正開始思索這個問題時，發現下午的工作時間快到了。於是她趕緊把紙條放入懷中，回到宿舍。

她現在要織的寬布，將用來縫製王妃在生日宴會上穿的禮服。花樣比以往複雜許多，必須集中精神才行，要是有一個地方織錯了，就會影響到其他部分。娜婕努力操作織布機，總算完成了今天的進度。接著她開始織起有許多裝飾的窄布，同時思考紙條上的事。這時候太陽已經西斜，她必須在日落前想到「『除了自己之外的所有因數和』比自己大的數之中，第三小的數」是哪個數才行。

──某數的「因數」，就是可以整除該數的數，對吧？

這表示判斷該數是否為另一個數的因數時，要用到除法。娜婕對自己的除法計算能力很有自信。當然，在算童工作結束後，她就不曾在別人面前做過計算。不過在織布的時候，多少還是會用到，熟練的織布者應該都有一定程度的心算能力才對。王妃自己不會織布，所以不曉得這件事。

娜婕一邊操作織布機，一邊想著紙條上的問題。

——這時候，應該要從最小的數開始驗證。

首先是 1，可以整除 1 的數只有 1 自己。不過題目的條件是「除了自己之外的所有因數和」，1「無」自己之外的因數。「無」的總和是什麼呢？是 0 嗎？這麼想好像有點奇怪，不過就算硬是將「無的總和」視為 0，因為 0 比 1 小，所以 1 並不是題目要的數。

再來是 2，對 2 來說「除了自己之外的因數」只有 1 而已，所以 2 也不是娜婕要的數。接下來的 3 也和 2 一樣。那 4 又如何呢？就 4 而言，「除了自己之外的所有因數」包括 1 和 2。1 加 2 等於 3，3 比 4 小，所以 4 也不是題目想找的數。5 也不是。

思考 6 是否符合條件時，娜婕開始覺得有趣了。就 6 而言，「除了自己之外的所有因數」包括 1、2、3，總和為 6。也就是說，6 與「除了自己之外的所有因數和」相等。

接著，7 到 11 之間也沒有一個數符合這個條件。到 12 時，狀況終於出現改變。12 的因數很多，除了 12 自己以外，還有 1、2、3、4、6 等五個，總和為 16，比 12 大。

——終於找到「第一個」了。

娜婕重新以同樣思路找到的「第二個」數是 18，18 的因數包括 1、2、3、6、9，總和為 21。接著「第三個」是……。

——20？

娜婕重新確認了好幾次。20「除了自己之外的所有因數」包括 1、2、4、5、10，總和為 22，符合條件。

「啊！」

不知不覺已經到了黃昏。娜婕急忙把織布工作收尾，自庭院飛奔而出。她跑到果園，沿著最東邊的一整排樹，找到最北邊的一棵樹。那棵樹的長影往城牆延伸，長影尾端越來越細，最後與城牆交叉。娜婕找到交叉處最下方的石頭。

娜婕從這裡開始，沿著城牆往右算 20 顆，終於找到她要的石頭。牆上這顆石頭從外觀上和周圍的石頭沒什麼不同，不過用手觸摸就會發現，只有這顆可以移動。看來這顆石頭應該可以取下。

娜婕往上看，確認城牆上沒有衛兵看著這裡。再看向背後，不過身後的雜草相當高，從遠方根本看不到她的身影，而且附近一個人影都沒有。

娜婕徒手挖開那顆石頭底下的泥土。挖了一陣子之後，碰到某個堅硬的東西。沾滿泥土的布包裹著一個圓盤狀物體，大約是雙手可以捧住的大小。她撥去布上的泥土，小心取出內容物。

——是鏡子。

那是一面奇怪的鏡子。表面磨得很光滑，卻映照不出任何東西。寫紙條的人把這個鏡子交給她，到底要做什麼呢？總之先回房間再說吧。娜婕用布重新包好鏡子，仔細收在懷裡，像是做了什麼壞事一樣，心中相當不安。她匆忙走回宿舍，準備進門。

「娜婕小姐。」

背後突然有人叫她，把她嚇了一跳。回頭一看，發現是那個年輕的詩人拉姆迪克斯。詩人看到受驚的娜婕，報以溫柔的微笑，他說：「看來我好像嚇到您了，十分抱歉。」

詩人的臉龐在夕陽下顯得特別漂亮。如此美麗的人對著自己微笑，跟自己搭話，讓娜婕有些坐立不安，不曉得該怎麼辦。

「那個，不，沒這回事……」

娜婕光是回答這些話，就已經用盡全力。詩人則有些不好意思。

「那個，我聽說昨天是娜婕小姐的成年儀式，所以想來獻上祝賀。娜婕小姐，恭喜您成年了。」

「啊，謝謝……」

娜婕覺得全身的血液直往腦門衝。心裡有個聲音在責怪自己，難道沒有更好的回應方式嗎？詩人並不在意娜婕的態度，爽朗說著：「要是我早一天抵達梅爾森城的話，就可以參加您的成年儀式了，也可以獻上一曲祝賀您成年，真是太可惜了。」對如此不起眼、不漂亮的自己說出這樣的話，是不是哪裡弄錯了呢？總之，自己必須回些什麼話才行。但她該回些什麼呢？「十分感謝您，您有這個心意，我就相當高興了。」沒錯，就這樣回覆吧。

但娜婕卻說不出來。她一抬頭，就看到詩人背後有一個女人看著自己，是王妃。

王妃的表情相當不高興，用有些高亢的聲音喊了詩人的名字：「你在這裡做什麼？我正到處找你呢。」詩人轉向她，卻不像是感到愧疚的樣子，而是恭敬地單膝跪下，回答王妃的問題。然後他回過頭來對娜婕說：「那就下次再見了。」隨即起身跟著王妃離開。王妃帶著詩人離開時，朝娜婕瞥了一眼。

——啊。

娜婕驚覺，這應該是她出生以來，第一次被王妃「看著」。過去王妃確實也曾將視線投向她，但那些動作並不能叫做「看」，不過剛才娜婕確實感覺到王妃在「看著」自己，而且王妃的視線相當可怕，就像能看穿娜婕心中的恐懼似的。

那就是「邪眼」嗎？娜婕嚇得冷汗直流，急忙回到自己的房間，躲入被窩裡。

醒來時，外面一片黑暗，萬籟俱寂。這時候傭人應該都已經就寢了吧。看來自己睡過頭，錯過了晚餐時間與祈禱的時間。

娜婕起床時，注意到自己肚子附近好像有個堅硬的薄板。啊，是鏡子。娜婕拿出鏡子端詳。寫紙條的人說，請在深夜時將鏡子掛在牆壁上，映照全身。現在就是深夜，要做就得趁現在。

不過有個影像還在娜婕腦中揮之不去，那就是傍晚時王妃的雙眼，那是看著敵人時，充滿殺意的眼神。

——違逆那女人的人，的確一個個都死了。

昨天史慕斯伯爵夫人說的話猶在耳，娜婕不曉得詛咒的傳言是真是假，但她確實因為王妃的視線感到恐懼，不敢稍有違逆。難道那真的是邪眼嗎？我真的要死了嗎？想到這裡，娜婕因為過於恐懼而從床上坐起身，用棉被緊緊裹住身體。此時，娜婕想起另一段話。

——你想想，畢安卡不就是被那個女人殺掉的嗎？

娜婕像是被床彈起來似的，披著棉被站起。這也是昨晚史慕斯伯爵夫人說過的話。

——真……的嗎？

真假無從得知。但現在看起來，就算是真的也不奇怪。王妃可以輕易向其他人傳達「那樣的殺意」，只因為那個人正在和自己喜歡的男性說話。

——畢安卡真的很美。

光是這樣，就足以讓王妃想殺了她。而且在畢安卡還活著時，就有許多人說：「這女孩比她的母親還要美。」

暫時忘掉的痛苦回憶再次湧上心頭。不，娜婕不曾忘記這些事，到現在仍記得很清楚。只是娜婕一直壓抑著自己，當作沒這回事。這是「憤怒」。

娜婕走下床，將鏡子掛在房間角落一個不顯眼的地方。鏡子的

反光相當柔和，娜婕坐到鏡子的正對面，首次從鏡中看到自己。自己並不美，紅髮、皮膚粗糙。娜婕顯得有些失望，但失望的心情沒有持續多久，因為下個瞬間，娜婕就被一股很強的力量吸進鏡子中。

被吸進鏡中的瞬間，娜婕覺得自己像是跳入水中一樣。但這種感覺馬上消失，當娜婕的腳接觸到地面時，突然感覺到重力而當場倒下。

「好痛……」

娜婕忍痛抬起頭來，映入眼簾的是一個昏暗的洞窟。這是一個很寬廣的空間，天花板相當高，地板則是由凹凸不平的岩石組成。娜婕小心翼翼地向後窺探，看到牆壁上掛著許多小小的鏡子。這些鏡子和剛剛掛在房內的鏡子相同。

──我是從鏡子的另一端過來的嗎？

「喂！」

不知是誰喊了她一聲，把娜婕嚇得站起來。娜婕看向聲音來源。

「妖精！」

娜婕不自覺脫口而出，又馬上摀住嘴巴。眼前有三個人，或者說是像人、卻不是人的生物。他們外型與男人相似，但身高明顯比人矮了許多，身體肥胖，頭很大，髮色各不相同，有的有長鬍子，有的沒有。眼睛有如動物般全黑，沒有眼白。他們遠遠看著娜婕。

其中一名妖精往娜婕靠近。他有著金色長髮，以及看起來很聰明的細長眼睛。身高大約到娜婕的手肘，臉上沒有鬍鬚，皮膚又白又光滑。他穿著有點破舊的深紫色衣服，但從材質、花樣可以看出布料很講究。脖子上的皮繩掛著一個書本大小的金屬飾品。金髮妖

精低聲詢問娜婕。

「妳是來救我們的嗎？」

娜婕不曉得該如何回答，於是妖精繼續問。

「回答我，人類。妳是那個人嗎？妳是要來救我們的人嗎？」

娜婕只是一直搖著頭，金髮妖精露出失望的表情。

「不是嗎……」

金髮妖精無奈地垂下肩膀。另一個有著雜亂黑髮的妖精跟他搭話，表情跟熊一樣。

「不過梅姆，這是第一次有人類進來。就連我們現在的主人，那個女人都沒進來過。另一個黑衣女子想進來也進不來吧？這麼看來，這個人應該就是我們的『拯救者』了吧？」

這個妖精的頭比金髮妖精的還要大，身高大約到娜婕的肩膀。就妖精的標準來看，應該可以算是「塊頭大」。他的臉上長滿黑色鬍鬚，看起來有些恐怖，說話卻相當有禮貌。金髮妖精想了一下，抬起頭對塊頭大的妖精說。

「嗯，的確，也不是沒有這種可能……」

「這個人類看起來還是個孩子，可能只是不清楚狀況而已？」

「不過，基梅爾，不清楚狀況就是最大的問題啊！」

「但如果錯過這次機會，下次就不曉得是什麼時候了……」

另一個「塊頭大」的妖精突然大聲對梅姆說話，聽起來有些生氣。

「是梅姆太謹慎了吧！既然基梅爾說她是『拯救者』，那就一定是啦！而且就算這個人不是，只要我們說她是不就好了！好，妳就是我們的拯救者！就這麼決定了！」

金髮的梅姆和這個妖精吵了起來。

「喂，達列特，別亂講好嗎！你講的話根本沒有根據！不管基梅爾說什麼，你都覺得是對的！」

「因為真的是對的嘛！照基梅爾說的做不就好了嗎！」

那個名叫達列特的妖精與基梅爾的體型差不多大，有一頭雜亂的紅髮，臉上有些鬍渣，看起來就像一隻肥胖的貓。不過他的臉雖然恐怖，但行為就像個無理取鬧的小孩一樣，沉不住氣地馬上抓住金髮的梅姆，開始動手動腳，外表像熊的基梅爾則想阻止他們，三人扭打成一團。娜婕呆住了，不曉得該怎麼辦。這時，背後突然有人大喊。

「喂喂喂！達列特、基梅爾快住手！你們怎麼在欺負梅姆呢？」

娜婕回頭一看，出聲的是一個身材矮小的妖精。他一頭金色短髮，沒有鬍子，想前去勸架，但馬上被基梅爾拉開。

「加夫，你誤會了啦！我們只是在討論這個人類『是不是拯救者』而已。」

那個年輕的妖精聽到基梅爾說的話之後，才注意到娜婕。他的眼睛不同於其他三名妖精，全是藍色的。他露出笑容，大聲說：「小姐，妳好！」並伸出他的小手。娜婕自然也將身體往前傾，跟著伸出手。那名妖精握住娜婕的手後大力搖動，開朗地自我介紹。

「我是加夫！小姐叫甚麼名字呢？」

「我、我叫……娜婕。」

「叫娜婕啊！歡迎來到我們的工作室！」

「工作室？」

「沒錯，我們就在這裡工作。妳看，那就是我們的『工作台』！」

娜婕看向他指的地方，那裡的地面比周圍高了一截，上面還有一大塊平坦的岩石，就像桌子一樣。兩側則有細長的岩石自地面凸出，看起來像長椅。工作台的邊邊還坐著一名妖精。那名妖精的黑髮直豎，就像豪豬背上的刺。和其他四名妖精相比，這名妖精的頭

比較小，手腳修長，而且面無表情。

「看到那個板著臉的傢伙了嗎？他叫做扎伊，就算是休息的時候也不離開工作台，很奇怪吧？」

加夫像是看到什麼滑稽的東西一樣放聲大笑。扎伊的眼睛細得像條線，瞥了這裡一眼，什麼也沒說。相對地，加夫則是拉著娜婕，想帶她到處參觀。這時，梅姆卻從背後出聲阻止。

「喂，加夫，別擅自帶著她亂跑啊！」

「又沒什麼關係，這可是第一次有客人來呢！梅姆真是死腦筋啊～」

「喂！加夫，聽我說話！」

梅姆想要走向娜婕與加夫，卻被塊頭大的基梅爾與達列特抓著，動彈不得。他們不知何時變成二對一的局面。加夫沒理會梅姆的喊話，指向另一邊說：「娜婕小姐，請看那裡。那叫做《分解之書》。」

順著加夫指的方向，那面相當寬的「牆壁」，牆上貼有許多四方形的紙張。上面寫的似乎是異國文字，娜婕完全看不懂。

「《分解之書》指的是這些紙嗎？」

「這裡貼著的所有紙，合稱《分解之書》，每一張紙都是其中一『頁』。不過嘛，原本確實是書的形式，不過『配置』在鏡中時，就變成這個樣子了。」

加夫一邊說明，一邊指著左右兩邊都被抓著的梅姆：「妳有看到掛在梅姆脖子上的容器嗎？《分解之書》原本裝在那個裡面喔。」娜婕剛才也有些在意梅姆脖子上掛著的「書本狀飾品」，那麼小的金屬容器，可以裝得下那麼多「頁」嗎？加夫的聲音接著打斷娜婕的思緒，他不知何時已經跑到另一邊，對著這邊大喊。

「娜婕小姐，妳看妳看！這就是第一頁！」

然而，娜婕完全看不懂上面寫什麼，於是加夫開始說明。

「《分解之書》上寫的是給我們的命令，也就是我們的工作步驟。這一頁內容的意思是：前往《大書》，從主人指定的位置取來命運數。」

「大書？」

那是出現在《聖之傳說》中，記錄著每個人的命運數的書嗎？娜婕追問加夫。加夫點了點頭。

「沒錯沒錯，妳知道的還真多耶！然後下一頁呢，說的是：將來自《大書》的命運數，除以質數表中的數。所謂的質數表……就是這個。」

加夫一邊說明，一邊緩緩走動，然後指向某「頁」。娜婕認出那一頁上寫的字，那是連娜婕都知道的數字——「2」。

「2？」

娜婕不假思索說出口。加夫又驚又喜：「妳看得懂嗎？」然後興奮地指著右邊那頁問：「那妳看得懂這是什麼嗎？」娜婕看出那一頁寫著「3」，再來是「5」，接著是「7」。

「難道……接下來是11、13、17嗎？」

聽到娜婕的詢問，加夫顯得相當驚喜，朝著梅姆大叫。

「梅姆！娜婕小姐知道質數表耶！她果然就是來救我們的人！」

不過，梅姆仍被基梅爾與達列特兩人抓著。加夫看著這一幕，開心到眼睛都瞇成一條線。正當娜婕想繼續問加夫什麼是「質數表」的時候，「喂。」突然傳來一個陌生的聲音。循著聲音，那是一直坐在高高的工作台旁邊、板著臉的扎伊。他和之前一樣面無表情，與加夫對視後，扎伊轉頭看向斜上方，說道。

「來了。」

沿著扎伊的視線方向往頭上看去，牆壁上方發著光，那裡有一個可以俯瞰洞窟的橢圓形窗戶。不，從表面的質感看來應該不是窗

戶，而是鏡子。那是一面很長的大鏡子，看起來閃閃發亮，卻無法反射出這邊的景物。不久後，鏡子的表面出現漣漪般的波動。

加夫的笑容消失了。正扭打成一團的梅姆、基梅爾、達列特也停下動作，看向鏡子。表面的漣漪靜止後，鏡面中出現一個美麗的人。是王妃。

王妃放下了頭髮。她的金髮順著白皙的臉頰，垂至鎖骨附近。她穿著黑色浴袍，大大敞開的浴袍胸前有細緻的蕾絲裝飾，衣服正面與袖子滿布複雜的摺疊花樣。或許是為了禦寒，她還披著以毛皮鑲邊，加厚的大片披肩。

娜婕不由自主縮起身體，心想：「被發現就慘了！」不過加夫用力抓了一下娜婕的袖子，小聲說道。

「放心吧。那個女人絕對看不到『這邊』。」

加夫鬆了手，往工作台的方向前進。

「又有『工作』了嗎？」

說話的人是剛才還壓制著梅姆的達列特。基梅爾也放開了梅姆，表情相當凝重。梅姆站了起來，凝視鏡子。鏡子另一端的王妃就好像注意到妖精的凝視一樣，也睜大眼睛。接著，王妃的樣貌逐漸消失，緩緩出現一個略顯疲累的中年男性。娜婕記得這張臉。

「那是……！」

「娜婕小姐，妳知道鏡子上的人是誰嗎？」

娜婕點了點頭。那是史慕斯伯爵，打算暗殺里夏爾特的三人之一。為什麼鏡中會映出他的樣子呢？加夫回答了這個疑問。

「那是那個女人的力量。當她以惡意看向某個人時，可以將那個人的樣子完全記憶下來，然後將『樣子』投影出來，也就是所謂的『邪眼』。」

加夫繼續接著說明，不管是哪種「詛咒」，邪眼都是不可或缺的能力。雖然娜婕還聽不太懂，不過鏡子中史慕斯伯爵的臉上，接

著浮現出了一連串文字。加夫繼續說。

「這些文字表示目前那個男人的命運數，也就是說，他的命運數位於《大書》的哪裡。」

達列特看到這些文字，像是心情不好的貓一樣，噘著嘴說：「那個人的『頁數』，在《大書》的北北北西那區啊……那附近常有『神之使者』出沒，實在不是很想到那裡耶。」

基梅爾無奈地說。

「可是達列特，既然被指定要去那裡，我們也沒辦法啊。因為決定權並不在我們身上。」

「唉，也對。梅姆，我們就先去『那裡』一趟了。」

梅姆點點頭，說了聲：「拜託了。」然後突然想起了什麼，對正要出發的達列特與基梅爾說。

「等一下。你們可以把那個人類一起帶去嗎？」

梅姆指著娜婕。

「咦……我？」

帶我一起去？為什麼？娜婕還沒開口，梅姆就走到她眼前，對她說。

「我不曉得妳是不是來救我們的，妳自己似乎也不清楚。不，真要說起來，妳應該連我們是誰都不知道，沒錯吧？」

娜婕雖感到疑惑，卻點了點頭。梅姆繼續說下去。

「我們接下來必須要開始進行那個女人吩咐的『工作』。總之，請妳好好看著我們工作。在妳瞭解我們被逼著做什麼樣的工作之後，或許也會比較清楚自己該做什麼。」

基梅爾認同：「我覺得這個想法還不錯。」然後走到娜婕面前伸出手：「和我們一起走吧。」雖然基梅爾的手掌比娜婕略小一些，但十分厚實。娜婕猶豫了，基梅爾漆黑的眼瞳讓人覺得相當安心，值得信賴。但真的可以相信他嗎？歸根究柢，自己在這裡到底該做

些什麼呢？該怎麼做才是「正解」——不，應該說，該怎麼做才是「最好的」呢？娜婕不曉得答案。此時，有一隻手大力抓住娜婕的右手，是達列特。

「真是的，沒時間了啦，快走吧！基梅爾快抓住另一隻手！」

在達列特的催促之下，基梅爾馬上抓起娜婕的左手。兩人突然飛起來，讓娜婕嚇了一跳。娜婕仔細一看，發現兩人背後長出透明的翅膀，正快速拍動著。

「你們該不會……要用飛的吧？」

「放心吧。我們會好好抓著妳。」

都到了這個地步，就只能相信基梅爾的話了。但即使下定決心，當雙腳離開地面的那一瞬間，娜婕還是「呀——」地大叫。基梅爾與達列特不理會她的叫聲，直直朝著工作室的角落飛去，那裡有一個很大的洞，基梅爾與達列特突然急速下降，衝進洞口。娜婕從來沒體驗過急速降落，嚇得連聲音都發不出來。過了一陣子，降落速度變慢，眼前出現一條昏暗的橫向通道。

基梅爾與達列特繼續拉著娜婕衝入通道。這個通道相當長，還有好幾條岔路。雖然他們用相當快的速度飛行，卻看不到終點。過了一陣子，前方出現一個藍黑色的金屬門。基梅爾與達列特終於放慢了速度。

「那就是『後門』了。」

到了門前，達列特像是在聽另一側的動靜般，把耳朵靠近門，然後慎重地打開門。

眼前突然亮了起來，強勁的風迎面而來，娜婕差點站不穩。若不是基梅爾與達列特緊緊抓著她的手，娜婕大概就要被吹走了吧。風勢漸弱後，娜婕怯怯地睜開眼睛，差點叫了出來。

沒、沒有地面，眼前是一望無際的湛藍空間。

「呀啊啊啊……」

娜婕叫出聲時，左右兩人同時伸出空著的那隻手，摀住娜婕的嘴巴。達列特露出可怕的表情，小聲對娜婕說。

　　「不要大叫！被發現就慘了！」

　　被發現？

　　「這裡有人在看守著。妳看，就是那個。」

　　娜婕順著基梅爾指的方向看過去，有一個閃閃發光的東西正在飛動。遠遠地看，大致可以看出那是某種昆蟲。

　　「那就是神之使者『神蜂』。要是被牠們發現，我們就死定了，妳大概也一樣。所以不管看到什麼，絕對不能大叫。」

　　聽到基梅爾的話之後，娜婕趕緊閉上嘴巴，點了點頭。

　　「要走囉。」

　　達列特與基梅爾再次開始飛行，藍色空間飄浮著一團團濃霧，他們有時往右前方飛，有時往左前方飛。娜婕慢慢懂了，他們是在濃霧之間移動。過了一陣子，娜婕看到霧的後方有某個東西發出金黃色的光芒。

　　——紡錘？

　　那個東西就像紡錘一樣，中間比較粗，上下兩端逐漸變細，就像兩個圓錐組合起來的樣子。它的上下兩端被濃霧遮住，看不太清楚，所以在娜婕的眼中，它就像飄浮在一個什麼都沒有的空間中。他們靠近「紡錘」時，娜婕發現這個紡錘實在很大，至少也有兩座山那麼大。就像是把兩座山拔起，然後將兩者底部黏合起來一樣。不，這個紡錘說不定比山還要大。紡錘表面看起來有許多細緻的凹凸圖樣，不過一近看，就會發現那不是什麼圖樣，而是數量多得難以想像的「紙」。這些紙貼在「紡錘」的表面，使表面看起來凹凸不平。也就是說，巨大紡錘的表面，貼著無數張金色的紙。基梅爾小聲對娜婕說。

　　「那就是《大書》。」

聽到基梅爾的話，娜婕想起《傳說》中的一部分。

——眾神為了**第一人**，在世界中心設置了《大書》，為**第一人**製作出**受祝福之數**。

記錄著所有人命運數的那個《大書》，就在眼前。基梅爾與達列特壓低聲音討論著。

「目標『頁』就在那一帶。達列特，附近有敵人嗎？」

「沒有，附近沒有神蜂。快走吧。」

基梅爾與達列特加快速度，沿著《大書》的外圍飛行。接著速度漸漸慢下來，停在一張紙片——也就是基梅爾他們說的「頁」前面。基梅爾將那一頁翻起來給其他兩人看，頁面中央寫著大大的78260。

「就是這個。喂，人類。基梅爾等等要取下『複本』，妳快把左手放開。我一個人就可以撐起妳的重量。」

娜婕聽到達列特的話，慢慢放開了原本抓住基梅爾的左手。達列特也更用力地抓住娜婕的右手，達列特的手雖然不大，卻很有力。基梅爾雙手使勁想拔掉書頁，但似乎撕不太掉的樣子，達列特也用另一隻空著的手幫忙。他們奮力一拔，終於順利撕下書頁，同時，抓著書頁的基梅爾與達列特也因為反作用力，被往後甩飛。娜婕拚命抓住達列特的右手，才沒有被甩出去。基梅爾把拔下來的金色頁面揉成一團後說道。

「雖然花了點時間，但總算取下『複本』了。我們快回去吧。」

「複本？你們剛才不是把一整頁拔下來了嗎？」

「拔下來的只是『複本』而已。妳看，原本的頁面不是還在嗎？」

娜婕轉頭一看，發現剛才應該被拔下來的頁面，確實仍連在《大書》上。基梅爾與達列特再度帶著娜婕迅速離開。不久，在一整片湛藍的空間中，背後的《大書》已經變成一個很小的黑點。他

們打開「後門」，往右、往左，通過好幾個岔路後往上。速度快到讓娜婕覺得自己的身體好像拉長一樣。不久後，上升速度越來越慢，已經看得到上方的洞窟頂部。在繼續往上飛之前，基梅爾對娜婕說。

「娜婕小姐，等一下帶妳回到上面後，會把妳放下，不過之後我們就沒辦法和妳對話了。請在旁邊看著我們『工作』，但不要任意和我們搭話。」

也就是說，不要打擾他們。娜婕向基梅爾點了點頭，接著達列特說：「好，走吧！」不久後到了工作室，他們慢慢將娜婕放在地上，娜婕想向基梅爾與達列特道謝，卻停下了動作。並不是因為娜婕想起剛才基梅爾對他說「不要向他們搭話」，而是因為兩人都閉上眼睛，就像睡著了一樣。

——這是怎麼回事？

這時候，站在《分解之書》牆邊的梅姆，對基梅爾說了一些娜婕聽不懂的語言後，也跟著閉上眼睛。基梅爾聽到梅姆說的話後，繼續閉著眼睛，拿著「複本」，走向加夫與扎伊所在的「工作台」。達列特則從牆壁取下一張原本貼在牆上的「頁」，拿到工作台，當然，眼睛一直是閉著的。

娜婕一邊注意不要妨礙到他們，一邊小心地走向工作台。這時候，梅姆用娜婕聽不懂的話做出一段指示，於是扎伊開始動作。娜婕看了一下工作台，閉著眼睛的扎伊似乎在《大書》的「複本」，就是寫著 78260 的那張紙上做些什麼事。他把「另一張紙」放在 78260 上，那張紙上寫著數字 2。於是 78260 這個數字變成 39130。娜婕心想。

——原來是在做除法啊。

而且是在「除以 2」。坐在扎伊對面的加夫閉著眼睛，把手放在一張白紙上，此時白紙上出現數字「2」。加夫把這張紙拿給達

列特，達列特再把它貼在牆壁上。接著，扎伊又將寫著「2」的紙放在「39130」上，此時 39130 變成 19565。娜婕心想：「又是除以 2。」加夫手邊的紙又出現「2」，達列特又拿走了這張紙。

扎伊再次把「2」放在「19565」上，這次數字則沒有變化。於是扎伊把「2」放在旁邊，並從基梅爾手上拿走新的紙，那張紙上寫著「3」。扎伊把寫著「3」的紙放在「19565」上，仍沒有任何變化。在他對面的加夫，以及旁邊的達列特都毫無動作。於是扎伊將寫著「3」的紙放在旁邊，並從基梅爾手上接過寫著「5」的紙，放在「19565」上。19565 變成 3913，對面的加夫再將手邊「5」的紙張交給達列特。

——這……和「算童」的工作一樣。

一定是這樣。基梅爾拿給扎伊的數依序是 2、3、5，再來是 7，也就是「原質之數」。扎伊將《大書》取下的數依序除以各個「原質之數」，再由加夫記錄這些能整除這個數的「原質之數」，並交給達列特，梅姆則在遠方依照《分解之書》的指示，指揮整個工作。

娜婕把注意力放在達列特的工作上，走向他後方的牆壁。牆上有一張白色的「頁」，達列特將加夫遞來的數依序貼在「頁」上。那裡已經貼著「2」、「2」、「5」，接著又貼上「7」與「13」。在這之後，達列特一直留在加夫那裡，過陣子後才拿著「43」過來貼上。

這時候，梅姆發出一個之前不曾發出過的簡短指示，而達列特就像是回應這個指示般，將剛才貼在牆上的「2」、「2」、「5」、「7」、「13」、「43」全數取下，帶著這些紙往上飛到鏡子所在的位置。接著，鏡子中的史慕斯伯爵臉上浮現出這六個數字。在達列特降落到地板上後，與其他妖精一齊吐了口氣，同時睜開眼睛。

達列特大聲地說：「好，這樣就結束了！」

梅姆馬上插嘴：「喂，負責宣告結束的人不是你吧。」

「沒關係啦，偶爾讓我說一次又不會怎樣。」

旁邊的基梅爾出聲提醒：「不行，要是我們沒有做好自己分內的事，出事的可是我們。」

達列特只好說：「既然基梅爾都這麼說，那就沒辦法了。」認同了梅姆說的話。於是梅姆對所有人宣告說。

「好，結束！」

達列特與基梅爾隨即躺在地板上，加夫也趴在工作台睡覺。只有扎伊仍直直站著，閉起眼睛像是進入冥想一樣。幾乎在同時，史慕斯伯爵的臉也從鏡子內消失，王妃的影像又再次出現。一開始，王妃的影像就像圖畫般靜止不動，不久後開始動起來，讓娜婕嚇了一下。梅姆說。

「放心吧，那個女人看不到這裡的狀況。因為我們這邊的『工作』結束了，所以那個女人才會動起來。在我們工作的這段時間，外界的時間幾乎不會流動。從那個女人指示我們工作開始到結束的這段期間，還不到一秒。」

王妃一邊凝視著這裡——也就是鏡子，一邊寫起字來。

娜婕看著這一幕對梅姆說：「那個……我之前也做過和你們類似的工作。」

「妳做過這種工作？什麼意思？」

娜婕開始說明她曾在八年前，被人逼著做同樣的事，也就是「反覆計算除法」。將一個數除以2，除到不能除之後，再依序除以3、5、7，這個過程與梅姆他們做的事很像。

於是梅姆說：「這樣啊，原來妳也有做過『分解』，或者說是『命運數的分解』。想必是那個女人要妳們做的吧？不過那應該沒什麼用才對，要是沒有親自到《大書》那裡看的話，就不知道正確的命運數是多少。而且能夠直接飛去『書』那裡的，就只有我們這些花拉子米妖精而已。」

「這是什麼意思？命運數的分解又是什麼？」

「妳知道什麼是命運數吧。包括妖精、人類、眾神在內，每個個體都有自己的命運數。也就是說，我們這些妖精也和妳們人類一樣，由某個數組成。而所謂的『分解』，就是分析特定的命運數由哪些質數所構成。」

「質數是指原質之數嗎？」

「沒錯，這附近的人類都是這麼稱呼的。」

梅姆繼續說明，不管是哪個數，都是由質數相乘而得。也就是說，不管哪個數都可以表示成質數的乘積。而「命運數的分解」，就是分析命運數是由哪些質數相乘所得出來的。

「分析？就這樣嗎？」

娜婕還以為所謂的分解是「將命運數分成好幾個數」，而這個過程就是「詛咒」。不過梅姆否定了這個想法，並露出痛苦的表情。

「『分解』本身並不是詛咒。對我們花拉子米妖精來說，甚至是神聖的『計算過程』。可惜的是，這也是詛咒時的必要準備。嗯，讓妳親眼看看應該比較快吧。」

梅姆說完後，對娜婕伸出手：「抓著我的手，好好看看那個女人如何利用我們的工作成果。」

「人類以為『邪眼』就是詛咒，不過所謂的詛咒並沒有那麼簡單。基本上，邪眼只是在決定詛咒目標而已。若不使用邪眼，就沒辦法詛咒他人，但光是邪眼也不足以詛咒他人。要詛咒別人時，必須向對方『釋放』詛咒——也就是需要『惡靈』才行。」

梅姆一邊說明，一邊抓著娜婕的手，往上飛到鏡前。

「惡靈又是什麼呢？」

「惡靈的種類很多，有的強，有的弱。不過，如果要釋放出足以殺死對方的強大惡靈，就需要準備稀有的材料、正確的資訊，詛咒者的身體也要夠強才行。」

娜婕被梅姆拉到橢圓形鏡子前，看到王妃正盯著羊皮紙瞧。羊皮紙上寫著剛才基梅爾與達列特送到鏡中的數——2、2、5、7、13、43。王妃嘆了一口氣說道。

——真是無聊的數。那個男人的命運數就只有這點程度，虧他還能活到現在。「寶珠」……只有一顆啊，雖說如此，「刃」卻有兩個，還真是沒有詛咒的價值。

寶珠？刃？娜婕一臉茫然看著梅姆，梅姆一副等下再說明的樣子，要娜婕先仔細觀察王妃的動作。

王妃走向房間右方的矮桌，桌下排列著許多黑色有光澤的圓壺，每個壺都用細繩纏繞著，像是要封住什麼東西一樣。這些細繩的樣子讓娜婕聯想到小蛇。王妃將其中一個壺放在矮桌上。

矮桌上還有好幾個小巧、形狀各有不同的容器，不過都相當漂亮。其中一個四方形的銀製容器上有許多細緻金屬絲裝飾，周圍的火焰圖樣看起來像是蜥蜴的外形，中間鑲著褐色寶石。另一個螺貝形狀的玻璃製藍綠色容器，蓋子上方畫著一隻跳起來的魚。還有一個陶製的紅色蛋形容器，周圍裝飾著金色花邊。梅姆開口解釋，

「那個銀色容器內裝著古代火蜥蜴化石的粉末。藍綠色容器內裝著千年前的水，這些水過去埋藏在這塊土地地底的綠柱石岩層中。紅色容器內則裝著許多帶有金色斑點的小型血玉髓。每一種都是相當罕見的珍貴材料，王妃卻持有這麼多。」

王妃小心地將這些容器內的材料，加進內部全黑的壺中。

「這些是王妃用來製作『惡靈』的材料嗎？」

「沒錯。那個女人正在製作詛咒別人的惡靈中，最強最邪惡的靈。我們妖精把他稱做『食數靈』。」

「食數靈……」

「也就是吃掉別人『數』的惡靈。不管是人類還是我們妖精，都由兩個身體組成。一個是眼睛看得到的『肉體』，另一個則是由命運數形成的『數體』。食數靈吃的就是這個『數體』。」

「數體被吃掉之後會怎麼樣？」

「會死。在肉體與數體的交互作用下，生命才得以存在。要是其中一個被破壞，另一個也會消失。」

娜婕緊握拳頭，這就是王妃正在做的事嗎？她就是這樣咒殺其他人的嗎？為什麼……她能神色自若地做出這種事呢？

鏡子另一端的王妃暫時離開矮桌，打開靠牆的櫃子。櫃子內分隔成許多區塊，排列著密密麻麻的素色瓶子。王妃端起一個瓶子，看了看之後夾在腋下，再拿起另一個瓶子，看起來很樂在其中的樣子。王妃一共拿了五個瓶子，放在壺旁的工作台上。她打開瓶子，用小湯匙舀起內容物放入壺中，還一邊哼著歌。

——就像在做菜一樣。

「那個女人現在加進去的是『質數蜂之毒』。」

「質數蜂？是一種蜜蜂嗎？」

「是的。每種蜜蜂的繁殖週期都不一樣，有些蜂長得很快，每兩天就能繁殖出下一代，有些要三天、五天、七天，這些蜂的蜂毒，是製作『食數靈』的必要材料。」

「蜜蜂……難道是……」

那個藥草田旁設置了飼養蜜蜂的蜂屋，那些就是質數蜂嗎？

「今天這個被詛咒的對象，『分解出來的結果』是 2, 2, 5, 7, 13, 43。所以總共要加入 2 匙週期為 2 天的質數蜂之毒，以及週期為 5 天、7 天、13 天、43 天的蜂毒各 1 匙。然後……」

王妃把所有的毒都加進壺中後，黑壺便開始晃動。纏繞著壺、外觀像蛇一般的繩子發出啪啦啪啦的聲音，開始逐一斷裂。當最後

一條繩子斷裂時，壺中飛出某個東西。

「那就是食數靈。」

娜婕看到那個東西的樣子，冒出一身冷汗，全身起雞皮疙瘩，顫抖不已。半透明的灰色大蜥蜴，頭部、下巴、背部發出光芒，身上有著金色斑點。那正是娜婕在「慘劇」那晚看到的生物！

「喂，妳還好吧？」梅姆問道。

但娜婕的牙齒一直打顫，無法回答，直到深呼吸一陣子，才總算冷靜下來。不一會，半透明的「食數靈」穿過王妃房間的牆壁，消失無蹤。娜婕終於回過神來，開始問梅姆。

「它、它們是要去找被詛咒的對象嗎？」

「沒錯。它們要去找剛才那個『在鏡中的男子』，吃掉它的『數』再回來。目光別移開，要是詛咒成功的話，它們應該會馬上回來才對。」

跟梅姆說的一樣，只過了幾分鐘，食數靈就回來了。

「……看來詛咒應該成功了，那個人已經死了。」

雖然梅姆剛剛這麼說，但娜婕還是難以置信。八年前，算童顯然就是被食數靈殺掉的。對詛咒者來說，「詛咒」也未免過於輕而易舉了吧。

王妃一改剛才的神色自若，用警戒的眼神瞪著食數靈。食數靈開始用很快的速度繞著王妃旋轉，王妃接著用雙手護住臉。

「啊！」

王妃雙手手背出現兩道小小的傷口，就像被刀刃劃過一樣。食數靈迅速改變方向，進入黑色壺中。壺經過一陣搖晃，安靜了下來。王妃拿開雙手，凝視著手背上的小小傷口。

「那個傷就是詛咒的代價。因為對方的『數』中有刃，食數靈吃到刃回來後，就會反噬施術者。」

「刃是……？」

「就是相當於刃的數，我所知道的刃有 5, 13, 17, 29。當然還有更大的刃存在，要是詛咒對象的命運數中含有刃，對施術者來說就會是個麻煩。簡單來說，要詛咒別人就必須付出代價。」

王妃看著傷口，露出厭惡的表情，然後她走向房間的另一面牆，敲響牆上的小鐘。不久後，一個人進入房間。

——瑪蒂爾德。

雖然已經是晚上了，瑪蒂爾德卻沒有睡覺，身上穿著和白天一樣的衣服，黑髮也整理得很整齊。當然，她仍戴著眼罩。王妃面無表情，對瑪蒂爾德簡短說道。

——5 和 13，快拿來。

瑪蒂爾德小聲回答：「我知道了。」然後走出房間。一分鐘不到，她就拿著小缽與刷毛回到房間。王妃有些煩躁地對瑪蒂爾德伸出手，瑪蒂爾德用刷毛沾了一些缽內的東西，輕輕搽在王妃雙手的傷口上。不一會兒，傷口就漸漸消失了。

「癒合了……」

「那是費波那草製成的藥物，是有名的萬靈丹。」

原來王妃在詛咒敵人之後，可以用藥物治好傷口。傷口癒合後，王妃揮了揮手，像在趕走煩人的蟲子一樣，要瑪蒂爾德出去。瑪蒂爾德一如往常，行了禮，像風一般離開房間。

房裡只剩王妃一人。她走向黑壺，伸手取出一個小東西，那是一顆光彩奪目的寶石。娜婕對這東西有印象，王妃常把它戴在身上。寶石大概像小指的指甲那麼大，散發著眩目的光芒。

「那就是寶珠。」

「是剛才王妃說的寶珠嗎？」

剛才王妃確實說過「只有一顆」。

「剛才的『分解結果』裡有 7 對吧？如果命運數分解後有 7，那麼在『惡靈』吃掉對方的數後，就會帶回寶珠。除了 7 之外，能

成為寶珠的數還包括 3、31、127 等等。3 的寶珠大概只有胡椒那麼大，31 的話……大概像葡萄果實那麼大，127 的話就非常驚人了。」

　　原來如此。娜婕的心中逐漸接受這一切，不過梅姆接下來的話卻讓她有些懷疑。

　　「那個女人是為了蒐集寶珠，才咒殺大量的人類。」

　　「咦？不是為了打倒敵人嗎？」

　　剛才王妃詛咒的對象——史慕斯伯爵，計畫要暗殺王妃的愛子里夏爾特。難道不是因為王妃發現了史慕斯伯爵的計畫，才咒殺他的嗎？娜婕提出疑問，梅姆卻不認同娜婕的想法。

　　「那個女人確實可能會用詛咒殺害敵人，剛才的例子就剛好是這樣。不過，關於這點我可以斷定，『寶珠』才是那個女人詛咒他人的主要目的。我們已經被關在這裡好幾年了，那個女人每天晚上都會殺害數人至數十人，實在很難想像她會有那麼多敵人。」

　　「只是為了寶珠……值得她這麼做嗎？」

　　「就我所知，寶珠似乎有防止老化的效果。」

　　防止老化……。娜婕看著王妃正在端詳剛到手的寶珠，握緊拳頭心想，要是梅姆說的是真的，那麼王妃應該會繼續大量咒殺他人吧，難道我只能旁觀一切嗎？

　　「我……我什麼都改變不了嗎？」

　　「沒這回事。如果妳能救出我們的話，我們就不用再聽那個女人的命令了。」

　　「那我該怎麼做呢？拜託你告訴我！」

　　「有幾件事情要麻煩妳幫忙，首先是讓我們逃出那個門。」

　　梅姆抓著娜婕的手往洞窟另一端飛去。那裡有一扇生鏽、左右雙開的門。門上寫著一個數字 4899999991。

　　「因為某個原因，我們從這扇門進入這個洞窟，沒做完工作就出不去。在我們進來的時候，那個女人搶走『鏡子』的所有權，把

我們變成奴隸，我們就失去了可以開啟這扇門的『鑰匙』。」

「鑰匙到哪裡去了呢？」

「雖然叫做鑰匙，卻不是肉眼可見的鑰匙，而是『能整除那個數的兩個數』，那兩個數是我和加夫的命運數。也就是說，我的命運數乘上加夫的命運數，就會得到 4899999991。如果用手指在左、右門分別寫上加夫和我的命運數，門就可以打開。」

「既然知道怎麼做，為什麼不現在就開門呢？」

「因為我們已經忘記自己的命運數了。在變成那個女人的奴隸之後，她刪除了我們腦中所有逃離時必要的記憶。希望妳能幫我們找出那兩個數字。」

「你們不是知道怎麼『計算』嗎？為什麼不自己算呢？」

「在這個洞窟裡，我們只能聽從那個女人的指示進行計算，要是反抗的話，就會馬上死掉，連心算也不可以，如果這麼做，管理這個房間的『鏡蟲』就會殺了我們。就算沒有被鏡蟲殺掉，要是被管理《大書》的神使發現，我們也會被殺掉。即使沒被神使殺掉，要是一直待在這裡的話，我們也會病死。我們的身體要是沒有接觸到外界的純粹空氣——由**母之數**散發出的神聖之氣的話，就會越來越衰弱。」

梅姆看了一眼在工作台上的加夫，認真懇求娜婕。

「拜託妳！我們已經沒有時間了！」

娜婕很想幫梅姆，但自己真的能算得出「鑰匙」——梅姆與加夫的命運數是多少嗎？就她的經驗來看，數字越大，能整除這個數字的數就越多。娜婕要怎麼知道這些數中，哪個是梅姆的命運數，哪個是加夫的命運數呢？對於娜婕的問題，梅姆回答說。

「我們妖精的命運數是很大的質數——也就是**受祝福之數**。所以我和加夫的數『只能被自己與 1 整除』。」

「也就是『質數表』上的數對吧？」

「沒錯。所以當妳找到一個能整除 4899999991 的數之後，就能找到另一個。大的數是我的，小的數是加夫的。我們被困在這裡，沒辦法算出這兩個數。但如果是妳的話……總之，只能拜託妳了。」

在梅姆拚命懇求下，讓娜婕有些動搖。梅姆抓住娜婕的手肘，繼續說道。

「算出我和加夫的命運數後，請妳拿著鏡子出城。」

「咦！出城？」

「沒錯，帶著鏡子，離這座城越遠越好。妳的鏡子叫做『通訊鏡』，可以和其他鏡子聯絡，也可以做為我們妖精在鏡中世界與外界連結的出入口。簡單來說，我們可以靠妳的鏡子逃出去。」

「這樣的話，現在不就可以用我的鏡子出去外面嗎？」

「不行。我們得先穿過『門』，解除被那個女人奴役的身分，恢復自由後才能從鏡子離開。所以請妳盡量遠離這座城。」

娜婕感到有些喪氣，自己真的做得到嗎？

「還有一件事。」

「咦，還有嗎？」

「在妳要出城時，請妳盡可能多摘點『費波那草』。」

「費波那草？是你剛才說的那個『萬靈丹』嗎？」

「沒錯，這附近應該長了很多費波那草。妳剛才有看到那個女人拿它來治療劃傷吧？就是穿黑衣服的『另一個女人』拿來的藥。」

他說的是瑪蒂爾德。

「總之，盡可能多採一些費波那草。可以的話，最好把附近的費波那草都摘來。」

「太難了吧，我連它們長在哪裡都不知道，要一次蒐集那麼多實在是……」

「那個穿黑衣服的女人應該知道要去哪裡摘，妳問問她吧。」

「瑪蒂爾德？為什麼要問她？」

娜婕正在問梅姆的時候，突然感覺到背後有一股強大的力量把自己往後拉。

梅姆咂了聲嘴：「嘖，時間到了嗎！」

娜婕回頭一看，洞窟牆壁上娜婕的小小鏡子開始發出光芒。娜婕的身體被吸過去，梅姆與其他妖精的身影則逐漸離她遠去。

「喂，聽好！別忘了我說過的話啊！拜託了，妳是我們最後的希望……」

梅姆的話還沒說完，娜婕已經被吸入鏡中，那感覺像是跳入水中一般。不久後，感覺背上碰觸到房間中冰冷堅硬的石頭地板。等到背上因衝擊造成的疼痛退去後，娜婕坐起身，邊喘氣邊看著鏡子。鏡面的影像已全然消失。

隔天睡醒後，娜婕的精神不太好。前一天因為極度疲倦而倒在床上，一整晚都做著奇怪的夢。但沒有一個夢比在鏡中看到的事物更像惡夢。

──那該不會全都是夢吧？

希望那只是夢。梅姆拜託她的事，娜婕現在仍記得很清楚，但對她來說，這實在太過困難。不管是妖精的事，還是王妃的「詛咒」，希望都只是夢。

娜婕還沒清醒過來，她走向織布室，看到傭人放著工作不做，卻在談論著什麼。

「發生什麼事了嗎？」

一個年老的織布女傭回答娜婕。

「娜婕小姐，您聽說了嗎？史慕斯伯爵跟伯爵夫人，昨天晚上突然死了。」

「咦！？」

「剛才我們收到通知後，引起很大的騷動。聽說他們在回到領地的途中，死在某個修道院。」

第
3
章

女戰士與侍女

史慕斯伯爵夫婦死了。

──是「詛咒」。

昨天看到的一切果然不是夢。

梅姆說王妃為了蒐集「寶珠」而詛咒別人。不過史慕斯伯爵夫婦之所以被咒殺，無疑是因為他們想暗殺里夏爾特。

──是瑪蒂爾德。是瑪蒂爾德把史慕斯伯爵的計畫告訴王妃。

所以王妃才在他們動手之前，先咒殺了那兩人。昨晚王妃在詛咒伯爵之後，大概也詛咒了伯爵夫人吧。

──既然如此，那麼另一個人呢？

那天晚上，除了史慕斯伯爵夫婦之外，果園裡還有一個人，王妃應該也咒殺了那個人才對。王妃絕對不會放過想殺掉里夏爾特的人。娜婕對織布室的傭人說。

「不好意思，我身體有點不舒服，可以讓我在房間裡休息嗎？」

娜婕幾乎不曾請假過。以前不管娜婕的身體有多不舒服，都不曾向其他傭人提起，仍照常工作。所以娜婕這次請假，讓其他傭人嚇了一跳，以為娜婕的狀況真的很糟糕，非常擔心，請她好好休

息。這段時間，大家都在忙王妃的生日宴會，娜婕雖然覺得很不好意思，還是回到房間，拿出石板與白色粉筆，鑽進被窩，用棉被蓋住頭，開始在石板上寫數字。

「4899999991。」

娜婕明白這是個漫長的作業，但她不得不做。娜婕無法原諒王妃做出那種恐怖的行為。娜婕不覺得她能完成所有梅姆拜託她的工作，但如果是能力所及，她想試試看——找出那扇門的「鑰匙」，梅姆與加夫的命運數，以解除他們的奴隸身分。

——總之，先從較小的「原質之數」試一試吧。

2 明顯不能整除 4899999991，3、5 也不能整除，那 7 呢？

那天娜婕拿著粉筆與石板，一直算到黃昏。

接下來的好幾天，娜婕把所有的閒暇都拿來計算，甚至還犧牲了睡眠時間。但算了好幾天，還是找不到「能整除 4899999991 的數」。而且在「候補數」越來越大時，也出現了其他的問題。娜婕越來越難判斷這些「候補數」是不是「原質之數」——或者說是不是質數。

娜婕記得最小的 30 個質數，是從 2 到 127，卻不曉得後面還有哪些質數。要判斷某個數是不是質數，並不是件容易的事。

最後，娜婕放棄尋找「能整除 4899999991 的候補數」。她將 127 之後所有可能是質數的數，都列為「候補」，並試著用 4899999991 除以這些數，她認為這麼做的效率一定比較高。

即使如此，還是找不到答案。而且當「候選數」越大時，除法的計算也變得相當困難。計算時還會開始胡思亂想：「會不會是自己算錯了呢？」或是「剛才那個數真的不能整除嗎？」然後重新計

算，浪費了不少時間。

——這樣下去，不知道還要花幾天才能找到答案。

有沒有什麼線索呢？娜婕有時會把「鏡子」拿到房間角落，試著照出自己的樣子，但鏡中什麼都沒有。娜婕曾試著朝鏡子呼喚好幾次，鏡子仍然一片空白，妖精還是沒有回應。

娜婕算了好幾天，試到 2143，還是找不到「能整除的數」。這天傳來一個不太好的消息，娜婕不怎麼喜歡的人—— 里夏爾特王子回來了。里夏爾特歸國的時間比想像中還早，而且身上還帶著傷。

傭人說，里夏爾特不久前在艾爾德大公國與哈爾一雷恩王國的邊界附近遭到敵襲，慣用手受了傷。里夏爾特無法用劍，又怕被敵人追擊，所以決定要祕密回國，連回國路徑都沒有透露，甚至是王妃都不知道里夏爾特要回國，也大吃一驚。王妃擔心里夏爾特的傷勢，動員了所有祭司與侍女去治療。

「雖然覺得王子很可憐，但只能說，他揮不了劍真是太好了。」傭人私底下都這麼說。里夏爾特一時興起就會傷害、殺害傭人、衛兵，他們會這麼想也是理所當然的。娜婕自己也不想再看到里夏爾特。

因為里夏爾特回國，傭人越來越忙，娜婕的工作也越來越多，計算進度一直停滯不前，這讓娜婕有些焦躁。

——她今天會來嗎？

梅姆正在等待。他等的人自然是娜婕，那位「可能是拯救者的人類少女」，是「另一個女人」曾說能進入鏡中的人類，對梅姆來說已經是很大的希望。但心中抱持希望的同時，也會變得相當煩躁。梅姆深知這點，並努力讓自己冷靜下來，不過考慮到眼前緊迫

的狀況，實在很難讓人冷靜。梅姆已經好幾天沒看到娜婕，越來越著急。她該不會已經被王妃殺掉了吧？不，畢竟要計算出自己和加夫的命運數不是件容易的事，她一定正在努力。

之前見面時，應該要詳細告訴娜婕他們現在處於什麼狀況才對。但因為娜婕什麼都不知道，所以梅姆講完基本狀況後，就沒時間了。如果下次還有機會見面的話，一定要清楚告訴她，他們已經沒有時間了。

——沒有時間了。

梅姆走向工作台，看著睡在一旁的加夫。加夫醒著的時候很有精神，臉上一直保有笑容，但他睡著時臉色蒼白，看起來就像死去了一樣。不，加夫無疑已經快死了。都是那個王妃的錯，因為她把他們關在這裡。

——不對，錯的是我。

梅姆與加夫是遠房親戚。事實上，花拉子米妖精一族都是親戚，但不知為何，他總覺得加夫和自己特別親近。加夫小時候就常在梅姆身邊打轉，他們的年紀差了一截，梅姆從以前就常陷入沉思，很少說話，即使加夫在旁邊吵鬧，梅姆也常不發一語。加夫還是小孩子，卻常想讓梅姆把他當大人看待。梅姆走到哪裡，加夫就跟到哪裡；梅姆想做什麼事，加夫就想跟著做什麼事。也因為如此，當加夫碰上危險時，幫助加夫就成了梅姆的責任。不管梅姆喜不喜歡，他都在不知不覺中成了加夫的監護者。當加夫長大，和梅姆一樣成為神官後，也給梅姆添了不少麻煩。

——但是，把他捲進麻煩，是我的疏忽。

睡著的加夫皺起眉頭，發出微微呻吟，看起來很痛苦的樣子。但梅姆現在什麼都做不到，只是一個勁地咬住嘴唇、握緊拳頭。

「別鑽牛角尖了，梅姆。」

旁邊傳來的聲音讓梅姆回過神來，說話的是坐在工作台另一邊

的扎伊。

「扎伊你還醒著啊，我以為你像平常一樣坐著睡著了。」

「剛醒。我說梅姆啊，你剛才八成在想『加夫的狀態如何如何，全都是自己的責任』之類的事吧？」

梅姆心思被看透，一時之間不曉得該如何回應。扎伊繼續說道：「你是我們之中最優秀的神官。所以我們會尊重你的判斷，也尊重加底王，加夫也是一樣的。所以這不是你的責任。問題在於那個女人一開始就打算欺騙我們，僅此而已。」

「……雖然你說的沒錯，但事態發展至此，已經不是我們能改變的了。」

梅姆看著臉色蒼白的加夫，痛苦地說著。扎伊輕嘆一口氣。

「是沒錯，但我想說的是，你別再鑽牛角尖了。雖然你覺得把『遠親』捲進這種艱困的環境是件痛苦的事，但反過來想，在這種艱困的環境下，有親戚陪你一起度過，也不會太差吧？基梅爾和達列特還是『表兄弟』呢。至於我嘛……」

扎伊是梅姆等人侍奉的王──妖精王加底的雙胞胎弟弟。他與哥哥的感情很好，想必扎伊平時也會擔心故鄉的哥哥過得如何吧。梅姆能體會扎伊的心情，為了不讓氣氛過於沉重，用開玩笑般的口吻回嘴。

「不過，要是有個像加夫一樣的親戚的話，會很吵喔。」

扎伊聽到這句話，輕輕笑了出來．

「你真的這麼想嗎？加夫在你周圍轉來轉去的時候，你看起來特別高興呢。」

「哪有這種事！你平常不怎麼說話，一開口就胡說八道。」

「彼此彼此啦。總之，我只想快點回到故鄉──回到我們的『花拉了米森林』，和大家一起生活，和加底團聚，僅此而已。」

對梅姆或是其他妖精來說，加底王是令人尊敬的國王，也是不

可多得的朋友。想必加底王也是這樣看待他們這些神官的吧。

「……是啊。大家一起回去，回到國王的身邊。」

梅姆剛說完，牆上一角就亮了起來。梅姆本以為是娜婕，但亮的卻是那個大橢圓形的鏡子。是王妃。

王妃並沒有馬上發出指示，而是把注意力放在那些工作台上的黑壺。一一釋放那些食數靈，這是她每天的例行工作。雖然不曉得對象是誰，但這幾年來，王妃每天都會針對特定人物放出好幾隻食數靈。王妃似乎已經知道對方命運數中有哪些質數了，所以不會每次都要妖精進行「分解」，而是自行放出幾隻食數靈。但是，這些食數靈不曾回來過。

食數靈之所以不會回來，通常是因為詛咒對象在相當遙遠的地方，或者在受到詛咒前，就死於其他原因。但王妃似乎認為這個對象沒那麼簡單，梅姆一邊猜想，恐怕是個很難詛咒的人吧。

今天食數靈也沒有回來，王妃嘆了口氣，轉頭看向房裡的「兒子」。她有幾年沒看到他了呢？兒子的身形看起來比之前大了不少，不過還是長得很像王妃。

王妃頻頻關心兒子身上的傷，兩人短暫交談後，王妃把他帶到鏡子前，並對他說：「仔細回想那個想殺你的男人，然後看著鏡子。」她兒子雖然有些不耐煩，仍照著母親的指示做。

接著，鏡中出現了一個膚色黝黑的男性面孔，王妃與兒子的身影則消失在後方，但還是聽得到他們兩人的對話。王妃向兒子確認：「就是他嗎？你確定嗎？」

——里夏爾特，聽好了，你和我一樣都擁有「邪眼」能力。之後你要是看到想殺的人，就仔細看著他，眼睛睜大瞪著他。這樣就能告訴「鏡子」關於那個人的資訊，接著再讓媽媽詛咒他就可以了。媽媽絕不會讓這種人繼續活在世界上。你知道我聽到你受傷的時候，有多擔心嗎……

母親仔細叮嚀兒子，但兒子卻沒做出什麼回應。當王妃開始準備那些「壺」時，才聽得清楚兒子說了什麼。

——我想詛咒他，讓我來！

——不行，只有媽媽能詛咒。

——不要，讓我來！我本來想狠狠砍他一頓，卻沒有辦法，這次至少讓我親自了結他。

——不行。

這樣的對話持續一陣子後，兒子開始生氣。

——為什麼要妨礙我呢？我討厭媽媽，我要詛咒媽媽！

王妃用像是在安撫寵物的聲音安撫著兒子。

——你在說什麼呢？聽好囉，詛咒對媽媽沒有效果喔。媽媽的**「數」與初始第一人一樣，是受祝福之數**，是「是巨大、強大、不會受傷、不會裂解的原質之數」，和一般人不一樣喔。所以詛咒對媽媽沒有效果。不論是多厲害的人，都無法輕易傷到我。

——那我的數呢？我的數和媽媽一樣嗎？

——可惜不是喔，你的數和一般人差不多。

兒子聽到王妃說的話之後，開始碎碎念，似乎還是有些不滿。王妃安慰他：「放心，不管你發生什麼事，媽媽都會幫你的。」不久後，鏡面浮現出文字，那是詛咒對象的命運數在《大書》中的頁面位置。又來了，真是令人討厭的工作。今天還要做多少次「命運數分解」才夠呢？加大的身體還撐得住嗎？當梅姆這麼想的時候，鏡子另一側的兒子又開始說話了。

——媽媽，我還有其他想殺的人。

王妃問她兒子想殺誰。兒子說：「那個女的衛兵隊長。」

——我很不喜歡那個女的。本來我這次回來時就想殺掉她，但手受傷了……。

面對兒子的請求，不曉得為什麼，王妃並沒有馬上答應，而是

罕見地想了一下。看來那位衛兵隊長對王妃來說還有用處，王妃不太想殺掉她。但兒子仍不放棄。王妃拗不過兒子的請求，嘆了口氣。

——真拿你沒辦法。不過呢，直接殺掉特萊亞相當危險。真要做的話，最好讓別人動手。

深夜時分，衛兵在勤務室向衛兵隊長特萊亞報告「城內城外無任何異常」，所有巡邏的人也依照班表順利交班。特萊亞由兩名部下隨行，開始當天最後一次的巡邏。途中經過果園附近，特萊亞感覺自己被人盯上。

——看來目標是我。

特萊亞讓部下先離開，獨自站在那裡，等待對方露面。雖然今天晚上是滿月，滿月卻被漆黑的雲朵掩蓋。即使如此，身經百戰的特萊亞仍可感覺到對方潛藏的位置。或許是因為看到只剩下特萊亞一人，原本躲起來的對方，從陰影中現身。

「果然是妳，黑之瑪蒂爾德。」

特萊亞先出了聲。對方體型比自己還要小很多，但特萊亞很清楚，面對她不能大意。

「妳是為了殺我而來的嗎？」

瑪蒂爾德沉默以對。特萊亞覺得這代表她默認了。

——王妃不打算親自下手殺我，所以才派刺客嗎？

這代表王妃相當瞭解特萊亞的命運數有什麼「性質」，這對特萊亞來說不是什麼好消息。在想不到其他理由的狀況下，她只能先撤除念頭，專注於眼前的對手。於是特萊亞拔出她的劍。

——「黑之瑪蒂爾德」的武器，可說是某種暗器。

但那不是單純的暗器，瑪蒂爾德可以隨心所欲地操縱「蜜蜂」。

特萊亞在幾天前就見識過牠們的威力，王妃的養女娜婕成人儀式那天的夜晚，就在這個果園裡。

要一邊承受蜂群的攻擊，一邊與對方交手是很困難的事，所以她得先發制人。特萊亞右手握緊劍，在腳上蓄力，準備發動攻擊時，瑪蒂爾德開口了。

「請別誤會，特萊亞。我不是來殺妳的。」

特萊亞心頭一震，迅速退了一步，仍保持警戒。

「那為什麼要找我呢？」

「我找妳是有話想說。我就開門見山了，請妳不要暗殺里夏爾特王子。」

「妳說什麼？」

「我知道妳前幾天，曾在這個果園裡與史慕斯伯爵夫婦討論要暗殺里夏爾特王子。妳也曉得史慕斯伯爵夫婦都死了。但這並不會影響到妳的行動，妳之後還是會想辦法暗殺王子吧？」

正是如此，沒想到前幾天的暗殺計畫也被瑪蒂爾德聽到了。在特萊亞聽到史慕斯伯爵夫婦的死訊時，她就覺得王妃應該已經知道他們的計畫了，所以她才覺得瑪蒂爾德是王妃的刺客。但沒想到刺客會自己說出這些話。

「瑪蒂爾德，難道妳不是王妃的傀儡嗎？難道妳不是為了殺我而現身的嗎？」

「不是，我沒有向王妃報告妳的事。」

「妳說什麼？」

「我向王妃報告史慕斯伯爵夫婦想暗殺王子，但沒有告訴王妃當時妳也在場。」

特萊亞越來越覺得難以理解。

「為什麼？妳為什麼沒有把我供出來？妳應該知道三個人中，真正執行暗殺計畫的人是我吧？對王妃跟王子來說，我才是最危險

的人物，為什麼還要⋯⋯」

「就算我把妳供出來，王妃也『無法詛咒妳』、『無法殺妳』，所以把妳供出來並沒有意義。」

特萊亞相當震驚，沒想到連這個女人都「知道」這件事。

「特萊亞，妳出身自擁有久遠歷史的戰士家族達拉貢家對吧？聽說達拉貢家族有些成員的命運數中包含了較大的『刃』。想必妳也是，對吧？用食數靈詛咒擁有『刃』的對象時，會碰到一些麻煩。事實上，王妃還沒準備好要詛咒妳。」

「為什麼妳會知道這種事？」

「難道妳忘了，每天幫王妃採集質數蜂之毒的人是誰嗎？每天照顧蜂群、採集蜂毒的人，就是我。我猜想，構成妳的命運數中，應該包含四位數以上的大數吧？能製造出對應蜂毒的質數蜂相當困難，這裡幾乎找不到任何三位數以上的質數蜂。或許妳『想被王妃詛咒』，但就現實而言，王妃『辦不到』。」

特萊亞皺緊眉頭。為什麼這個人知道那麼多呢？就連她「想被王妃詛咒」這件事都知道。特萊亞還沒問，瑪蒂爾德就開始說了起來。

「由過去的記錄顯示，殺死達拉貢家族成員的殺手，都會在事後不久慘死。『一命換一命』，這就是妳們家族的王牌吧？」

「⋯⋯」

特萊亞不知該如何回話，同時也感到絕望。既然對方知道那麼多，那就不可能達成她的「目的」了。

她從很久以前，就知道王妃在詛咒他人。特萊亞晚上在城裡巡邏時，常可看到在城內飛行的食數靈。一般人看不到在黑暗中飛舞的食數靈，但她是受過訓練的精銳士兵，所以看得到。而且她也察覺到這些從王妃房間飛出來的食數靈，是用來詛咒他人的惡靈。特萊亞確信，哥哥夸爾德的女兒優爾妲，就是被王妃咒殺的。於是她

就與哥哥開始尋找能夠阻止王妃暴行的方法，然而哥哥卻在三年前被里夏爾特王子偷襲身亡。

王妃咒殺了我的姪女，她的兒子還用卑劣的手段殺死哥哥。若說自己不想向他們復仇的話，絕對是謊話。但特萊亞把眼光放在未來，為了保護部下、傭人和梅爾森王國的國民，不能讓王妃與王子繼續胡作非為。

「但我還是想殺掉王妃。為此，必須讓王妃怨恨我，殺掉我才行。所以我要先殺掉她兒子……」

聽到特萊亞的話時，瑪蒂爾德趕緊出言阻止。

「不行！要是里夏爾特王子死掉的話，娜婕也會有生命危險。王妃一定會馬上殺了娜婕小姐。」

「王妃會殺了娜婕小姐？為什麼！」

「那是因為……」

瑪蒂爾德開始從頭說起，但她越是說明，語氣中的怒氣越是明顯。聽她說明的特萊亞也開始感到憤怒，可憐起娜婕的處境。

「沒想到……居然會是這麼過分的理由。」

這實在太讓人吃驚。氣得發抖的特萊亞想起一件事，於是她詢問瑪蒂爾德。

「該不會……八年前那些算童死亡的那天，娜婕小姐之所以沒有被殺掉，也是因為『那個理由』嗎？」

瑪蒂爾德點了點頭。

「沒錯，特萊亞。只要里夏爾特王子還活著，就能保證娜婕小姐的安全。要是王子死了，娜婕就會馬上被殺。所以王子不能死。要殺王子的話，至少也得先讓娜婕小姐逃到安全的地方才行。」

「讓娜婕小姐逃到安全的地方？」

「沒錯，為了做到這點，需要妳的幫忙。」

瑪蒂爾德說她最近想讓娜婕從這裡逃走，而且娜婕現在正打算

解放那些被王妃控制、用來詛咒他人的妖精。

「王妃為了計算其他人的命運數,她用花拉子米妖精的魔法鏡──『演算鏡』,把許多妖精關在裡面,娜婕小姐則被眾神賦予解放那些妖精的任務。」

「那麼危險的任務為什麼要交給娜婕小姐?」

王妃的養女娜婕無疑是個能幹的人,但她還只是個孩子。

「我也知道這是項危險的任務,所以才需要保護她。威脅來臨時,需要有人幫她逃出城外。而在那之前,絕對不能讓王妃殺了娜婕小姐。」

特萊亞陷入思考。看來瑪蒂爾德應該掌握了某些關鍵資訊,而且還和自己站在同一陣線。但基於戰士多年的經驗,不能那麼輕易相信這個人。

「黑之瑪蒂爾德,妳究竟是什麼人?」

四年前來到這座城,身為王妃忠實的僕人,協助王妃詛咒別人。雖說如此,她卻幫助想抵抗王妃的自己,還想保護娜婕。她究竟是什麼人呢?瑪蒂爾德感受到特萊亞的視線,緩緩踏出步伐,從樹叢間走到草地上。天空的雲層散開,露出滿月。瑪蒂爾德緩緩解開左眼的眼罩。月光下的她,浮現出另一個人的「形象」。

「妳……妳是!」

沒過多久,月亮再度隱沒於雲層中,那個「形象」也消失了。她再度戴上眼罩,變回原本的瑪蒂爾德。特萊亞仍無法相信自己看到的,久久難以平復。到底發生了什麼,事情才會演變成「現在這樣」呢?特萊亞在接受這個事實之前,不由得跪了下來。她趴在瑪蒂爾德面前,流下了淚水。就這樣過了好一陣子,特萊亞才抬起被淚水沾濕的臉,清楚說道。

「我懂了,我放棄暗殺王子,也會依照妳的希望,幫助娜婕小姐,所以請妳告訴我該怎麼做。」

現在是里夏爾特回到城內的第三天早上，娜婕把自己關在房間內刺繡，她正在繡里夏爾特的連帽長袍。為了祈求里夏爾特早日恢復健康，王妃吩咐傭人製作這件長袍。長袍以絲與毛混紡而成的線織成，又長又寬，袖子也相當寬鬆，顏色是象徵自然回復力的深綠色。刺繡部分由娜婕負責，她得用銀線，將象徵生命之樹的圖樣以十字繡的方式繡在長袍上。想必在完成之後，不管是在日光下還是月光下，都會散發出美麗的光澤。對於手腳快的娜婕來說，只要想做，就能在今天之內完成。但娜婕現在實在沒有刺繡的心情。比起刺繡，她比較想盡快重啟之前中斷的「計算」工作。

娜婕把里夏爾特的長袍摺疊整齊，打算收入櫃中。打開櫃子時，看到畢安卡的衣服整整齊齊地放在那裡。娜婕突然覺得，和里夏爾特相比，這襲長袍或許還比較適合畢安卡。那個有著一頭金髮，藍色眼瞳中帶點綠色的畢安卡。但想這些也沒用。為了轉換心情，娜婕拿起石板與白色粉筆。

隨著日子一天天過去，娜婕的計算速度越來越快，但還是找不到能整除 4899999991 的數。到了傍晚，娜婕用的除數到了 3533，但這個數也沒辦法整除。到底還要花幾天才能算出答案呢？有些喪氣的娜婕把目光轉向窗外，看到夕陽中的藥草田，她想起梅姆說的「費波那草」。

——梅姆說的費波那草，該不會就是指那附近種的草吧？

娜婕起身前往藥草田。雖然她很怕那些蜂，但蜂群似乎沒有離開蜂屋，她悄悄地潛入田中。

這是娜婕第一次這麼仔細觀察這些草。莖部由下而上排列著整齊的葉子，葉子有各種形狀，觸感都很柔軟，頂端長著黃色帶點紅色的小花。娜婕觀察的那株草開了五朵花，花朵和鹽粒一樣大。其

他草又是如何呢？她看了一下附近的草，都開了五朵小花。

娜婕站了起來，放眼整片田。仔細看，就可以發現田被劃分成許多正方形小區塊，邊長相當於娜婕的肩寬，分別都種了幾株草。每個區塊的中央都插上寫著編號的木片，娜婕目前所在區塊的木片編號為「F5」。左方的相鄰區塊——F4，植株上的花比較少，每株草有三朵花，再左邊的 F3 有兩朵花，再左邊的 F2 則是一朵花。

——難道是用開花的數量來區分藥草種類嗎？

在田最左邊的 F1 區塊，每株草只有一朵花。娜婕轉過頭來，往藥草田的右邊走去。從最左邊算起，每個區塊的植株花數為 1, 1, 2, 3, 5，逐漸增加。娜婕繼續往右走到 F6 區塊，這裡的一株草有 8 朵花，再往右的 F7 有 13 朵花，越往右走，每株草的花數就越多。

——這種花數的增加模式有什麼意義嗎？

「妳現在看的每一株草，都是由它左方兩個區塊的草交配得到的喔。」

背後突然傳出人聲，嚇了娜婕一跳。她回過頭一看，站在那裡的是王妃喜愛的年輕詩人，拉姆迪克斯。

「你什麼時候……」

她完全沒注意到有人在她後面。面對娜婕怯生生的提問，詩人平靜地回答。

「別緊張，大概是因為娜婕小姐正在專心觀察這些草，才沒發現我吧。」

詩人溫和的面孔，讓人感覺不到惡意，但娜婕仍保持著警戒。不曉得詩人是否注意到這點，他繼續說下去。

「您正在觀察的是 F7 區塊，這區的草有 13 朵花，對吧？這區的草是由 F6 區塊的草，與 F5 區塊的草交配而成，所以花朵數是這兩種草的花數加總。」

娜婕雖提防著，卻也仔細聽著詩人的說明。如果他的說明正

確，那麼 F3 的草是由 F1 與 F2 交配而成，F1 與 F2 的花數分別是 1 與 1，所以 F3 的每株草有 2 朵花。F4 的草是由 F2 與 F3 交配而成，1 加上 2 等於 3。F5 是 2 加上 3，等於 5。1, 1, 2, 3, 5, 8, 13……確實和詩人說的一樣。

「這種草能表現出大自然的奧祕，是一種相當美妙的植物，它的花朵數量，是自然界中最常見的數，像是植物的花瓣數、果實裡的種子數等等，不勝枚舉。這種特性和它能用來製作萬能藥這點，也不是完全沒關係喔。」

萬能藥。這果然就是梅姆要我找的草嗎？娜婕決心向詩人提問：「那個，這種草的名字是……」

「它叫做費波那草。和另一種盧卡草長得很像，但還是有差別，要說兩種草差在哪裡……」

詩人繼續說著，但娜婕沒聽進去。娜婕腦中一直想著梅姆他們講的話，這就是梅姆他們拜託我採集的費波那草，梅姆要我盡可能蒐集這附近的費波那草，但是……。

──那麼多，我一個人拿不走。

娜婕顯得有些喪氣。一陣暈眩下，腳被田裡的坑洞絆住。

「危險！」

詩人趕緊扶她一把。娜婕意識到詩人抓著自己的手，突然驚慌起來，甩開詩人的手。

「您沒事吧？」

聽到詩人這麼說，娜婕才想到詩人是想幫自己，才抓住自己的手，因而感到相當抱歉。

「……對不起。」

「您沒有必要道歉喔。」

詩人對她露出微笑。夕陽下，詩人的臉龐看起來更俊美了。娜婕覺得臉頰開始發燙，內心深處也響起警鈴。

──要是又像之前那樣，被王妃看到就慘了。

　　娜婕慌張地對詩人說。

　　「那個、我先回宿舍了。」

　　「怎麼了？為什麼突然這麼說？」

　　詩人說他本來就想跟娜婕好好聊一次，希望她能再待一會兒。聽到詩人這麼說，娜婕不知道該高興、該害羞，還是該害怕。

　　「可是、那個……王妃她……」

　　回過神時，娜婕已說出口。

　　「王妃？您的母親怎麼了嗎？」

　　「那個，我會怕她。」

　　娜婕不知道自己說出這句話時是什麼表情，甚至不知道怎麼做才好。然而詩人一邊微笑一邊回應。

　　「王妃不是您的母親嗎？害怕自己的母親不是很奇怪嗎？」

　　「可是……」

　　「王妃一直都很忙，治理這個國家就讓她忙得不可開交。不過，她的心底一定還是關心著妳才對。王妃說過，城外有很多危險，所以不想讓女兒──也就是您，離她太遠。」

　　娜婕邊聽邊懷疑，真的是這樣嗎？雖然無法立刻相信，但也無法無視詩人說的話。

　　「王妃是個容易遭人誤解的人。坊間流傳著王妃會詛咒別人，但那些都不是真的。我基本上也不相信什麼詛咒。」

　　「可是，史慕斯伯爵夫婦他們……」

　　聽到娜婕的話時，詩人露出悲傷的表情。

　　「您是指那件事嗎，事實上，史慕斯伯爵夫婦曾住宿的修道院內，昨天已經有一名僧侶被逮捕，據說那位僧侶在史慕斯伯爵夫婦的食物中下了毒。」

　　「真的嗎？」

「真的。要是王妃知道連娜婕小姐都在懷疑她的話，她一定會很傷心喔。」

這時候，城堡那裡響起號角聲，告知晚餐時間已到。詩人有些可惜地說：「啊，我得走了。」露出一個微笑之後離開。娜婕則是站在那裡好一陣子，感到相當混亂。

究竟該相信誰？該相信什麼？該相信到什麼程度呢？娜婕回到房間，繼續她的計算作業，但一直沒有得到想要的結果。是因為太累了嗎？還是被詩人說的話影響了呢？

外頭天色暗了下來，突然傳出一些騷動。

——怎麼了？發生什麼事呢？

她看到窗外，有好幾位衛兵朝著這裡走來。

「娜婕小姐！娜婕小姐在嗎！」

娜婕迫不得已離開房間，往宿舍的門口走。認得娜婕的衛兵慌張地說。

「娜婕小姐，王妃傳喚您過去。」

「怎麼了？發生什麼事？」

「那個……有刺客暗殺了……里夏爾特王子。」

「咦！」

「王妃命令我們馬上把娜婕小姐帶到神殿。王妃說她現在很需要娜婕小姐，請您和我們一起走。」

雖然娜婕相當震驚，但也不能說不去。於是娜婕照著衛兵說的，跟著他們前往神殿。

衛兵打開神殿的巨大木門。裡頭相當昏暗，看不太清楚。從祭壇的方向傳來王妃的聲音。

——辛苦了。除了娜婕以外，其他人都退下，到神殿外守衛。

「是。」

衛兵留下娜婕，走出神殿。

——娜婕，過來這裡。

　　娜婕還是看不清楚王妃的樣子，只能依照聲音傳來的方向，走進神殿暗處。最後終於在神殿深處的壁畫與祭壇前看到王妃。王妃走近娜婕，抱住了她。

　　——啊啊，娜婕。里夏爾特發生不幸，我的心就像被撕裂了一樣，但這時候有妳這個「女兒」，讓我安心不少……。

　　王妃流下淚來。娜婕有點懷疑自己聽到的話，但這些話聽起來又很像是真情流露，王妃發自內心認為，這個「女兒」的存在讓她感到欣慰。這讓娜婕心生動搖，自己對王妃的懷疑該不會全都是錯的吧？梅姆等妖精讓自己看到的事物，會不會都是幻覺呢？剛才詩人說的，王妃根本沒有在詛咒別人，會不會才是事實呢？

　　但王妃接著說的話有些奇怪。

　　——因為有妳在，才能讓里夏爾特復活。我有妳這個「女兒」，真的是太好了。

　　「咦？」

　　到底是怎麼回事？娜婕心中產生疑問，但為時已晚。王妃放開娜婕之後，朝著娜婕背後做出手勢。娜婕的雙手、雙肩馬上被好幾個人按住，嘴巴也被塞住，固定住娜婕的是這裡的祭司。王妃接著說。

　　——娜婕，現在我要把妳的數轉移到里夏爾特身上。妳的命運數，124155 的因數全部加起來之後，會得到里夏爾特的命運數。所以妳的數可以讓里夏爾特復活，妳覺得如何呢？雖然妳會死去，但可以幫我一個大忙，很高興吧？畢竟……。

　　娜婕聽到接下來的話，失去了抵抗的能力。

　　——畢竟，妳也只有這個價值。

第
4
章

門的另一邊

　　衛兵隊長特萊亞從部下那裡聽到里夏爾特王子的死訊時，懷疑自己是不是聽錯了。

　　「你沒搞錯嗎？」

　　「不，千真萬確。」

　　「究竟是誰！」

　　「這個……」

　　部下顯得有些難以啟齒，但還是回答了問題。

　　「下手的是國王的兩名護衛，他們已經被捕了。」

　　部下說出這兩名護衛是誰，兩個都是特萊亞熟知的名字。

　　「他們為什麼……」

　　「聽說是……國王親自下的命令。」

　　「什麼？」

　　就部下所言，國王數天前與他的情人悄悄離城，在鄰國艾爾德大公國的保護下到了那裡。國王打算廢掉與王妃生下的里夏爾特，讓情人與自己生下的兒子繼承梅爾森王國的王位，並請鄰國協助。

　　「怎麼會有這種事……」

國王長年被王妃冷落，這次他終於向妻子伸出獠牙。

——原來除了我之外，還有其他人想殺掉里夏爾特王子。

之前在「黑之瑪蒂爾德」的勸說下，特萊亞已經放棄暗殺王子。但沒想到沒過多久，王子就死在別人手中。雖然這完全在預料之外，不過戰場上卻很常發生這種事。特萊亞趕緊理清思緒。到了這個地步，該做的事只有一個。

「娜婕小姐！現在要先保護好娜婕小姐才行！」

「為什麼會提到娜婕小姐？剛才已經有其他人去接娜婕小姐了。王妃命令衛兵把娜婕帶到神殿。」

特萊亞的臉色變得鐵青。沒想到王妃已經開始施行「邪法」，必須馬上阻止她才行。不過，考慮到之後的事，特萊亞認為不能把部下捲進來，應該要把行動塑造成「自己的獨斷」才行。於是特萊亞一人奔出軍營。

——為了復活死去的兒子而犧牲養女，這就是王妃的「邪法」。

這是幾天前從瑪蒂爾德那裡聽到的王妃的恐怖計畫。瑪蒂爾德說，娜婕與里夏爾特的命運數之間有很深的關聯。

——娜婕小姐的命運數是 124155，里夏爾特是 100485。娜婕的命運數中，除了本身之外的因數，共有 1, 3, 5, 9, 15, 31, 45, 89, 93, 155, 267, 279, 445, 465, 801, 1335, 1395, 2759, 4005, 8277, 13795, 24831, 41385。將這些數全部加總之後，就會得到里夏爾特的命運數。

據瑪蒂爾德所言，這個關係反過來也成立。也就是說，里夏爾特的因數中，除了命運數本身之外，將其他因數全部加總後，也可以得到娜婕的命運數。

當其中一個人死亡時，這個性質就能派上用場。只要在其中一個人死後的數小時內，用某種特殊方法殺掉另一個人，將他血液中命運數的因數「加總、轉移」，就能夠「復原」死者的命運數，使

死者復活。

　　——也就是說，對於王妃來說，娜婕小姐存在的意義……就是在里夏爾特發生萬一時的「命運數貯藏庫」。

　　太可怕了，沒想到居然有這種事。特萊亞有點同情娜婕。

　　特萊亞一邊動身前往神殿，一邊想思考自己該怎麼做。自己體內流的達拉貢家血液，有著「反骨之大刃」，不管自己被什麼人、用什麼方法殺掉，兇手都會被這個刃反傷。特萊亞原本希望被反傷的人是王妃或王子，但現在不是想這個的時候。特萊亞現在只想盡全力救出可憐的娜婕。

　　「特萊亞。」

　　突然有人叫住她。特萊亞停下來回頭一看，站在那裡的是瑪蒂爾德。

　　「為什麼要叫住我？要是不趕快過去的話，娜婕小姐會……」

　　「我知道，但妳現在該去的地方不是神殿，我希望妳能去另一個地方。」

　　「不去神殿？那誰來救娜婕小姐？」

　　「這個妳不用擔心。請妳做好準備，等等要請妳帶娜婕出城。」

　　被關進透明棺木內的娜婕，被「放置」在神殿祭壇左側，里夏爾特的透明棺木則放在祭壇的右側。王妃與祭司在不遠處談話，但娜婕看不到他們，只能隔著棺木的玻璃看著神殿的天花板。「畢竟，妳也只有這個價值。」剛才王妃說的話，一直在娜婕腦中揮之不去。

　　娜婕從以前就覺得自己對王妃來說沒有意義，王妃的態度明顯表現出這點。不過，在王妃當面說出來之前，娜婕心中某處仍抱著一絲期待：「說不定只是我誤會王妃了。」王妃的態度是冷淡了些，

但她或許偶爾還是會想到自己。既然被收為養女，就表示自己對王妃來應該有「某種意義」才對。

就在剛才，王妃親口說出自己對她來說有「某種意義」。娜婕並不悲傷、並不寂寞，只是……全身被抽走了力氣，現在的自己失去活著的動力。

娜婕無力地笑著，自己就像笨蛋一樣。除了自己的輕笑聲之外，玻璃棺木外還傳來王妃與祭司的對話。

——還沒好嗎？快點！

——您催也沒用啊，準備需要時間……

——拖太久的話就無法復活里夏爾特了啊！還不快點……

——里夏爾特王子沒有問題的。放在這個玻璃箱中的話，死後數天內仍可保持原本的狀態。只要在這段時間內進行「血的加總」，就能復活了。

——你講的還真輕鬆。我現在只想馬上處理掉我那個愚蠢的丈夫！要是不能復活里夏爾特的話，我就沒辦法專心收拾我丈夫！

——但準備確實還需要時間……

王妃一直不斷催促，但祭司卻只用準備需要時間來回應她，讓王妃越來越生氣，終於開始發飆，大聲怒罵祭司，還說要是她等一下回來時，里夏爾特還沒復活的話，就要殺掉所有人，接著在隨侍的護送下離開。祭司一言不發目送王妃離開，關上神殿的大門後，繼續埋首於準備工作。娜婕心想。

——那就是那個人的本性。

王妃明顯沒有把祭司當做「人」來看，只是「道具」而已。就像對她來說，娜婕只是「數」而已。

這時候，娜婕心中突然萌生某種情緒。這種情緒比平常還要激烈，讓娜婕全身都熱了起來。那是娜婕長久以來壓抑著的情緒。

——我現在覺得非常憤怒。

回憶漸漸在腦中浮現。王妃無視畢安卡的傷，只在意里夏爾特有沒有受傷、欺凌他人、咒殺過許多人，就連「算童」的女孩們、指示她們進行作業的侍女長……想必畢安卡也是王妃殺的吧。而王妃咒殺他們的道具，就是即將成為犧牲品的妖精。

——拜託妳了。

娜婕想起認真懇求她的梅姆。娜婕覺得十分對不起他們，自己最後還是幫不上忙，連梅姆與加夫的命運數都分解不出來。

——要是還有時間的話就好了。

4899999991 是個很大的數。要找到能整除它的數，得花多少天才行呢？要是能早點找到答案的話，事情就不會演變至此。這樣下去就像梅姆說的一樣，妖精遲早會死亡，他們一直在王妃的控制下，邊工作邊想念著故鄉，最後死在那個昏暗的洞窟內。

——真不甘心。

娜婕咬緊嘴唇、閉緊眼睛集中精神。雖然知道這沒有用，但娜婕知道自己並不想放棄，只是，自己的力量不夠。

畢安卡常會想到一些神奇的計算方法，如果是畢安卡的話，或許就能迅速推導出答案了。就像她問娜婕：「你可以不使用石板計算 48×52 嗎？」畢安卡的解答方法讓娜婕印象深刻。

「48 是 $50 - 2$ 對吧？而 52 是 $50 + 2$ 對吧？$50 - 2$ 乘上 $50 + 2$，會等於 50×50 減去 2×2 喔。」

所有的數都適用這個規則。$100 - 5$ 與 $100 + 5$ 的相乘結果，會等於 100×100 減去 5×5，所以 95×105 等於 $10000 - 25$，答案是 9975。而 $70 - 3$ 與 $70 + 3$ 的相乘結果，會等於 $70 \times 70 - 3 \times 3$。所以 67×73 等於 $4900 - 9$，答案是 4891。

——4891？

娜婕發現這個數和 4899999991 很像。

娜婕睜開眼睛，玻璃棺木正上方的吊燈光芒射入眼中。一陣目

眩後，娜婕突然靈光一閃。

——4899999991 是 4900000000 減去 9 得到的數。

4899999991 等於 4900000000 − 9。而 4900000000 等於 70000 × 70000，9 等於 3 × 3。也就是說，4899999991 等於 70000 × 70000 − 3 × 3。

接著，娜婕腦中浮現出兩個數字。

——不會吧？這就是答案嗎？

心中浮現出這個疑問的同時，娜婕試著用心算「確認」這兩個數的相乘結果。兩數乘積確實是 4899999991。也就是說，這兩個數都是能夠整除 4899999991 的數。

——啊，我知道了。

我知道梅姆和加夫的命運數了！我知道要怎麼打開那個門了！

「放我出去！拜託！」

娜婕舉起雙手敲打玻璃棺蓋。棺蓋相當堅固，喊叫聲傳不出去。娜婕相當後悔，為什麼剛才在被關進來之前不多抵抗一下呢？即使用盡全力敲打、推擠棺木的每一面，但棺木絲毫不動，祭壇附近的祭司似乎也沒注意到棺木發出的聲響，只是專心準備儀式。一名祭司在祭壇前舉起發光的大劍開始祈禱，其他祭司也跪下跟著祈禱。大劍在神殿吊燈下，發出不祥的閃光。娜婕有種討厭的預感。不，這不是預感，那毫無疑問是為了殺死自己而進行的儀式。

祭司的祈禱不久後就結束了，拿著大劍的祭司往自己走來，後面跟隨著許多手拿香爐的祭司。手拿大劍的祭司，就是之前主持娜婕成人儀式的大祭司，然而他現在卻為了殺死自己而走近。大祭司走到裝著娜婕的棺木旁時，用沒持劍的那隻手碰觸玻璃棺蓋的中央部分，玻璃棺蓋上便出現了一道細長裂縫，剛好是可以讓大劍穿過去的裂縫。裂縫的正下方，就是娜婕的心臟。

「不要！放我出去！」

娜婕使盡全力地哭喊著。她的喊叫聲應該有透過玻璃棺蓋的裂縫傳出才對，祈禱中的大祭司露出不捨的表情，但動作只有停頓一瞬，並沒有停止祈禱。他將大劍的劍尖朝上，低聲詠唱簡短的祈禱文後，隨即將劍尖朝下，停在玻璃棺蓋裂縫的正上方。

　　「將汝全身之血，化作汝之數，在汝兄里夏爾特身中加總吧。」

　　──啊啊。

　　結束了。明明好不容易算出答案了。

　　──梅姆，對不起。

　　結果，我的命運還是在王妃的掌控之下。大劍從玻璃棺蓋的裂縫逐漸往下移動。看到劍尖時，娜婕因為恐懼而瀕臨崩潰，她感覺到血液全部集中到腦部，眼前一片黑暗。

　　「喂！你是誰！快點！快抓住他！」

　　娜婕聽到外面傳來雜音，突然恢復意識。大祭司還拿著大劍，但眼睛並沒有看著她。順著他的視線看過去，可以看到其他祭司相當慌張，朝著神殿的一角前進。

　　什麼？發生什麼事了？從娜婕的角度看不清楚，但在一片混亂的祭司群中，似乎有個人影。

　　那個人影朝著自己迅速跑來，祭司在後面緊追不捨。站在娜婕棺木旁的大祭司趕緊把注意力拉回娜婕身上，想將大劍盡快刺進娜婕的身體，但他的動作卻被那個趕來的人影阻止。那個人影輕鬆跳過娜婕的棺木，落在大祭司的旁邊，抓住他的手，把大劍搶了過來。

　　──是誰？

　　是娜婕不曾見過的人。可從身形判斷出是一名年輕女性，銀色的短髮留到下巴，但娜婕看過她身上穿的長袍。

　　──是我不久前做的那件長袍！

　　那是做給里夏爾特穿的深綠色長袍。那件長袍應該放在娜婕的房間才對，為什麼……。她到底是誰呢？

銀髮少女與大祭司纏鬥一陣之後，用大劍擊打大祭司的肚子，大祭司一個踉蹌，倒了下來。但其他拿著武器的祭司馬上團團包圍住銀髮少女和娜婕的棺木，擺出準備開打的架式。這讓娜婕覺得不管是這名女性還是她，都已無路可逃。

這時，銀髮少女放開大劍跳上娜婕的棺木。像是趴在棺木上一樣，她的雙手雙膝碰觸著玻璃蓋，這時娜婕才看到她的臉。脖子纖細修長，臉龐嬌小，眼睛是單眼皮，還有點微微上吊。是位美麗的女性，娜婕卻不知道她是誰。不過，在她將手伸入懷中，像是要拿出什麼東西時，娜婕清楚看到她的脖子上有個東西。

那是一道傷口，像是眉月般的細長弧形傷口。

──那道傷口是……！

在娜婕感到驚訝的瞬間，祭司也正打算攻擊趴在棺木上的女子。一位祭司舉起劍，準備朝著那名女性揮下。

「快逃！」

娜婕對著那名女子喊道。銀髮少女沒有逃，反而向娜婕微微一笑，然後從懷中取出某個東西，朝向娜婕。

是鏡子。是那個娜婕放在自己房間內的鏡子。

娜婕被鏡子吸了進去。連玻璃蓋都沒辦法擋住娜婕，她的身體就這樣被鏡子拉進去。在完全被鏡子吸進去之前，娜婕再次注意到銀髮少女脖子上的傷口，不經意說出了那個名字。

──畢安卡。

加夫開始吐血，這表示他的命運數已經減少到原本的百分之一以下了。

──命運數正在泡沫化。到了這個地步，隨時都有可能死去。

加夫橫躺在工作台上，痛苦地呼吸著。梅姆看到他這個樣子，已經無法再忍下去。不僅如此，鏡子另一邊的王妃，還打算對妖精下達指示。

但是加夫已經無法工作了。

──既然如此，就只能賭一把了。

能打開那扇門的「鑰匙」，是自己與加夫的命運數，但梅姆已經放棄等待娜婕計算出結果來打開那扇門。事到如今，他只能把機會賭在「用力打開這扇門逃走」的可能性上。

梅姆不保證這個方法會成功，但他們至今的確不曾嘗試用蠻力打開這扇門。要是他們試圖這麼做，鏡蟲馬上就會出現，把所有同伴殺掉。但現在若遵從那個女人的命令，繼續「工作」的話，加夫會死去，但若拒絕工作，鏡蟲就會出現。梅姆正在思考，他們有沒有辦法一邊承受鏡蟲的攻擊，一邊打開門逃出去呢？

要是不能打開門，大概所有同伴都會被殺掉吧，但梅姆已經有所覺悟。在加夫睡著時，梅姆與基梅爾、達列特、扎伊說了他的計畫，沒有人反對。既然大家都是侍奉妖精王的神官，便已經有一定覺悟。

「……梅姆。」

聽到加夫的呼喚，梅姆轉頭看向他。

「喂，別再說話了。」

「有命令……對吧。得快點……工作。」

加夫準備站起身來。

「加夫，你別起身。」

「不行啊。」

梅姆想阻止加夫起身，加夫則擋住梅姆的手，一邊顫抖一邊坐起來。加夫正在微笑，臉色卻一片蒼白。

「梅姆還有時間，其他人也是……」

「別再想這些事了。」

「不行啊……梅姆你們必須回到花拉子米森林……回到加底王的身邊才行。加底王一定在等你們。」

梅姆一時說不出話來。加夫從以前就是這個樣子，看起來好像沒在思考，卻會突然說出直指核心的話。或許是看到梅姆不知所措的樣子，加夫開玩笑地說。

「我們的國王……看起來很威風……但其實他很怕寂寞，很怕失去大家……他一定在等著大家回去。」

在梅姆思考著要如何回應時，加夫抬頭看向洞窟頂端。

「就算是我……一個人死去也是會寂寞啊。但是……我不希望大家被『那種東西』吃掉。」

梅姆也抬起頭看向洞頂。有五隻長滿無數棘刺的蚯蚓在洞頂盤旋，身體像是鏡子般發出光芒，牠們就是所謂的「鏡蟲」。

——來了嗎？

要是妖精不遵從「主人」的命令，鏡蟲就會出現，牠們會先在洞窟頂端盤旋，過了一定時間後，就會飛下來奪走他們的性命，就像是鏡中世界的枷鎖一樣。

「喂，該怎麼辦呢？梅姆。」達列特的呼吸有些亂。

他身旁的基梅爾看了看上方說：「我已經準備好囉。」

梅姆看向扎伊。

扎伊從原本坐著的位置跳下來：「我也準備好囉，決定好了嗎？梅姆。」

梅姆點了點頭，只剩加夫一人仍痛苦地搖著頭。

「不行啊……大家……這樣不行……」

「你就老實點吧，只要把你送到門的另一端就行了。」

梅姆把手放在加夫的頭上，輕輕拍了幾下。以前當加夫過於浮躁時，梅姆就會這樣安撫他。被拍了幾下之後，加夫似乎有些困擾，

雖然閉上嘴巴，但表情顯然有些不滿，下一刻卻吐出大量鮮血，倒在地上。

「加夫！」

所有人趕緊來到加夫身邊。加夫咳了幾次，動也不動。

達列特悲痛地叫喊：「加夫該不會是死了吧！？」

扎伊蹲下來碰觸加夫的身體：「不，他還活著！梅姆，快指示大家行動！」

扎伊說完後，梅姆用渾身的力量下令。

「基梅爾與達列特，你們把加夫搬到門的旁邊！然後用身體把門撞開。我和扎伊負責吸引鏡蟲的注意！可以嗎，扎伊？」

「我知道了。」

梅姆與扎伊一邊移動，一邊吸引鏡蟲的注意，盡可能在遠離門的位置擺好架式。五隻鏡蟲一邊盤旋，一邊觀察妖精的樣子。突然，有一隻鏡蟲急速下降，朝著扎伊飛去。

——要是被牠鑽入衣服裡就完了。

蟲形惡靈大多會從衣物的袖口、衣領、裙擺等開口處入侵，鏡蟲也一樣。要是被鑽入衣服內，牠們身上的棘刺就會在身體中央開一個大洞。

扎伊用雙手阻擋飛向他的鏡蟲，但在手觸碰到鏡蟲的瞬間，牠們突然加快速度，撞擊扎伊的右肩，扎伊的肩膀噴出血來。

「扎伊！」

梅姆想衝向那隻鏡蟲，但另一隻鏡蟲也開始下降，掠過梅姆的背後。梅姆的衣服被撕裂，滲出血來。梅姆勇敢地與鏡蟲戰鬥，卻有另一隻鏡蟲突襲他的背後。梅姆一邊應付這些鏡蟲，一邊向門旁的達列特與基梅爾大喊。

「如何！門打得開嗎！」

「不行！門完全動不了！可惡！」

達列特毫不猶豫地回答。梅姆心想。

——到此為止了嗎？不，還不能放棄。

「扎伊，你也到門邊幫他們開門！鏡蟲由我來引開！」

肩膀流著血的扎伊不安地看向梅姆，但還是點了點頭，飛奔到門邊。現在只有梅姆獨自面對鏡蟲。五隻鏡蟲全朝著梅姆飛來。

——我大概就到此為止了，但你們一定要逃出去！

梅姆已有壯烈犧牲的心理準備，但此時，洞窟角落出現小小的圓形光點。接著，有人跳了進來。

「娜婕！」

梅姆驚聲叫道。娜婕跌坐在洞窟地板上，或許是因為很痛，表情有些扭曲。不過在她認出梅姆之後，隨即朝著梅姆的方向跑去。

「梅姆！我知道了！我知道你和加夫的命運數了！我知道那扇門的鑰匙了！」

「妳說什麼！」

「哎呀！」

娜婕發出慘叫，因為所有鏡蟲一齊朝著娜婕飛去。

「娜婕！別靠近牠們！要是讓牠們鑽入衣服裡就完了！」

但已經太遲了，一隻鏡蟲已接近娜婕的裙襬，衝撞她的膝蓋，使她跌倒。

「啊啊！」

梅姆大叫出聲，此時卻發生神奇的事。撞擊娜婕的鏡蟲發出響亮的撕裂聲，從頭部往下裂成兩半，掉到地上。

「這是……」

裂開的鏡蟲倒在洞窟地板上，像是死掉的蠹魚一樣，一動也不動。娜婕再度起身後，又有兩隻鏡蟲要襲擊她，這次鏡蟲瞄準了她的兩個袖子。娜婕沒注意到鏡蟲的襲擊，只顧著向梅姆大喊。

「你和加夫的命運數是 70003 和 69997！」

「保護妳的袖子！」

兩隻鏡蟲直衝著娜婕的袖子而來。然而在下一秒，鏡蟲卻像是被擊飛一樣，從娜婕身邊彈開，頭部裂成兩半後掉落。

「雖然不知道發生了什麼事，但那個人不是很厲害嗎？」

在遠處觀看這一幕的達列特相當興奮。身旁的扎伊則趁著這段時間，用手指在門上寫下梅姆與加夫的命運數。於是，原本動也不動的門「喀拉」一聲，往外打開。達列特與基梅爾趕緊把加夫搬到另一側。扎伊對洞窟內人喊──

「梅姆、娜婕，快過來！」

「你們已經到門的另一側了吧！我們馬上就過去！」

這時，娜婕正被剩下的兩隻鏡蟲襲擊。一隻朝著娜婕的領口飛來，但它一碰到領口，頭就裂開了。梅姆往娜婕的方向飛來，注意到一件事。

──是鋸齒紋的關係嗎？

娜婕衣服的開口處有某種圖樣，細小的三角形排成鋸齒狀。雖然不曉得那是布料本身的圖樣，還是後來繡上去的，但那個圖樣確實是能夠咬碎惡靈的「齒」，可以用來對抗鏡蟲。

──但衣服上各個部位的驅魔圖樣通常只有一次效力。

這時還剩下一隻鏡蟲追著娜婕。在牠正要從娜婕的後頸潛入背部時，梅姆抓住娜婕的右手，飛了起來。不過鏡蟲也馬上跟上來。

「快被追上了！梅姆！快點！」

在門前等待的扎伊大聲喊著。就像他說的一樣，鏡蟲離他們越來越近。雖然梅姆全力衝刺，但他還抓著娜婕，背後的鏡蟲速度也相當快。這樣下去，若不是被鏡蟲追上，就是和鏡蟲一起穿過門。到底該怎麼辦才好……。

「吶！」

娜婕向梅姆搭話。

「現在沒時間聊天！先閉嘴！」

「不是啦！我想問，為什麼剛才蚯蚓會被我彈開？」

娜婕想問清楚剛才的情況，於是梅姆回答。

「因為妳衣服上的鋸齒紋，就是那個三角形的圖樣，幫妳擊退了惡靈。」

「你的意思是那些長刺的蚯蚓會怕這種驅魔用的圖樣嗎？」

「是沒錯，但妳衣服上的鋸齒紋的力量已經用完了。兩個袖口、領口、裙襬，這四個部位在剛剛擊退蚯蚓時都已經用掉了。」

「不是三角圖樣就不行嗎？」

什麼意思？梅姆看向娜婕。鏡蟲正在從娜婕下方逼近，娜婕用另一隻手解開腰帶。梅姆看到腰帶上的圖樣後，才知道她想做什麼。

——迷宮紋。

娜婕把腰帶丟向下方，鏡蟲就像被吸進腰帶一樣，整個消失。

「成功了！驅魔圖樣很有效耶！」

「這只有暫時的功效！別大意！」

迷宮紋能夠讓惡靈暫時迷路。不過，要是迷宮紋做得不好，惡靈不到一秒就會再度出現。還好娜婕腰帶的迷宮紋效果很好，幫他們爭取到好幾秒的時間。梅姆要娜婕緊緊抓住他，然後用盡全力加速，門就在眼前了，扎伊正在那裡等著。

「扎伊，你先出去！我們要直接衝過去了！」

扎伊點了點頭，然後穿過門縫。

「追來了！」

如同娜婕所說，鏡蟲逃脫了腰帶的「迷宮」，再次追向他們。

——距離門關上還有三秒⋯⋯兩秒⋯⋯一秒⋯⋯

「就是現在！把門關起來！」

飛過門的梅姆一邊保持前進的衝力，一邊回過頭來看情況。達

列特站在門的左側，基梅爾、扎伊則站在門的右側，他們正努力把門關上，但鏡蟲發光的頭部卡在門縫中，使門關不起來。這時基梅爾大叫。

「扎伊！幫我好好頂住這扇門！」

扎伊點了點頭。在基梅爾離開門的瞬間，門稍微開了一點，扎伊與達列特拚命壓住門。基梅爾開始助跑，用身體撞向兩扇門中間的門縫。

撞擊時發出很大的聲響，使門朝著另一邊傾斜。鏡蟲的軀幹在基梅爾的撞擊下往另一邊彈飛，頭部前端則被左右兩邊的門夾碎。基梅爾也因為撞擊而往後彈，倒在地上呈大字狀，這時門才完全關起來。

「得救了……我們逃出來了！」

梅姆減緩速度後，輕聲說道。他們自由了，不再是那個女人的奴隸了。

「好像變得比較亮了耶。」

就像娜婕說的一樣，在門完全關閉之後，周圍越來越亮，景象越來越清楚。他們身處於半圓形的空間內，被白色光滑的牆壁包圍著，正面牆壁的中間有個象徵大氣漩渦的標誌，周圍纏繞著藤蔓，那是花拉子米森林的紋章。這裡確實是八年前他們進入鏡中時曾通過的地方。光源位於牆壁的正上方。

「梅姆，你看！那是──」

梅姆沿著娜婕指的方向看過去，那裡有個小小的圓形鏡子。

「那是我的鏡子嗎？」

娜婕指著光源問道，梅姆回答。

「沒錯，那就是出口。」

梅姆要其他人先留在原地，自己一個人靠近鏡子，窺探外面的狀況。外面安全嗎？梅姆保持著警戒，這時他認出外面的人，才讓

他放下心來。那就是一直以來鼓勵著他們，預言「拯救者」娜婕存在的黑衣女子。她的右眼對上梅姆的眼睛時，一言不發朝著梅姆點了點頭，這個小動作讓梅姆心領神會。

——啊啊，太好了，外面很安全。

「怎麼了，梅姆？可以出去嗎？」

娜婕出聲詢問梅姆時，黑衣女子已經從梅姆的視野中消失了。過沒多久，鏡子發出的光芒越來越強，鏡子變得越來越大，逐漸包裹住梅姆、娜婕、在門旁邊的基梅爾、達列特、扎伊，以及昏睡中的加夫。

「這是……這是什麼光……？」

梅姆在心中回答娜婕的問題。

——這是解放我們的光，我們終於能與聰明高尚的「拯救者」一起回到外面。

鏡前的王妃相當著急。

「到底是怎麼回事！怎麼都沒有反應？什麼時候才要開始『分解命運數』！」

但不管王妃如何叫喊，鏡子還是一點反應都沒有。這讓王妃越來越暴躁。既然已經確定能讓里夏爾特復活，那麼現在最重要的，就是阻止那個愚蠢丈夫的背叛。

——我無時無刻想殺了你。之所以沒那麼做，只是憐憫你而已。

那個愚蠢丈夫一定是想藉著艾爾德大公國的力量，在最近攻打梅爾森王國。我得在那之前，在那個男人拿刀指向自己之前，讓他停止呼吸。必須這麼做才行。但不知為何，這個鏡子就是不聽我的命令。

──那些低賤的妖精，該不會是在偷懶吧！

那些「奴隸」到底在幹嘛？他們要是不聽我命令的話，不是馬上就會死掉嗎？

這時，王妃聽到房間外傳來騷動，有人在呼喊自己的名字，她火冒三丈地打開房門，看到走廊的衛兵個個神情慌亂。到底是怎麼了！衛兵一一跪下，向盛怒中的王妃報告。

「那個……有人入侵神殿，娜婕小姐也不見了。」

王妃一時間無法理解自己聽到的。衛兵斷斷續續地說明。

「那個、入侵者是一名，從、從沒見過的、銀髮少女。那名女子對娜婕小姐做了某些事、然後娜婕小姐就消失了……」

「那你們在幹嘛！還不快把那個女人抓起來！」

「那個、被她逃走了……」

「娜婕呢？！」

「找不到。」

簡直是難以置信。王妃怒罵衛兵要他們退開，然後急忙前往神殿。衛兵緊隨在身後，他們的存在讓王妃相當煩躁。

──一個比一個沒用，腦袋都裝什麼了！你們除了妨礙我，還會做什麼？

王妃一邊怒罵，一邊走入神殿。神殿內的祭司亂成一團，每個都狼狽不堪，里夏爾特的遺體被放在一旁無人理會。王妃大聲斥責他們，要他們說明狀況，但他們也說不出娜婕跑到哪裡去，只想為自己的過失找藉口。

「我不想再聽藉口了！聽了也是白聽，你們全都給我去找娜婕！快去！」

盛怒的王妃讓祭司、衛兵都繃緊神經，趕緊投入搜索作業。接著王妃開始大喊。

「瑪蒂爾德！瑪蒂爾德在哪！？」

「這裡。」

「黑之瑪蒂爾德」隨即現身。盛怒的王妃對她下達命令。

「用『蜂』搜索娜婕！馬上！」

「我知道了。」

即使是現在這種情況，瑪蒂爾德仍能保持冷靜，不慌不忙地走出祭壇。王妃看著放在祭壇右側的玻璃棺木。橫躺在棺木內的里夏爾特，臉色還是一樣蒼白。里夏爾特實在太可憐了。我一定會馬上抓住娜婕，讓你復活。

一定很快就能找到娜婕，王妃對這件事充滿自信。每件事都會照自己的計劃進行，不管碰上什麼樣的麻煩，都能夠迎刃而解。

──因為我的命運數，是個特別的數。

只要一想到自己的命運數，王妃就顯得特別高興。即使事態演變至此，命運數還是能給自己很大的希望。沒過多久，王妃就聽到衛兵呼喊自己的聲音。一定是好消息沒錯。王妃抬起頭，期待接下來聽到的消息。

「找到娜婕了嗎？找到了吧！」

「不……不是這樣的。那個……藥草田的草全都被偷走了。」

王妃懷疑自己是不是聽錯了，但衛兵接下來說的話更是讓人難以置信。

「傭人說……衛兵隊長特萊亞遵從『王妃的命令』，在很短的時間內割走了田裡的所有藥草。接著特萊亞把藥草放上馬車，從後門離開了。」

王妃突然覺得眼前一暗。

第
5
章

約定的樂園

　　娜婕醒來時，覺得自己似乎「在車廂裡面」。沒有窗戶，看不到外面，但她聽得到馬蹄聲，以及嘎啦嘎啦的車輪轉動聲，也聞得到青草的味道。

　　之前似乎是靠著牆睡著了。她的腳下傳來很大的鼾聲，原來是仰睡的基梅爾。後方可以看到另一名妖精的背部，那是面向牆壁睡著的扎伊。

　　娜婕花了一點時間，才想起她睡著之前發生的事。當她和妖精一起從鏡子逃出來時，周圍是一片森林，那裡有一台馬車，旁邊站著衛兵隊長特萊亞。娜婕以為特萊亞是奉王妃的命令前來捉捕自己，特萊亞則否認這點：「我是王妃的敵人，娜婕小姐的同伴。接下來，我會帶著娜婕小姐逃到安全的地方。」特萊亞似乎一開始就知道梅姆他們的事，所以也準備了給加夫躺下的床、包紮用的工具、食物與水等。梅姆他們馬上就相信了特萊亞的話，催促著還在猶豫的娜婕坐上馬車。馬車開始前進後，娜婕開始幫忙妖精包紮傷口、照顧加夫，直到累得睡著。

　　「妳醒了嗎？」

聲音從右上方傳來。達列特坐在稍高的位置，他旁邊的床上，躺著加夫。

「加夫還好嗎？」

「還是沒有意識，不過還活著喔。雖然身體狀況還是很危險，但既然逃了出來，就還有得救的機會。不管怎樣，很高興妳能幫我們把加夫從那個糟糕的地方救出來，非常感謝妳。」

達列特向娜婕道謝。總是板著臉的他，居然露出溫和的表情。有些害羞的娜婕，繼續詢問達列特。

「我們現在到哪裡了呢？」

「我也不知道，只知道我們到了非常遠的地方。」

過了一陣子，馬蹄聲越來越慢，馬車終於停下來。娜婕的旁邊吹進一陣風，讓她想起這是馬車車廂的出入口。接著她看到一名戴著頭盔的女性的臉，是特萊亞。

「娜婕小姐，您醒了嗎？覺得身體如何呢？」

「我沒事，但為什麼妳要幫我們……」

「待會兒我會再好好解釋這點，先讓我說明眼前的狀況吧。我們剛才已經跨越國境，進入艾爾德大公國了。」

「這表示……我們已經離梅爾森城很遠了嗎？」

「畢竟我們的馬車跑了一整個晚上啊。我早上有稍微睡了一下，之後又移動很長一段距離。現在梅爾森城，甚至是梅爾森王國的土地，都已經不在視線範圍裡了。來，請往這裡走。」

特萊亞伸出手，協助娜婕從馬車走下來。這時已接近黃昏。娜婕看著碧綠的群峰，心想自己從出生以來，第一次與梅爾森城離得那麼遠。直到不久前，娜婕還覺得自己永遠不可能離開那座城。但真的離開之後，卻覺得心情比待在城裡輕鬆許多。

——因為遠離了王妃。

特萊亞走到馬車前方照顧馬匹。梅姆坐在其中一匹馬上，他注

意到娜婕後，俐落地下了馬。

「娜婕，身體如何？」

「我沒什麼大礙。」

「是嗎？那就好。我們很感謝妳喔。沒想到妳在外面的世界還有那麼可靠的幫手。」

梅姆邊說邊看著特萊亞。看來他說的「可靠幫手」就是指特萊亞，正當娜婕想和梅姆說「她也不曉得為什麼特萊亞會幫助她」的時候，梅姆先開了口。

「這位特萊亞大人與我們花拉子米妖精有很深的淵源。在很久以前，這位大人的祖先救了當時的妖精王。那時妖精王被**影**抓住，特萊亞大人的祖先就從**影**的手中救出妖精王。」

——**影**。是指《聖之傳說》中登場的**影**嗎？是那個引誘第一個被造出來的人類**初始第一人**走上歧途的某種存在嗎？娜婕詢問特萊亞這些事時，她一邊照顧馬匹一邊回答。

「沒錯，就是那個在《傳說》中出現的**影**。就像梅姆先生說的一樣，我們達拉貢家的祖先，曾經與**影**戰鬥過。那位祖先原本侍奉某座城的城主。有一天，那位城主突然說出『我要成為神』之類的話，不分青紅皂白，開始殺戮平民。為了阻止他的暴行，我的祖先與他的家臣合力殺了城主。但事實上，那位城主正被他身旁一名年輕貌美的男性操控，那名男性的真實身分就是**影**。」

娜婕回想起《傳說》的記述。

——第一人在樂園中過著自由自在的生活。然而有一天，**影**悄悄在他身旁低語，即使你擁有**受祝福之數**，有一天你也會衰老死亡。難道你不想像不老眾神那樣，擁有更好的「數」嗎？

初始第一人聽到影的話之後，就試著尋求**不老眾神之數**。這和特萊亞說的故事中的城主相當相似。不過，城內神殿的壁畫中，**影**是一團輪廓模糊的黑色雲霧。娜婕從沒聽說過**影**能化作人類。特萊

亞聽到娜婕的疑問，回答說。

「確實，壁畫中的影並沒有明確的形象。但實際上，影似乎能潛藏在人類或妖精體內，以他們的外貌示人。然而，如果影想獲得完全的形體，只吞噬一個人是不夠的，至少要吞噬兩個人才行。而和我祖先戰鬥的影，除了吞掉城主的親信之外，也把妖精王吞了下去。」

特萊亞開始描述她的祖先與影戰鬥的樣子。影相當強，特萊亞的祖先與部下被打得幾乎全軍覆沒，最後祖先捨身攻擊，以自己的性命為代價，才讓影四分五裂。

「以自己的性命為代價？」

「是的，我們達拉貢家族，有些人體內含有巨大的『刃』，那位祖先也一樣，這個刃會反彈到殺死自己的對象上。雖然影殺死了祖先，但身體的一部分也被切了下來，使他體內的兩人——城主的親信與妖精王，被放了出來。」

梅姆接著特萊亞的話，繼續說明。

「影沒有固定的形體，一般的武器無法傷害它。但達拉貢家的刃卻能撕裂它，這才救出了當時的妖精王。達拉貢家的勇敢傳說也一直在花拉子米妖精一族代代相傳。」

特萊亞接著回應梅姆。

「達拉貢家也一直流傳著妖精王的傳說喔。那位王為了『感謝』我們祖先所贈予的禮物，也一起流傳了下來。」

特萊亞邊說邊輕輕笑著。娜婕發現，這似乎是她第一次看到特萊亞的微笑。特萊亞取下雙手的防具，那雙手相當粗壯、可靠。娜婕對她的敬意油然而生。

「娜婕小姐，我們接下來要前往『樂園』。」

「咦？樂園？」

這個突如其來的提議，讓娜婕有些困惑。娜婕知道的樂園，就

只有《傳說》中提到的那個樂園而已。也就是神一開始給予**初始第一人**，後來又將他驅逐出去的那個樂園。特萊亞說的樂園，該不會就是指那個地方吧？

「真的有樂園這個地方嗎？」

「是的，那是一塊與艾爾德大公國相鄰的土地。雖然我不曾去過，但據說那裡只是一個相當普通的聚落而已。梅姆先生，您有去過嗎？」

「我也沒去過，不過曾有一位兩百多年前去過的年長妖精和我提過那裡的事。險峻的山脈阻隔了樂園與附近土地，只有得到長老的允許才能進入那裡。另外，人類的《傳說》中提到**初始第一人**被逐出樂園，但我們妖精的《傳說》寫的不是這樣，我們的版本寫著**初始第一人**被關在樂園內。」

「被關在樂園內？不是被驅逐出去？」

「沒錯。而且據說，**初始第一人**的直系子孫也無法走出樂園的樣子。」

「為什麼我們要去那個地方呢？」

特萊亞回答娜婕的疑問。

「為了向樂園的長老請教治療加夫先生的方法。畢竟加夫先生的疾病源自於命運數。樂園的長老雖然是人類，卻能與眾神溝通，應該會比我們更了解命運數的事。另外，聽說樂園也能避開王妃耳目，將娜婕小姐藏起來。」

特萊亞說得好像是從其他人那裡聽來的樣子。

「我也把治療加夫先生需要的所有費波那草都帶來了，這些就是城裡全部的費波那草。」

特萊亞指著馬車後方的行李。堆得像山一樣的費波那草被大塊帆布固定著。

「我完全忘了費波那草的事。」

「沒關係，因為有一位大人拜託我去收成那些費波那草。」

「有一位大人？」

「我現在還不能說。不過，或許您能在我們正前往的地點聽到答案。」

他們再度出發後沒有多久，馬車走進狹窄的山路。負責駕駛的特萊亞看起來完全不累，但坐在右側的梅姆，與坐在左側的娜婕常常打瞌睡。山路很長，而且有些昏暗，還有許多詭異的鳥叫聲。在接近黃昏時，他們到了山路的盡頭。

「下車吧。」

特萊亞的話讓娜婕回過神來。她的眼前是一大片蓊鬱的森林。

「這裡就是樂園嗎？」

特萊亞邊將手上的燈點亮，邊回答。

「不，這裡只是其中一個入口。我們要在這裡詢問樂園的主人能不能讓我們進去。梅姆先生，請您通知一下您的同伴，加夫先生必須下來一趟才行。」

「我知道了。」

梅姆鼓動翅膀，朝著後方飛去。娜婕落地後，往道路盡頭的特萊亞走去。沒過多久，梅姆帶著其他妖精過來，失去意識的加夫躺在擔架上，由基梅爾與達列特搬著。

「娜婕小姐，不好意思，可以請您幫我拿著燈嗎？」

娜婕接過提燈，特萊亞脫下平時戴著的頭盔，挾在腋下。娜婕覺得這應該是她第一次看到特萊亞的臉。她眼睛周圍的黑色粉末幾乎都掉光了，細長的眼睛清晰分明。特萊亞的臉又大又寬，鼻樑端正，美麗的捲髮隨風揚起，輕輕拂過臉龐。特萊亞就像是要與貴族會面般，姿勢端正地走向道路盡頭，朝著周圍的樹木大喊出聲。

「我是『反骨之大刃』達拉貢家的後裔，名為特萊亞。來自梅

爾森王國的梅爾森城，在此求見樂園長老。」

　　眼前景色開始扭曲，出現了一扇巨大的光之門，傳來宏亮的鐘聲，娜婕有些被震懾住。原本停在附近樹上的鳥群受到驚嚇而飛起，特萊亞與妖精則不為所動。鐘響了九次後停下。接著他們聽到一位女性的聲音。

　　——名為特萊亞的訪客以及隨行者。你們順利通過「驅邪鐘聲」的考驗，我已明白你們不是邪惡之人，請在此說明造訪的目的。

　　「一位自稱『循環數』的大人派遣我等到這個地方。這些人是梅爾森王國的娜婕公主，以及花拉子米森林的『神職人員』，梅姆先生、加夫先生、基梅爾先生、達列特先生、扎伊先生。我們剛從梅爾森王國王妃的控制中逃出來。」

　　——『循環數』跟我提過你們的事，他說有病人需要治療，那就請你們進來吧。

　　特萊亞回過頭來做出指示。

　　「各位妖精先生，請和娜婕小姐一起進去。我會拉著馬車跟在後面。」

　　娜婕與梅姆等人都向特萊亞點了點頭。娜婕與梅姆並肩走向「光之門」，隨即被全白的光線包圍。不過光馬上就消失，周圍再度暗了下來。眼睛習慣後，進入眼簾的是薄暮下的聚落，河川潺潺流動，住家錯落在丘陵間。每棟房子都亮著燈火，到處都有螢火蟲飛舞，微微照亮附近的花草樹木。

　　「哇……」

　　每棟住家都是石造，屋頂卻覆蓋著大量稻草，而且每個住家的出入口都掛著以紅與黑為基調的大片簾布，布上有牛角或山羊角的裝飾，兩側則掛著藍陶邊框的圓形鏡子。仔細觀察那些簾布，可以看到上面有刺繡花樣，有些還用染料染出小小的「眼睛」圖樣。記得眼睛的圖樣有避開邪眼的功能。就梅姆所言，藍色邊框的圓形鏡

子也有反彈邪眼的效果，而動物的角則可阻擋小型惡靈。不只是住家，許多樹木上也都綁著圓形鏡子，反射著螢火蟲的光芒。

他們該走向哪棟房子呢？正當大家這麼想的時候，附近住家上的鏡子，傳來剛才那位女性的聲音。

「我就在各位前方那座丘陵上的大屋，請各位移駕至此。」

那座大屋建在一個特別高的小丘上。和其他住家一樣，屋頂由稻草鋪成，不過這座大屋明顯大了許多。看起來像是大門的地方，除了裝飾著跟其他房屋一樣的驅魔物品外，從布料縫製而成、塞有棉花的三角形物品，還散發出丁香或芸香等辛香料的香味，想必裡面就填充著這些香料吧。

「各位請進。」在玄關口鏡子的指示下，娜婕跟在特萊亞、梅姆等人身後，進入住家中。與房屋外觀給人的印象不同，內部相當寬廣與整潔。

屋內有個風格簡單，明顯做為大廳使用的空間，有兩名女性在那裡等著他們。她們中間後方的牆壁上掛著又大又圓的鏡子。右邊那位女性先開口說。

「各位訪客，歡迎來到我們的村落。我是管理『樂園』的長老。旁邊這位是我的女兒，塔尼亞。請先把病人帶上來。」

妖精們將加夫的擔架放下，長老走向前查看。

「就讓我來看看這位年輕妖精的身體狀況吧。」

原本身處陰影而讓人看不清楚樣貌的長老，樣子逐漸變得清晰。她是一位纖瘦的女性，看起來大約五十歲左右。眼尾和嘴角可以看到很深的皺紋，但臉蛋小巧，輪廓線條俐落，有些上吊的大眼散發出深邃的光芒。透過細緻的蕾絲頭紗，可以看到她淡褐色的頭髮。款式簡單的黑色上衣，卻更襯托出她的氣質，寬袖上還有著白線刺繡而成的圖樣。娜婕心想，她真是個美人啊，並注意到。

──和那個人長得很像。

這個人長得和王妃很像。雖然髮色、年齡不同，給人的印象也不一樣，但如果只看臉的話，兩人實在長得很像。

長老正在仔細觀察加夫，沒注意到娜婕心中的動搖。她用右手碰觸加夫小小的身體。

「這位精靈還很年輕，生命卻已經快到盡頭了。原因是『命運數泡沫化』，對吧？」

面對長老的提問，梅姆等人點了點頭，娜婕則歪著頭問：「命運數泡沫化？」或許是聽到娜婕的疑問，長老繼續說明。

「原則上，命運數在人類與妖精生存的期間內並不會改變。不管是生病還是受傷，只要沒有危及生命，就算肉體衰弱，命運數也不會減少。只有在人類或妖精死亡的時候，命運數才會改變。

但還是有例外，其一就是發生在年紀大、壽命將至的妖精身上的命運數泡沫化。開始泡沫化後，命運數會反覆增減，越來越小，最後使數的主人死亡。」

特萊亞提出疑問。

「這表示命運數的主人還活著的時候，命運數會轉變成其他數的意思嗎？我記得命運數應該是被寫在《大書》上才對。也就是即使命運數的主人還活著，寫在《大書》上的命運數也會改變嗎？」

長老看向特萊亞，微笑著回答。

「啊，妳就是達拉貢家的後裔對吧，難怪對命運數那麼熟悉。就像妳說的，平時有許多神之使者在監視《人書》，要改變書中內容並沒有那麼容易。但在某些例外情況下，可以騙過神之使者。命運數泡沫化就是其中一個。泡沫化發生時，數字會一次次變動，而神之使者會將其視為『自然變化』而無視。」

「一次次變動」又是什麼意思呢？娜婕想問，卻覺得現在不是詢問的好時機。因為長老正以嚴肅的表情看著加大。

「加夫先生的命運數……只剩下 52 了嗎？要是泡沫化持續下

去的話，明天中午之前就會死亡。首先，必須集中我們『樂園居民』的力量，向神祈禱才行。我們會向神表明，加夫先生的泡沫化並非基於自然天道，而是人為惡意干涉造成。順利的話，命運數就能恢復原狀。」

梅姆接著詢問。

「那什麼時候才會用到費波那草呢？」

「在加夫先生的命運數恢復之後。即使命運數恢復原狀，因命運數的減損而衰弱、受傷的肉體也不會馬上恢復，所以才需要費波那草來治療。而且，治療必須在加夫先生命運數恢復後的半日內進行才有效果。事態刻不容緩，讓我們開始進行祈禱吧。」

長老轉身，對著裝飾在大廳後方的大鏡子說話。梅姆輕聲對娜婕說。

「那大概也是通訊鏡吧。或許是之前花拉子米妖精送給樂園的東西。」

「通訊鏡？和我之前拿的鏡子一樣嗎？」

「沒錯，通訊鏡可以和其他鏡子通話。長老大概就是用那面鏡子呼叫樂園的其他人。」

娜婕聽懂了，同時也在想，自己之前拿著的小鏡子，又跑到哪裡去了呢？

不久後，有數十人聚集到長老家。男女老少都穿著和長老類似的服裝，他們靜靜走入大廳深處的門。

「後面是我們的『聖域』，接著我們會集合村民的力量，向眾神祈禱。這段期間請各位到另一個房間休息，由我女兒來接待你們。」

長老的女兒塔尼亞走向前，對娜婕他們說：「請往這邊走。」塔尼亞是一位圓臉的三十多歲女性，溫和的笑容令人印象深刻。她帶眾人前往一個不算寬敞，卻讓人感到平靜的食堂。塔尼亞陸續將

麵包、水果、烤肉等食物送上桌，催促著娜婕、特萊亞、妖精用餐。大家都擔心加夫的狀況，所以沒有人說話。不過，簡單卻美味的食物，以及塔尼亞的接待，讓大家的身體與心靈都得到放鬆。用餐完畢後，塔尼亞請大家回到大廳，長老在那裡等著他們。

　　「各位，是好消息。祈禱之後，眾神接受我們的請求，加夫先生的命運數已經恢復原狀。」

　　長老的話讓大家平靜下來。梅姆長長嘆一口氣，一再表達對長老的謝意。長老繼續說下去。

　　「但問題現在才開始。就像先前說的，雖然命運數恢復原狀，但肉體的損傷並沒有恢復。所以接下來我們必須依照正確比例調和費波那草藥才行。」

　　長老看向娜婕。

　　「娜婕，這個工作必須由妳來做。」

　　「由我？」

　　娜婕與妖精以為自己聽錯了，梅姆接著說。

　　「為什麼要讓娜婕來做呢？我們花拉子米妖精不行嗎？」

　　「我能瞭解你們的心情，但這是眾神的意思。就神諭所示，各位妖精長年被強行關在鏡子中，剛被釋放出來，身上還帶有『汙穢』，所以不能讓你們碰費波那草。」

　　梅姆提出反對意見。

　　「但、但是，我們也不是自己想要沾上汙穢的啊！是因為那個王妃……」

　　「嗯，我知道。我也向眾神說明過，但最後眾神仍指名要由娜婕來完成這件事。」

　　長老再度轉過來看著娜婕。

　　「娜婕，眾神想看清楚拯救了妖精的妳，究竟是什麼樣的人。要讓加夫先生恢復健康，不僅需要妖精同伴的力量，也需要做為人

類，且與他有著深厚緣分的妳。妳願意接受這個挑戰嗎？」

娜婕雖然有些困惑，仍堅定地點點頭。

長老開始教導娜婕該如何調和藥物。簡單來說，就是「將能治好加夫的費波那草準備齊全」。

「費波那草在交配後會得到不同種的草。由只開 1 朵花的種類——F1 與 F2 為起點，交配後得到的 F3 會開 2 朵花，而 F2 與 F3 交配得到的 F4 則會開 3 朵花。」

娜婕曾聽過這樣的說明。在她出城前，詩人拉姆迪克斯曾在藥草田內教她這些事。

——妳現在看的每一株草，都是由它左方兩個區塊的草交配得到的喔……。花數是這兩種草的花數加總。

由長老的說明可以知道，從 F1 開始算起，費波那草的花數分別是 1, 1, 2, 3, 5, 8, 13……。而 F30 之前的三十種費波那草被綑在一起，如下所示。

〈各種費波那草的花數〉

F1 種：1	F2 種：1	F3 種：2	F4 種：3
F5 種：3	F6 種：8	F7 種：13	F8 種：21
F9 種：34	F10 種：55	F11 種：89	F12 種：144
F13 種：233	F14 種：377	F15 種：610	F16 種：987
F17 種：1597	F18 種：2584	F19 種：4181	F20 種：6765
F21 種：10946	F22 種：17711	F23 種：28657	F24 種：46368

F25 種：75025　　F26 種：121393　　F27 種：196418　　F28 種：317811

F29 種：514229　　F30 種：832040

　　F1 到 F10 都還是娜婕可以握在手中的小草，但越往後面，費波那草變得越來越大。F30 有 832040 朵花，甚至比娜婕的身高還高，細小的花朵幾乎布滿了整株草。

　　就長老的說明來看，似乎只有「相鄰種」的費波那草可以彼此交配。也就是說，F1 能與 F2 交配，F2 能與 F3 交配。但 F1 與 F3，F2 與 F4 等「非相鄰種」之間，在交配後不會產生種子。

　　「也就是說，不會有開 4 朵花的費波那草，也不會有開 6 朵、7 朵花的費波那草？」

　　聽到娜婕的問題後，長老點了點頭，接著說：「請妳選出數株費波那草，而這些草的花朵總數，應該要等於加夫的身體損傷所對應的數字。」加夫的身體損傷所對應的數字為 69945，也就是他原本的命運數 69997 減掉他目前命運數 52 的差。

　　就娜婕所見，沒有一種費波那草的花數剛好等於 69945。所以她只能多拿幾株草，使總花數為 69945。但不是只要數字對就好，還要滿足兩個條件。

　　第一、同一種草不能取兩株以上。

　　「舉個極端的例子，如果取 69945 株有 1 朵花的 F1 草，雖然總花數正確，但這種做法違反規則。」

　　第二、選取的草不得包含「相鄰種」。

　　「舉例來說，如果選了 F2 草，就不能再選 F1 草或 F3 草。」

　　也就是說，一種草只能拿一株，而且在所選的草中，需兩兩不相鄰。娜婕覺得這個任務很難，而且要是解答原本就不存在的話，又該怎麼辦呢？於是娜婕詢問長老。

「那個……總花數剛好等於 69945 的『選草方式』一定存在嗎？」

「嗯，一定存在。說得更精確一點，即使加上前面說的那兩個條件，對於任何數，我們都可找到適當的選草方式，使費波那草的總花數等於那個數。過去已有人類與妖精的賢者『證明』過這件事了。」

娜婕聽到長老的說明後，有點後悔自己剛才提出這樣的疑問。

「那個……十分抱歉。我這種人居然在懷疑長老說的話……」

娜婕邊說邊點頭道歉，長老則露出有點難過的表情。

「『我這種人』？不曉得妳是跟誰比較才說出這樣的話。妳是獨一無二的，最該重視妳的人就是妳自己。說自己是『我這種人』，會不會太看不起自己了呢？」

娜婕有些驚訝地抬起頭。過去不曾有人說過這樣的話，自己也從來沒想過這些事。長老繼續說著。

「而且，妳不需要全盤接受別人說的話，對別人的話抱持疑問也是件重要的事。就像剛才，當別人問妳某個問題時，抱持著『這個問題真的有答案嗎？』這樣的疑問是很重要的。因為世界上有許多問題並沒有答案。」

長老把視線轉向窗外。

「原本我應該要和妳說明如何證明我剛才說的──『對於任何數，我們都可找到適當的選草方式，使費波那草的總花數等於那個數』才對。但現在沒時間了，只能請妳先接受這段敘述，以此為前提開始選取費波那草。這樣可以嗎，娜婕？」

娜婕覺得這個負擔有些沉重。她大概知道自己該做什麼事，但究竟該怎麼做，才能選出適當的費波那草，湊出 69945 這個大數字呢？娜婕看著眼前成堆的費波那草，感到有些迷惘。

──天亮以前，必須選出適當的草才行。

因為天一亮，就得開始製作藥物了。長老走出房間，只留下娜婕一個人在房裡。下定決心後，娜婕把手伸向費波那草。

「娜婕能完成任務吧？」

達列特的提問劃破靜寂。一直在煩惱加夫病況的梅姆等人，聽到達列特的聲音後回過神來。回答達列特的是基梅爾。

「會怎麼樣呢……我覺得應該不用擔心。畢竟她已經成功算出梅姆和加夫的命運數了對吧。」

「既然基梅爾都這樣講了，那應該就是這樣吧……但我還是很擔心啊。那個孩子確實很聰明，但她只活了十三年而已喔，不到我們的十分之一耶。」

梅姆的想法其實和達列特一樣。扎伊又是怎麼想的呢？

聽到梅姆的詢問，扎伊看了過來。

「很難說啊……對她來說可能有點難。」

達列特插嘴道。

「扎伊果然也是這麼想。吶，梅姆，幫她一下比較好吧。你是我們神官中位階最高的，應該知道花拉子米森林內『步驟之書』的內容吧？應該也包括費波那草的計算步驟吧？」

「……足沒錯。」

「那麼你應該要告訴娜婕『方法』啊。」

達列特身旁的基梅爾說：「我也這麼認為。」但梅姆有點猶豫。

「做這種事真的好嗎……」

扎伊接著說。

「一般來說，如果眾神要求誰做某某工作的話，其他人是不能『介入』的。」

「但那並不是眾神禁止我們這麼做，只是我們妖精自己訂下的規矩吧？」

面對達列特的提問，扎伊只是回答：「也對，或許是那樣沒錯。」

「就我所知，之前介入他人工作的妖精雖然會被處罰，但處罰並不重。再說，只要想一想就知道，被處罰的應該是介入的人，不會是工作中的人吧。」

聽到扎伊這麼說，達列特用更強硬的語氣對梅姆說。

「吶，梅姆。你趕快把你知道的方法告訴那個女孩嘛。實際上選擇藥草的是那個女孩，所以應該沒關係吧？」

「但是……」

其實梅姆很想這麼做，但一直下不了決心。於是達列特皺起眉頭，擔心地說。

「要是那個女孩做錯的話，加夫就會死掉耶，我絕對不要看到那種事發生，這也會讓那個女孩留下不好的回憶吧？而且梅姆，我們之中最不希望這種事發生的人就是你嗎？」

「讓我想一下。」

梅姆說完後隨即鼓動翅膀，從房間的窗戶飛了出去。

夜晚的「樂園」逐漸映入眼簾。丘陵的和緩斜坡，沿著斜坡流下的河川蓄積成湖泊，遠方山脈的層層影子，還有高掛在天上的月亮。

梅姆曾和加夫一起聽過某位年老妖精述說關於樂園的回憶，他說雖然名字叫做樂園，卻不是個金碧輝煌的地方。相反地，對那裡的長老來說，樂園就像個監牢一樣。那裡的長老——**初始第一人**的直系子孫沒有得到眾神的許可，就不得離開樂園。梅姆覺得這是個悲哀的故事，加夫卻越聽越興奮，呼吸聲越來越大，說著：「我一定要去樂園看看，梅姆一起去吧，約好囉！」之類的話。沒想到，

後來卻是用這種形式一起來到樂園。梅姆握緊拳頭。

　　——要是那個女孩做錯的話，加夫就會死掉耶——這也會讓那個女孩留下不好的回憶吧？

　　達列特的話言猶在耳，這讓梅姆下定決心。

　　——只是告訴她方法而已，實際上選擇藥草的是娜婕，不是我。

　　而且，如果這種行為是禁忌，會被眾神處罰的話，受罰的是我，我不怕。

　　——由我一個人來承擔處罰就好。

　　梅姆跨步往娜婕所在的房間走去。

　　娜婕把手上的費波那草一株株放回原本的草堆。

　　——我應該快找到訣竅了。

　　「對於任何數，我們皆可找到適當的選草方式，使費波那草的總花數等於那個數」，但除此之外，沒有其他線索。總之，娜婕先試著隨便選了幾株草，特別小心不要選到相鄰的草，試過一種又一種的方式。但到現在，還是找不到剛好等於加夫命運數的組合。不過，她在嘗試的過程中，覺得自己好像瞭解了什麼。

　　——該不會只要這麼做就可以了吧。但是為什麼……。

　　距離天亮已經沒多少時間了。娜婕決定先試試看自己想到的方法，她深呼吸之後，伸手拿取費波那草，這時房間外有人呼喊自己的名字。娜婕起身開門，門外的梅姆正抬頭看著她。

　　「梅姆！怎麼了嗎？」

　　「娜婕，先安靜聽我說。選取費波那草時，只要『選擇比目標小的最大花數』，這樣就可以得到答案了。」

　　梅姆認真的樣子，讓娜婕無法插嘴。梅姆繼續說下去。

「聽好，首先，從花數比目標數字──69945 還要少的費波那草中，選取花數最多的，然後用 69945 減去這株這株草的花數，得到答案後再重複一樣的步驟。也就是從花數比『前一次減法答案』還要少的費波那草中，選取花數最多的。相同步驟多次重複後，就可以得到正確的組合了，懂了嗎？對了，千萬別對別人說是我告訴妳這個方法的。」

娜婕回答說。

「其實，我剛才也正打算嘗試完全一樣的方法。」

「什麼啊……原來如此。」

看到梅姆的肩膀因為鬆了口氣而垮下來，娜婕才想到梅姆是為了救加夫而來幫自己忙。

「看來是我多管閒事了。」

「沒有這回事啦，總之謝謝你。我本來也對自己想到的方法沒什麼自信，聽到你說『這是正確方法』，才比較安心。」

「這樣啊，抱歉打擾妳……為了加夫，拜託妳了。」

梅姆說完之後就離開了。娜婕重重嘆了一口氣，梅姆跟她說這是「正確答案」，讓娜婕安心了不少，接下來，只要照著梅姆說的話去做就好了。娜婕再度走向費波那草堆。

正打算回房間的梅姆，注意到走廊上還有別人，於是停下腳步。

「長老。」

這個時間在這裡做什麼呢……正當梅姆想這麼問的時候，長老先開口。

「梅姆先生，有件事相當遺憾。你剛才把『方法』教給娜婕了吧？」

梅姆背脊一涼⋯⋯。果然，「介入」是禁忌嗎？

「⋯⋯原來我的行動已經被看穿了。這樣的行動會受到什麼懲罰嗎？要是有的話，懲罰我一個人就好。」

「唉，梅姆先生。既然你會這樣想，就表示你知道可能會有懲罰，還是決定介入娜婕的任務嗎？我完全能瞭解你的心情。但就這次任務來說，受懲罰的不是介入任務的你，而是執行任務的娜婕。她的任務會『加重』。」

梅姆感到不解，為什麼會這樣？長老繼續說下去。

「在你介入之前，娜婕只要收齊治療加夫先生所需的藥草就行了。但現在因為你的介入，娜婕的義務變得更重。她必須理解你教給她的方法『為什麼正確』，並依此選取正確的費波那草才行。要是娜婕做不到這點，加夫先生就不會恢復。即使選擇了正確的藥草，也製作不出有效的藥物。」

梅姆一時說不出話來。

「怎麼會這樣⋯⋯得盡快告訴娜婕才行。」

「不行。」

長老嚴厲的語氣，讓梅姆有些嚇到。他望著長老。

「不能告訴娜婕這件事。她必須在沒有任何人的幫助下，自行懷疑這個方法的正確性，然後自己找出答案才行。」

梅姆感到相當絕望。不管是誰，若是知道了正確的解法，都應該會毫不猶豫地照著做才對。何況娜婕只是個十三歲的少女，不可能會去懷疑解法。

──如果她能懷疑我一下的話就好了。

這是梅姆唯一的希望。但事到如今，娜婕真的會懷疑自己嗎？這實在很難想像。梅姆突然覺得一陣暈眩，跪倒在地上。

「我真是⋯⋯多管閒事⋯⋯」

要是加夫沒能救活，就是我的錯。

「梅姆先生。到了這一步，就只能相信娜婕了。」

「……」

梅姆後悔不已，沒有回話。長老繼續說。

「這一定也是眾神的指引。雖然情況嚴峻，但無論發生什麼事，也請你挺過去。」

天剛亮，樂園的人就開始準備製作解藥。長老與女兒塔尼亞邊詠唱咒文，邊將娜婕選出來的費波那草切碎，然後一部分烤乾、一部分蒸煮、一部分燉煮，最後放入大缽內混勻。藥物完成時，太陽已高掛天上。在長老的指示下，妖精把加夫搬運到大廳深處的聖域，放在祭壇上。在妖精顧著加夫時，長老、塔尼亞以及捧著裝有藥物之大缽的娜婕走入聖域。

看到發出金色光芒、帶有香氣的草藥時，基梅爾和達列特不由得發出感嘆。扎伊雖然沒說話，但細長的眼睛瞪得比平時還要大，像是在期待著什麼。只有梅姆皺起眉頭，手放在胸前，臉上浮現出痛苦的表情。

「那就開始吧。」

長老在祭壇前宣布開始儀式時，梅姆已無法忍受心中的悲痛。

——不行，我不敢看下去了。

梅姆一個人從現場逃離，把其他妖精嚇了一跳，他們打算起身追回梅姆，卻被長老制止。於是儀式就在妖精的見證下開始進行。

梅姆穿過大廳來到房子外頭。陽光刺得眼睛好痛。梅姆用手遮著臉，跪倒在地。

他開始想像儀式的過程。加夫全身擦滿費波那草藥，周圍的同伴滿心期待，看著這一幕。但是，加夫沒有起身，眼睛也沒有睜開，

於是大家的期待轉為不安，再變為絕望。最後的機會消失了，加夫的生命永遠無法恢復。而這都是梅姆的錯。

——加夫，真的很對不起。

我又做錯了。而且這個錯誤還把加夫、同伴都捲進來。梅姆連跪都跪不穩，整個倒在地上。

此時，背後的大屋中傳來喊叫聲，把梅姆嚇了一跳。他轉過頭，只聽見屋內傳來吵鬧聲。

——啊，果然如此。

和我想的一樣，事情演變成最糟的情況，所以大家才會放聲大哭。時候終於到了，去吧，必須向大家說清楚才行。這不是娜婕的責任，是因為自己的錯，才讓加夫變成這樣。梅姆想站起來走進屋內，卻起不了身，全身都使不上力。

加夫已經不在世上了。連梅姆自己都沒想到，這個打擊讓他站不起來。梅姆趴在地面上，淚水一滴滴落下。視線變得模糊，滲入地面的眼淚也消失無蹤。

「梅姆！」

遠處傳來啪搭啪搭的腳步聲，還有呼喚著自己名字的聲音。梅姆抬起頭，被某個衝向自己的人用力抱住，往後仰倒，頭撞到地，差點失去意識。

「哇啊啊啊，抱歉！」

該不會，

一對藍色眼睛看著自己。

「騙人……」

梅姆呆住了。那張臉確實是加夫，只見他一邊用雙手拍打著自己的臉，一邊說。

「抱歉梅姆！因為我醒過來的時候，發現梅姆不在旁邊，所以才那麼慌張……」

其他妖精同伴也陸續走過來，梅姆終於掌握了情況。看來這不是夢。梅姆這才開口。

「……從以前開始就一直跟你說……不要那麼慌張……」

「嗯，抱歉！下次不會了啦，站起來吧，梅姆。」

雖然加夫這麼說，梅姆還是站不起來。躺著的梅姆一直用雙手遮住臉。加夫「哇！」地一聲，才讓梅姆擦掉眼淚，站了起來。

「梅姆，你看你看！我們就在『樂園』裡面耶！」

在加夫的催促下，梅姆環顧四周，這是他第一次欣賞白天的樂園風景。天空相當晴朗，太陽照亮了丘陵、森林，以及村莊的房子。梅姆馬上注意到，因為掛在村莊各處的驅魔鏡子會反射光線，才讓村莊那麼明亮，卻無損於村莊的美麗。原野上開著各種顏色的花朵，清澈的河流注入平靜如鏡的湖泊。梅姆的眼淚仍止不住，他慌忙遮住臉，不想讓加夫看到。

「梅姆，不要遮住臉啦，好好欣賞風景嘛。」

「別管我啦！」

在眼淚止住之前，梅姆一直想辦法遮住臉。

加夫甦醒之後，所有人聚集在大廳向眾神祈禱，獻上感謝之意。就連祈禱時，加夫也緊跟在梅姆身邊，一刻都沒分開過。梅姆雖然一直閉口不語，但也沒辦法集中精神專心祈禱，他無法對加夫擺出強硬的態度。祈禱結束後，長老輕聲向娜婕問道。

「娜婕，梅姆告訴妳『方法』了吧？妳後來是如何完成任務的呢？」

面對長老的問題，娜婕據實回答。

「我先是試了梅姆的方法，並確定這個方法可以得到答案。」

加夫的身體損傷所對應的數字為 69945。娜婕照著梅姆說的，選了花數與這個數最接近的 F24 費波那草，開有 46368 朵花。69945 減去 46368 後，會得到 23577；花數與 23577 最接近的費波那草是 F22 的草，開有 17711 朵花；23577 減去 17711 後，會得到 5866；花數與 5866 最接近的費波那草是 F19 的草，開有 4181 朵花。就這樣，我一直重複做減法，然後選擇花數最接近減法答案的費波那草。

$$69945 - 46368(F24) = 23577$$
$$23577 - 17711(F22) = 5866$$
$$5866 - 4181(F19) = 1685$$
$$1685 - 1597(F17) = 88$$
$$88 - 55(F10) = 33$$
$$33 - 21(F8) = 12$$
$$12 - 8(F6) = 4$$
$$4 - 3(F4) = 1(F2)$$

　　於是，娜婕選取 F24、F22、F19、F17、F10、F8、F6、F4、F2 等費波那草各一株。這些草的花數總和，正好是 69945。長老接著問下去。

　　「但是娜婕，妳做的事『不僅如此』，妳應該想過『為什麼這樣做會成功』才對。」

　　娜婕回答。

　　「是的，梅姆告訴我要『選擇比目標小的最大花數』，而這個方法也確實讓我找到答案，這卻讓我覺得會不會『太順利了』？」

　　「太順利了？」

　　「是的。知道『選擇比目標小的最大花數』這個方法之後，事

情就簡單多了。但我不禁在想，為什麼這麼做就能夠滿足那兩個條件呢？」

梅姆仔細聽著娜婕說話。就是因為娜婕懷疑起這個方法，加夫才能得救。但是，娜婕又是如何找到答案的呢？

「首先，我試著將梅姆的方法用在 69945 以外的數字。果然，不管是哪個數，都不會用到兩株以上『相同的草』，也不會用到『相鄰的草』。我很想知道這到底是偶然？還是某個原因下的必然？」

「那麼，妳是怎麼想的呢？」

「我先想到的，是那個數與比它小的最大花數之間的『差』。以 69945 為例，花數比它還要少，卻與它最接近的費波那草是 F24，花數為 46368。由梅姆說的『選擇比目標小的最大花數』方法，需用 69945 減去 46368，差為 23577。

假如這個 23577 比 F24 旁邊的 F23——也就是花數與 69945 第二接近的費波那草——還大的話，下一個就要選取 F23。但實際上，F23 為 28657，比 23577 還要大。也就是說，與 69945 第二接近的花數，比 69945 減去與它最接近的費波那草花數後得到的『差』還要大。」

簡單來說，就是 28657 (F23) 比 69945 − 46368 (F24) = 23577 還要大的意思。

「所以說，選擇 F24 之後，就不能選 F23。因為 69945 減去 F24 的『差』，比 F23 還要小。而且，選擇 F24 之後，也不可能再選一次 F24，雖然這聽起來很理所當然……」

「既然 69945 減去 F24 的『差』比 F23 還要小，那麼這個『差』也一定比 F24 小。妳說的理所當然，是指這件事吧？」

長老補充說明後，娜婕用力點頭。

「沒錯，這就是我想說的。那個……我當時也在思考，為什麼 F23 會比 69945 減去 F24 的『差』還要大呢？然後就得到答案

了。花數比 69945 還要小的費波那草中，花數最大的是 F24，表示 69945 這個數介於 F24 的花數與 F25 的花數之間。」

也就是說，69945 比 F24 大，比 F25 小，F24 < 69945 < F25 這個關係會成立。

「考慮到費波那草的交配性質，可以知道 F25 的花數是 F24 的花數加上 F23 的花數。既然 69945 比 F25 的花數還要小，那麼它減去 F24 的花數後，一定也比 F23 還要小。」

也就是說，因為 F25 = F24 + F23 成立，所以 F25 − F24 = F23。69945 < F25，兩邊各減去 F24 後可以得到 69945 − F24 < F25 − F24，由 F25 − F24 = F23，可以得到 69945 − F24 < F23 成立。

「那個，總之，69945 減去 F24 花數的『差』一定會比 F23 的花數小。因此選到 F24 之後，就不會選到 F23。啊，當然，既然都選了比 F23 大的 F24，就不可能再選一次 F24。」

娜婕的回答有些凌亂，但梅姆聽得出來，她真的理解原理。

「……然後再用同樣的邏輯來看減完得到的『差』……這個『差』減去與它最接近的花數後，必定比與它第二接近的花數還要少。再下一個差、再下下個差也一樣。」

長老說道：「非常好。」表情看起來相當滿意。

「虧妳能思考到這個地步。我昨天也和妳說過，不需要全盤接受他人的說法，抱持疑問非常重要。妳馬上就做到這點了。梅姆告訴妳方法之後，妳不只用這個方法測試其他數是否適用，也試著思考『為什麼會這樣』，真的是太棒了。」

緊靠著梅姆的加夫相當佩服，小聲說出：「哎呀，娜婕小姐真的很厲害耶！」娜婕則因為被誇獎而滿臉通紅。長老繼續說。

「我們人類只要有過『用某些方法就能做好某些事』的經驗，就會漸漸覺得『所有情況都能這麼做』，或者『永遠都能這麼做』而把事物單純化。但這樣也只能說明『某些情況下確實能這麼做』。

若要宣稱『所有情況下都能這麼做』，或者是『永遠都能這麼做』，就必須提出『證明』，說明『為什麼能這麼做』才行。

這個世界也有單純的一面，但不是每個層面都是這樣。即使我們知道這點，還是難以抵擋將事物單純化的誘惑，無法持續抱著疑問，客觀看待自己的想法。特別是當一切順利，事情發展一如預期時，就更難懷疑自己的想法。」

長老說到這裡，看了一下窗外，輕聲說道。

「……遺憾的是，我姊姊無法理解這點。」

梅姆疑惑地詢問長老。

「姊姊？長老您還有姊姊嗎？我記得，樂園的長老需由**初始第一人**的直系子孫繼承——所以我以為長老您是長女。」

長老的表情變得有些憂鬱，她緩緩回答。

「你說得沒錯。我姊姊打破了樂園的規矩，放棄做為長老的義務，離開樂園。所以只能由我來擔任長老。」

妖精們大感驚訝。

「沒想到有這種事。違背神明訂下的規矩，她居然敢做出這種大膽的事……」

「是啊。事實上，姊姊的行動對樂園造成很大的傷害。上一代長老——也就是我的母親，因此而喪命了。」

「真是太過份了。那麼您姊姊受了什麼樣的懲罰呢？」

「姊姊並沒有受到懲罰。她離開之後，逃過眾神的眼睛，沒有受罰而繼續活著。我姊姊最近的狀況，你們應該比我更清楚才對。」

我們更清楚？妖精面面相覷。長老繼續說下去。

「我的姊姊，就是把你們關在鏡子裡的人。也就是梅爾森王國的王妃。」

第
6
章

受騙之日

　　聽到長老說的話，娜婕和妖精都難掩驚訝。

　　「你們會感到驚訝也很正常。姊姊的外表看起來比我年輕許多，我今年六十一歲，姊姊大我兩歲，今年應該是六十三歲才對。」

　　這是娜婕第一次聽到王妃的年齡。但為什麼王妃看起來只像二十多歲呢？長老說這是因為命運數的關係。

　　「姊姊出生時就擁有相當特殊的命運數。一般人的命運數大約是 5 位數或 6 位數，姊姊卻有 12 位數。姊姊從出生起就擁有強韌的身體，青春常駐也多少和她的命運數有關。」

　　「命運數越大越好嗎？」

　　面對娜婕單純的疑問，長老慎重地回答。

　　「人們從以前就一直在研究命運數，至今仍有許多不瞭解的地方。不過，命運數越大，生命力就越強，這種關係大致上正確。從過去的例子來看，命運數越大的人，生命通常也越強韌、越長壽。然而，人類再怎麼長壽還是人類，壽命還是比不上妖精，你說是吧，梅姆先生。」

　　聽到長老這麼說，梅姆點點頭。

「是的。人類再怎麼長壽，也就活一百年左右。一般的妖精可以活三百年，長壽的妖精甚至可以活到五百年以上。」

「那麼久啊？」

加夫對驚訝的娜婕說。

「因為我們妖精的命運數都是受祝福之數啊。人類的命運數『會裂解』，所以大小有一定限制。」

《聖之傳說》中也有提到受祝福之數，那是「巨大、強大、不會受傷、不會裂解的數，因此它們與不老眾神之數相似」，也就是「很大的原質之數」，除了自己和 1 之外，都不能整除自己。

「初始第一人是所有人類的祖先，他曾被賦予受祝福之數。但因為他想獲得不老神之數而引起眾神憤怒。因此身為後代的我們，只能獲得又小、又脆弱、容易裂解的數。」

長老的說明讓娜婕回想起成人儀式時的「問答」。人類之所以弱小，是因為「所有人類之母，初始第一人的罪」。初始第一人在影的誘惑下，想成為不老神之數，因而獲罪。

「據說在那之後，便不再有人類擁有受祝福之數。不過，我的姊姊卻認為自己的命運數是受祝福之數。」

也就是說，王妃認為自己的命運數是 12 位數的超大質數。畢安卡曾說過「眾神有授予受祝福之數給我們的母親大人喔」。擁有巨大質數的王妃，或許真的是特別的人吧。

娜婕心想。享受了那麼多祝福的王妃，為什麼會一再做出如此殘忍的行為呢？她不僅不願將自己獲得的祝福分享給其他人，甚至還為了滿足自己的欲望、為了蒐集「寶珠」而咒殺他人。這時，長老的話打斷娜婕的思考。

「姊姊是個心懷巨大恐懼的人。」

「咦？」

「姊姊確實天生享有比別人更多的祝福，但姊姊卻認為那些本

來就應該是自己的，打從心底害怕自己有一天會失去。然而失去是必然的。這個世界上的人事物都不是永恆不變。不管是誰，總有一天會失去財產、青春、地位、健康、身體、心靈、命運數等『擁有物』。在這層意義上，任何事物都不會真正屬於自己。從我們出生起，不，不管是生前還是死後，我們都不曾擁有過任何東西。

但姊姊很害怕，她無法正視這個事實。所以她成了一個貪得無厭的人。」

娜婕似懂非懂的樣子。長老繼續說下去。

「不幸的是，姊姊對自己的命運數存在『誤解』。」

464052305161。

王妃常會想到這個數字。

——屬於我的**受祝福之數**。

受祝福之數是「巨大、強大、不會受傷、不會裂解的數，因此它們與**不老眾神之數**相似」。自從人類出現以來，獲得**受祝福之數**的人，只有**初始第一人**和自己。而且這個數遠大於妖精、一般人類所獲得的命運數。

她既然都獲得這個數，人生應該就要過得比其他人還要幸福才對。若非如此，那就太「奇怪」了。

但現在，丈夫把矛頭指向自己、心愛的兒子死亡、用來復活兒子的養女忽然消失。不僅如此，王妃的「工具」也消失了。她看著鏡子，鏡子卻不再聽從她的命令。為什麼呢？難道鏡中的妖精都死光了嗎？王妃知道，這些妖精總有一天會死，但如果現在就死光的話，那也未免太快了。五名妖精中或許有一兩名已經死去，但在最後一名妖精死去之前，他們應該都會聽從王妃的命令才對。那會不

會有其他可能呢？他們該不會逃走了吧？不，他們不可能打得開那個「出口」。王妃扶著頭思考。

對王妃來說，「詛咒」是獲得寶珠的手段，也是相當重要的武器。王妃的身體相當強韌，那些不知天高地厚的暗殺者不能傷她分毫。但為了控制世界上大部分的活動，詛咒之力是必須的，需要的材料包括古代火蜥蜴的粉末、蘊藏在綠柱石岩層中的水、有著金色斑點的血玉髓、還有質數蜂的毒。她可說是為了得到這些東西，才去爭取成為梅爾森國王的妻子。八年前，她從花拉子米妖精那裡搶來「演算鏡」，此後一切都進行得很順利。

——但是，鏡子竟然突然動不了！

丈夫的軍隊即將攻打過來，要正面打倒他們不是件容易的事。不僅如此，負責防守王城的衛兵隊長特萊亞不見蹤影，而且她還帶著大量的費波那草離開！

——我真是太可憐了！

王妃對著鏡子流淚自憐。自己又沒做錯事情，都是別人的錯。都是那些不服從自己、與自己敵對、對自己刀刃相向、或者從自己身邊逃走的人的錯。都是些無聊的人。

——不管是誰，他們擁有的「數」都比我無聊許多。

王妃的心情逐漸從悲傷變成憤怒。一想到自己身邊居然有那麼多糟糕的人，還讓自己陷入這種處境，王妃再度陷入悲傷。

「您為什麼哭泣呢？」

從背後突然傳來的聲音，讓王妃嚇了一跳。她回頭看到房門開著，詩人拉姆迪克斯站在那裡。

「啊，你終於來了！」

之前王妃曾多次邀請詩人，但不曉得為什麼，只有這個「實驗室」，詩人一直不想來。不過他現在就在這。他終於來了，為了我。

一看到詩人的臉，王妃自然就改變了「哭法」。讓自己的落

淚方式看起來更美，看起來更楚楚可憐。王妃還擺出全身無力的樣子，搖搖晃晃地靠向詩人。詩人也走進房間，緊緊地抱緊王妃。

「事情始末我都聽說了，真是辛苦您了。但王妃您一點錯都沒有喔。」

聽到詩人用悅耳的聲調說出這些話，讓王妃打心底感到欣喜。在這樣的逆境下，至少還有這麼一個年輕美男子願意聽她說話。這種信任感、這種可靠感，一直支持著王妃。詩人撫摸王妃的頭髮，安撫著她。

「里夏爾特王子的事先擺一邊，國王的話，只要像平常一樣咒殺他就可以了吧？」

詩人是極少數知道王妃祕密的人。詩人因為遊歷各國，也擁有豐富的咒術、魔法知識。不知何時起，詩人就成了王妃的諮詢對象。王妃用撒嬌的語氣對他說：「不行，那個鏡子壞掉了，它都不聽我說話，所以現在咒殺不了別人呀。」。

當王妃用這種小孩子般的口吻說話時，詩人通常會和顏悅色地回應。但這次或許真的事態嚴重，連他都開始認真思考，表情相當嚴肅。

「鏡子就是您之前和我提過的『鏡』吧？您說鏡中有花拉子米妖精和《分解之書》的那個。」

王妃點了點頭。

「鏡子之所以不聽您說話，是因為妖精消失的關係嗎？那很簡單，沒有的話，自己做就可以了。」

「自己做？」

「是的。我曾在古書中看過製造妖精的方法。順利的話，或許鏡子就能正常使用了。」

這突如其來的一絲希望讓王妃瞪大眼睛。詩人繼續說下去。

「妖精和我們一樣擁有『肉體』以及『數體』。不過妖精的數

體通常是由 4 位數或 5 位數的**受祝福之數**組成。我們無法製作出他們的肉體，卻可以製作出他們的『數體』。製作出『數體』後再放入『附身物』內，就可以製作出和真正的妖精十分類似的『人工妖精』了。」

「人工⋯⋯？」

「沒錯。和真正的妖精相比，人工妖精的耐久性比較差，但可以一次製作出很多個，壞了換掉就好。而且，它們與真正的妖精不同，不會逃跑，也不會攻擊主人。」

王妃認為這個想法非常棒，於是馬上問詩人如何製作。

「那本書中提到，首先要準備『人偶』做為附身物的材料。人偶需用粗麻布縫成袋狀，然後將山羊角或鹿角燒成灰填入袋中⋯⋯」

王妃仔細聽著。製作人偶的步驟似乎沒有她想像得那麼複雜，交代僕人去做的話，應該馬上就能完成。

「不過這些人偶，說到底也只是人工妖精的『外殼』而已，我們還需建立一套『機制』，將『數體』放入人偶中才行。這件事讓我來處理，明天晚上之前就可以完成了。」

王妃相當開心，馬上就接受詩人的提議，用撒嬌的語氣說：「嗯，那就交給你了。畢竟你說的話都不曾出錯嘛。」王妃的心情開朗起來，多虧了詩人⋯⋯不，多虧這位優秀又美麗的男性幫了我那麼多忙，我才能度過這次危機。

但王妃想起還有幾個問題沒處理，首先是費波那草。即使詩人說的「製造人工妖精」能順利進行，讓她能再咒殺更多人，食數靈帶回來的「刃」仍是個問題。要是沒有費波那草，食數靈吃到詛咒對象的刃，仍會讓她受傷，而且傷口還無法痊癒。費波那草相當罕見，這附近只有城內有栽種。王妃跟詩人說起這件事，詩人說。

「您要費波那草的種子的話，我有喔。我旅行各國時，蒐集了

各種植物的種子，其中就包括費波那草的種子。而且以我的技術，在一天之內可以培養出三十世代的交配種。不過若要這麼做，必須將所有工作都交給我來主導才行……」

王妃自然答應了詩人的要求。比起那個瑪蒂爾德，王妃更放心把這件事交給詩人。碰上這種緊急狀況時，果然只有他能幫我。王妃對此相當滿意。

但還有里夏爾特的問題。王妃跟詩人討論這個問題後，詩人這麼回答。

「如果將里夏爾特王子的遺體放在那個玻璃棺內的話，應該可以保存一陣子吧？只要在這段期間內，把娜婕小姐抓回來不就好了？」

但王妃不能接受這個答案。里夏爾特一刻不能復活，王妃就一刻也不能安心。聽到王妃的想法之後，詩人露出有些愧疚的表情。

「我瞭解王妃的心情了。要是不能馬上找到娜婕小姐的話，就讓我用別的方法試試看吧。但是王妃，有件事要請您仔細想想看……」

什麼事呢？王妃側過耳朵，欲言又止的詩人才緩緩說道。

「對王妃您來說，里夏爾特真的有那麼重要嗎？」

王妃懷疑自己聽錯了，沒想到詩人會說出這種話。王妃想都沒想就回嘴，你在說什麼啊？當然重要啊，里夏爾特可是我的繼承人呢！但詩人不為所動。

「繼承人真的有必要嗎？請您仔細想想看，您在出生後就獲得很棒的命運數。然而那只是**受祝福之數**，不是『神之數』。王妃您一定能像妖精那樣長壽，但總有一天也會老去，離開這個世界。」

王妃皺起眉頭說：「我不想聽這些話。」但詩人繼續說下去。

「您有一天會老去死亡的話，就需要繼承者。但如果您長生不老的話，就不需要繼承者了。您可以成為『女王』，永遠統治這個

國家。」

王妃嚇了一跳，問詩人：「這種事真的辦得到嗎？」

「可以。不過，若要完成這件事，必須先讓您恢復『詛咒』的能力才行。如果製作人工妖精的實驗成功，使『鏡子』能恢復運作的話……」

詩人對屏息以待的王妃這麼說。

「就讓王妃的命運數變成『神之數』吧。」

王妃對自己的命運數存在「誤解」。樂園長老說出這句話時，第一個反應過來的是梅姆。

「這是什麼意思呢？該不會，那個王妃的命運數其實不是**受祝福之數**？」

長老對梅姆點了點頭。

「沒錯。她誤以為自己的命運數是**受祝福之數**。但為什麼梅姆先生你會那麼驚訝呢？」

娜婕有點困惑地看向梅姆，長老也催促著梅姆回答問題。梅姆看了看同伴，緩緩道出原因。

「……長老您也知道，眾神幾乎同時創造出我們花拉子米妖精與人類。但那時的我們並沒有**受祝福之數**。在剛創造出來的世界中，**母之數**衍生出象徵純粹大氣的數——2。那時妖精的命運數都是 2 的倍數。也因為這樣，即使到現在，花拉子米妖精的王族中，仍有某些人的命運數是 2 的連乘乘積。

我們之所以能得到**受祝福之數**，也和**影**有關。人類或許不曉得，但事實上影在誘惑**初始第一人**之前，曾經與我們妖精的祖先接觸。我們初代妖精王的命運數是 262144，也就是 2 的 18 次方。那

時影把初代妖精王抓到跟前來，妖精王卻拒絕影的誘惑，逃走了。眾神認可妖精王的行為，我們妖精也因此獲得眾神的信賴，於是眾神剝奪人類的**受祝福之數**，將它給了妖精。」

沒想到還有這樣的故事。只看過人類版本的《傳說》的娜婕聽得興味盎然。

「我們妖精獲得**受祝福之數**的同時，也被賦予新的任務。首先，我們必須管理各種與數字操作有關的『計算步驟』，那個被王妃濫用的『分解之書』，也曾由我們管理。另一個任務則是幫助難以抵抗誘惑的『人類』。特別是當展現眾神意志的人類出現時，我們必須盡力幫助那個人完成他的願望。」

眾神將這些任務交給妖精後，對地面世界的干涉越來越少。

「在這麼漫長的歷史中，有好幾個人類來到我們花拉子米妖精面前，聲稱自己展現了眾神意志。但他們幾乎都沒有那個資格。而在八年前，那位王妃來到我們的森林。」

就梅姆的說法，那時王妃主張自己展現了眾神的意志，身負拯救人類的使命。

「那個女人——王妃說自己雖是人類，卻擁有非常大的**受祝福之數**——464052305161。我們的加底王，還有身為王室神官的我們，都非常驚訝。因為擁有**受祝福之數**的人類出現，就代表眾神赦免了**初始第一人**的罪，重新開始信任人類。如果這是真的，那麼我們就有義務幫助王妃。

如各位所知，要知道一個很大的數是不是**受祝福之數**——也就是要判斷它是不是質數，並不是件容易的事。我們當時不曉得該怎麼辦才好，王妃則繼續說下去。」

——小費馬神已經證明過我的數是受祝福之數了。我也請我們城內的祭司舉行了好幾次儀式，判斷這是不是受祝福之數，每次得到的結果都一樣。

娜婕聽不太懂，於是詢問梅姆。

「小費馬神的證明，是什麼意思呢？」

「是一種可以判定某個數是不是質數的方法。」

就梅姆所言，「小費馬神判定」首先要選擇一個與欲判定之數之間，除了 1 之外沒有其他共同因數的數。接著將這個數自乘「欲判定之數減 1」次，並將結果除以欲判定之數。如果餘數是 1，那麼欲判定之數就是質數；如果餘數不是 1，就不是質數。

「舉例來說，假設我們想判斷 5 是不是質數。首先，選擇一個與 5 之間，除了 1 之外沒有其他因數的數，譬如 2。接著計算 2 自乘『5 - 1』次，也就是自乘 4 次，答案是 16。再用 16 除以 5，餘數為 1。因此 5 是質數沒錯。」

娜婕試著心算其他情況。確實，對於質數 5 來說，可以得到「餘 1」的結果。但如果用不是質數的 9 來測試的話會怎麼樣呢？2 與 9 之間沒有共通因數，所以這裡可以選 2。2 自乘『9 - 1』次，也就是自乘 8 次後，可以得到 256。256 除以 9 的商為 28，餘數為 4。因為餘數不是 1，所以 9 不是質數。這也和事實一致。

娜婕大概知道整個計算過程了，但她馬上想到，自己也只看過 5 和 9 這兩個例子而已。這個定理真的對於適用於所有的數字嗎？於是梅姆對長老說。

「我向加底王提議要慎重判定。如同我剛才說的，小費馬神的判定中，需用到『與欲判定之數之間，除了 1 之外沒有其他共同因數的數』。我問那個王妃用了哪些數進行判定。那個女人說她用了 2、3、4、5 等相對較小的數，還說『這樣就夠了吧。』但我向加底王建議，應該要用其他數進一步判定才行。」

加底王有些猶豫。因為王妃的命運數相當大，如果要請小費馬神「判定」，每判定一次就必須獻上大量供品。舉例來說，如果用 7 測試，就必須計算 7 自乘 464052305160 次的結果。如果要做很

多次判定，妖精的財產根本不夠用，讓妖精王一直無法首肯答應。直到加夫、達列特、基梅爾、扎伊等四位神官都表態支持梅姆時，妖精才答應梅姆的請求，並說。

就五次。允許你們請示神明五次。

梅姆等人接受這個決定，慎重地選擇用於判定的數，儀式進行了幾天。不過五次中，小費馬神的「回答」都是「餘1」，表示王妃的命運數真的是**受祝福之數**。加底王相當高興，但梅姆仍無法接受。於是梅姆提議使用由自己管理的《分解之書》，與計算用的特殊鏡子「演算鏡」分解王妃的命運數。《分解之書》中只記錄了五百個左右的質數，雖然不保證這些數中是否存在能整除王妃命運數的質數，但為了以防萬一，梅姆認為應該要嘗試看看。

「我認為梅姆那時候的判斷是正確的。」

雖然扎伊這麼說，但就結果而言，梅姆當時的決定卻造成了之後的不幸。梅姆將《分解之書》放在演算鏡中，然而在五名神官一起進入鏡後，王妃便強行奪取鏡子。梅姆在鏡中看到，王妃身旁的年老侍女從懷中拿出一顆發出毒氣的石頭，「瘴氣石」的毒氣是妖精的天敵。加底王與負責護衛的優德等人，都因為瘴氣石的毒氣而昏了過去，王妃趁著這個時候拿起鏡子，離開花拉子米森林。在鏡子離開花拉子米森林那一刻，持有鏡子的人就會變成鏡子的主人，其中的妖精因此成為僕人。所以梅姆等人便失去記憶，還不得不服從王妃的命令為她工作。

梅姆想起這件事時，不自覺地咬緊嘴唇。

「還好最後我們順利從鏡中逃出來，加夫也從死亡的深淵中回來。但我至今仍相當懊悔，為什麼那時候沒有看出那個女人的邪惡本性呢？」

扎伊接著說。

「不，梅姆。無論如何，那個女人都會把演算鏡和我們一起帶

走。要是當時梅姆同意了『小費馬神』的判定，認為那個女人的命運數確實是受祝福之數的話，加底就會聽從那個女人的指示，讓她帶走我們。」

其他妖精同伴紛紛對梅姆說，這不是他的錯。接著扎伊詢問長老。

「長老您剛才說，那名王妃的命運數並不是受祝福之數。這是什麼意思呢？難道說，小費馬神的判定不值得信任嗎？」

長老回答。

「小費馬神判定確實能將所有質數都正確判定為質數。但有極少數不屬於質數的易裂解之數，經過小費馬神判定後，也會得到與質數相同的結果。

舉例來說，假設我們想判斷 341 是不是質數，於是選擇與它沒有共同因數的 2 來測試。依照判定步驟，將 2 自乘 340 次的結果除以 341，餘數是 1。但 341 其實可以被 11 和 31 整除，因此 341 不是質數，而是易裂解之數。」

妖精大吃一驚。沒想到有那麼簡單的「例外」存在。長老繼續說下去。

「這種時候，如果用很多個『與之沒有共同因數的數』進行判定的話，就通常可以得到正確結果。以 341 來說。如果將測試的數改為 3，3 自乘 340 次再除以 341，餘數為 56，所以就會得到『不是質數』的結果。」

「也就是說，只要用很多個數對那個王妃進行『判定』，就可以得到正確結論嗎？我們請小費馬神做了五次判定，都無法證明它不是質數，是不是只要多試一些數，就可以得到『餘 1』以外的結果了呢？」

面對梅姆的提問，長老搖了搖頭。

「就姊姊的命運數來說，不管用小費馬神做多少次判定，結果

大概都一樣吧。」

每位妖精都瞪大了眼。

「不管做多少次判定，結果都一樣？這是什麼意思呢？」

「這和姊姊自己的命運數有關。對於某些會裂解的數來說，不管用多少個『與之沒有共同因數的數』來判定，都會得到餘數為 1 的結果。也就是說，小費馬神永遠會將其判定為質數。姐姐的命運數就是這樣一個數。」

據長老所言。王妃的數 464052305161 可分解成 4261、8521、12781。這是一個「會裂解的數」，卻很容易被誤認為質數。

傭人製作出來的人偶，一一排列在工作台上，它們沒有臉，連手腳有沒有。在王城為了抵禦國王即將來到的攻擊而忙得不可開交時，王妃怒斥那些恐懼的傭人，要他們加速趕工做出這些人偶。每個人偶都不大，用城內的多餘布料就足夠縫出這些人偶的外型，但傭人還是費盡苦心，才確保塞在頭部內的鹿角、山羊角的灰燼不會漏出。雖然王妃對於傭人慢吞吞的動作有些不滿，但他們還是趕出了三十個人偶。就在這時候，詩人將製作好的裝置送到王妃的實驗室。

「雖然這個裝置是我用手邊現有的材料臨時製作出來的，但應該可以正常運作才對。」

這個裝置的形狀相當奇怪。左邊有個注入液體用的玻璃漏斗，下方的鐵管連接到一個平放的鐵製正方形容器，其右側還有一根細管，往右延伸一段之後，分岔成兩個方向，往下延伸的管子直接對外開口，下方放置著乳缽；往右延伸的細管則與一個圓形的素色陶製容器相連，容器上方有個孔洞。

詩人從懷中取出幾個小瓶子，裡面裝有金黃色液體。

「那是什麼？」

「是『質數蜂之蜜』喔。」

質數蜂之蜜？王妃在詛咒別人時，常會用到「質數蜂之毒」，卻不曉得它們的蜜有什麼作用。詩人接著說。

「雖然量不多，但其實質數蜂也會產蜜。我去了瑪蒂爾德管理的蜂屋，把蜂屋內的蜜都拿了過來。」

詩人拿來的瓶子中，標有 2、3、5、7、11、13、37、41 等編號。詩人說，這些分別是週期為 2 天、3 天、5 天、7 天、11 天、13 天、37 天、41 天的蜂所產的蜜。

「能拿到那麼多蜜實在太棒了。特別是 41 號蜜，存量還那麼多真是幸運，那這些要拿來做什麼呢？」

「質數蜂的蜜含有構成『數體』的物質——『數體核』。以週期 2 天的蜂蜜為例，1 滴蜜就含有 2 個『核』，如果是週期 41 天的蜂蜜，1 滴蜜就含有 41 個『核』。用這些蜜可以製作出人工的『數體』。不過若只是單純混合質數蜂的蜜，就只能製作出小小的『數體』。若想製作出能讓人工妖精活動的數體，就必須讓核有效率地增殖，並使其數值等於受祝福之數，以符合妖精的命運數。」

詩人說這個裝置就是為此而製作的，他邊說邊將火源放置在裝置左側的正方形鐵板下方，加熱鐵板。詩人說：「先測試一次看看吧。」然後將一滴 13 號質數蜂的蜜滴入左方玻璃漏斗，蜜沿著漏斗落入正方形鐵板狀容器中。正方形鐵板經加熱後，逐漸變成金色，不久後，右方的細管也開始轉變成金色。接著「分支處」朝下的細管，滴了一滴無色液體到下方的乳缽中。橫向鐵管的變色部分則繼續往右移動，抵達右端的圓形素色陶製容器。這時，詩人將一滴 41 號質數蜂的蜜滴入陶製容器。

詩人開始說明這個裝置的機制。正方形鐵板可以將蜜中的「數

體的核」增殖為平方倍。這些核會繼續沿著管路前進，途中有一部分會在分支處沿著朝下的鐵管滴落。我們一開始加了多少「核」進去，分支處就會滴落出多少核。其餘的核則會繼續進入陶製容器中，與41號蜜融合。

「剛才我們加入左端玻璃漏斗內的『核』有13個。這些核會在正方形鐵板中增加到169個，然後有13個核會在分支處沿著朝下的鐵管滴落，其餘156個『核』則會進入右端容器，與41號蜜中的41個核融合。」

就相當於 132－13＋41 這個式子。詩人說到這裡，右端的陶製容器開始微幅震動。

「啊！」王妃輕呼一聲。陶器上方的洞——也就是詩人剛才滴入41號蜜的地方，冒出一個淡藍色的透明球體，變形成泡沫狀，浮出容器。

「這就是人工『數體』。」

詩人拿起一個人偶，靠近浮在空中的人工「數體」。但「數體」卻彈開而消失不見。

「啊啊，消失了耶。」

「剛才製作的是相當於197的『數體』。雖然197也是『不會裂解』的受祝福之數，但若想放入人工妖精體內，可好像還是太小了。」

「那只要再製作更大的『數體』不就好了嗎？快做一個吧。」

「嗯，再來我會試著改變蜜的種類與數量，看看『數體』最小要多少，才能放入人偶內。希望這些蜜能盡可能多做出一點『數體』，盡量不要浪費。請您不用擔心，我一定可以做出能放入人偶的『數體』。完成後，人偶就會變成妖精的樣子，也會動起來。」

王妃認為不用那麼麻煩吧？只要多拿一點含有「數體核」的蜂蜜，然後一個個丟入裝置內不就好了嗎？詩人搖搖頭。

「質數蜂的蜜相當稀少。而且，週期越長的蜂，越難產出蜂蜜。若要用目前手上擁有的蜂蜜來製作較大的『數體』，這是個很好的方法。還好，41 號蜜的量相當多。」

詩人說，只要有 41 號蜜，要製造**受祝福之數**就會簡單許多。若在右端的陶製容器中滴入一滴 41 號蜜——也就是 41 個「核」，那麼只要左邊玻璃漏斗加入的「核」數量在 40 個以下，製作出來的「數體」就一定是**受祝福之數**。

「為什麼左邊加入的核要在『40 個以下』呢？」

「要是大於 40 的話，就會產生不是**受祝福之數**的『數體』。而且，只要製造出一次這種『數體』，這個裝置就無法再使用。」

雖然王妃聽不大懂，但既然詩人都這麼說了，那應該就是這樣沒錯。詩人似乎想繼續說下去，王妃卻說她知道了，要詩人先別說這個，談談費波那草的情況。

「費波那草的話，手邊三十個世代的種子今天都順利發芽了，明天應該就能收成。」

這樣的話，應該趕得上丈夫對王城發動攻擊吧。王妃美麗的嘴角微微上揚了一些。

「另外，王妃，您考慮過那件事了嗎？」

詩人指的是，將王妃的命運數轉變成「更好的數」——**不老神之數**。王妃表面上推辭了這個建議，因為這樣就和**初始第一人**犯了相同的錯誤。詩人卻說「傳說畢竟只是傳說」。

「傳說的內容不一定正確喔。古老的傳說經過代代相傳，常會產生變化。而且也有人說，這些內容是執政者為了抑制人民的反抗心理，才編造出來的說法。」

在詩人說出這些話之前，王妃便已對詩人的提議很感興趣。不過她嘴上還是說著「不行」、「我覺得很可怕之類」的話，用楚楚可憐的眼神看著詩人。

「而且，比起我自己，我更擔心里夏爾特，還是得先處理好他的問題才行⋯⋯」

詩人溫柔地看著王妃。這樣的視線也在王妃預料之中。詩人說「王妃真是個充滿愛的人」。

「里夏爾特的事就交給我吧。所以請您放心，把自己的問題放在第一位，好嗎？」

詩人的話讓王妃露出有些困擾的表情，但這只是裝出來的。事實上，王妃心中早已決定，和里夏爾特的事相比，應該要先讓自己設法獲得**不老神之數**。

昨天，詩人問她「里夏爾特真的有那麼重要嗎？」王妃試著重新思考了一下。為什麼自己過去那麼重視里夏爾特呢？他是繼承者固然是一個理由，但並不是唯一理由。里夏爾特相當俊美，卻不會威脅到自己的地位，女兒畢安卡相當漂亮，而且比里夏爾特更服從自己。但畢安卡是「女人」，又自己太過相像。只要是美麗的女人，不管是誰，都會威脅到自己。但里夏爾特不一樣。里夏爾特長大後會變成很棒的男人，應該可以保護身為女人的她。一直以來，王妃都這麼想。

但是，長大後的里夏爾特開始會違逆她，不受控制。雖然以前就有這樣的傾向，不過小時候的里夏爾特頂多像小貓小狗那樣偶爾對人惡作劇，王妃卻覺得現在的兒子與自己相當疏遠。她一直很擔心，要是沒有兒子的話，自己的老後生活會變得相當寂寞。不過就像詩人說的一樣，只要自己不老不死，就算沒有兒子也沒關係。

——您可以成為『女王』，永遠統治這個國家。

王妃在心中回應了昨天詩人說的話。

本就該如此。

第
7
章

命運的圖樣

　　隔天，娜婕在天亮前就醒過來了。明明前一天幾乎都沒睡，這天她卻能在和平常差不多的時間醒來。接著意識到這裡不是王城，感到十分新鮮。

　　娜婕被安排到的這個房間，有床有桌子，還有一扇很大的窗戶，讓人很放鬆。床旁放了替換用的衣服。娜婕起身試穿，發現那些衣服與長老及塔尼亞的衣服樣式相同。但不是黑色，而是漂亮的天藍色。她以前不曾穿過顏色那麼明亮的衣服，遲疑了一下，不過她馬上注意到，圓形領口與寬廣的袖口上有美麗的刺繡裝飾。

　　陽光灑落進來，房間逐漸明亮，有人輕輕敲了門。娜婕正要回應時，就聽到加夫的聲音：「娜婕小姐，妳醒著嗎？我可以進去嗎？」娜婕急忙整理頭髮和床鋪，推開窗戶，讓新鮮空氣進來，這才打開房門。娜婕往下看，穿著新衣服的加夫正仰望著自己。那衣服應該是長老準備的吧。

　　「我早上沒事可做，所以就在這裡等待娜婕小姐起床。」

　　「沒事可做？梅姆他們呢？」

　　「這個嘛……」

加夫說，梅姆他們去了位於樂園中心的湖。那個湖有著特別的力量，順利的話，似乎可以聯絡上任何地方的任何人。加夫進房間，輕輕跳上床緣坐著，繼續說下去。

　　「梅姆他們正在設法和花拉子米森林聯絡。」

　　「花拉子米森林是你們的故鄉對吧？很遠嗎？」

　　「有時很遠，有時很近。現在應該很遠吧。」

　　娜婕聽不太懂他的意思。根據加夫的說法，花拉子米森林似乎會不定期「移動」的樣子。

　　「我們妖精喜歡從天而降的純粹大氣，所以我們居住的森林會自行移動，尋找這種大氣充足的地點。平常我們幾乎不會走出森林，所以就算森林移動也不會有什麼問題。但碰到現在這種情況，沒有固定位置的森林就有些不方便了。」

　　加夫說，他們還在鏡中時，就很擔心森林中同伴的情況。

　　「我們特別擔心加底王的情況。他是個賢能的國王，就算我們神官不在也沒什麼關係，但還是很擔心啊。所以梅姆他們就趕到湖那邊去了，似乎是想試著聯絡森林的樣子。我當然也想去，但梅姆要我別跟，他說因為我在昨天之前都還差點死掉，今天就好好休息。」

　　「妖精的國王，是扎伊的兄弟嗎？」

　　「沒錯，他是扎伊的雙胞胎哥哥。不過，加底和我們不一樣，他擁有特殊的命運數。」

　　幾乎所有妖精的命運數都是 4 位或 5 位的質數，也就是**受祝福之數**。不過，加底王的命運數是 2 的連乘乘積。

　　「我們妖精原本就是從**母之數**產生的最初大氣中誕生出來的。象徵這種大氣的數是『2』。很久以前，妖精拒絕了**影**的誘惑之後，我們就獲得**受祝福之數**。不過，妖精王族中仍偶爾會誕生命運數與『2』有關的妖精。我們把這視為高貴的血統，他們也確實都成了

很優秀的國王，沒有例外。但擁有這樣的血統也有壞處。」

「有壞處？因為壽命會比較短嗎？」

「不，他們的壽命和我們差不多，甚至還比我們長一些。不過，他們容易被人盯上。」

「被盯上？被誰？」

「被影。」

娜婕回想起他們來到樂園的路程中，梅姆與特萊亞的對話。

「記得梅姆說過，以前妖精的國王曾經被影吞入，後來是特萊亞的祖先切開影的身體，才把妖精王救出來。」

「是的，那已經是『第二次』了。在那之前，『第一次』的時候，眾神的力量似乎還有很強的影響力，因此國王可以靠自己的力量逃脫，但第二次就被吞入了。」

「影究竟是什麼呢？聽說那是一種能夠吞沒人類或妖精，奪取他們外表的東西。」

「關於影的事我也不是很清楚。畢竟我也沒有親眼看過。聽說那是一種惡靈，但沒有人知道那是什麼樣的東西。只知道影沒有命運數，是個不吉利的東西，能夠吞沒兩個人類或妖精。而且，不知道為什麼，妖精的國王常被影盯上。」

「為什麼呢？」

「誰知道呢？可以確定的是，加底王相當害怕這件事。加底的命運數是 2 的 18 次方，也就是 262144。最初被影帶走的國王，還有第二次被影帶走的國王，命運數都是 262144。」

加夫說完之後，娜婕突然感覺周圍的空氣有些怪異，上方的空氣好像突然變重，往下壓住自己一樣。同時，娜婕也感到背脊發涼，雙手開始微微顫抖，她馬上意識到，過去自己也曾經有過同樣的感覺，那是難以形容的恐怖。

不僅娜婕感到情況不太對勁，加夫也望向窗外。

「這種感覺……」

加夫鼓動翅膀，往窗戶的方向飛去。

「娜婕小姐，妳看那裡！」

娜婕撐著顫抖的身體站了起來，看向窗外，發現窗外有某種灰色半透明的生物，外型和蜥蜴相似。

「食數靈！」

這些怪物朝著這裡直直飛過來。娜婕的額頭冒出冷汗，肩膀與雙手無法動彈。不過食數靈突然改變方向。

「在那裡──它往屋子後方飛過去了。娜婕小姐，我們快過去看看！」

娜婕的腳僵硬到無法動彈，加夫抓住娜婕的手飛了起來。娜婕身體輕飄飄地浮著，和加夫一起穿過了許多門、走廊，來到屋子外面。加夫保持相同的速度，繞到屋子後方。後方有許多大樹，每棵樹的樹幹都又直又粗，前後左右的間隔大略相同。食數靈在這些排列整齊的樹木之間鑽來鑽去，往深處飛去。穿過許多林木後，娜婕看到食數靈往一個人影飛去。

「那是長老！」

長老站在樹與樹之間，直直看著朝著自己飛來的食數靈，她的衣服外還披著一件連帽披風。食數靈的身體突然開始膨脹。娜婕馬上想到，食數靈應該正張開大口，準備把長老吞下去。

娜婕正要發出驚呼，長老迅速舉起身上的黑色披風。這個瞬間，娜婕看到披風內側的圖樣。披風下緣有許多閃耀著金色光輝的大三角形。

──三角形？是鋸齒紋嗎？

此時，娜婕聽到像水袋破裂的聲音，周圍的空氣也為之震動。一聲巨響下，娜婕與加夫眼前的食數靈身體四分五裂。長老則像什麼事都沒發生一樣，披著披風站在原地。

「那件披風和長老都太厲害了！」

加夫佩服地說著，一邊抓著娜婕飛往長老站著的位置。但長老對他們說。

「別再靠近了。還沒結束。」

聽到長老這麼說，加夫與娜婕趕緊降落到樹下。不久後，那種「壓力」再度支配了整個空氣。娜婕回頭一看，就像長老說的一樣，馬上又有其他食數靈朝著他們飛來。而且這次有十隻以上。

「居然有那麼多……」

而且，所有食數靈都朝著長老飛去。不過長老用黑色披風一一擊退食數靈，眉頭都沒皺一下。

「太厲害了……」

「娜婕小姐，但是妳看，那個披風正在破損。」

如同加夫所說，黑色披風的邊緣部分變成灰色，正在破損中，接著就像是從邊緣開始燃燒一樣，裂痕逐漸擴大。在長老擊退了十隻左右的食數靈之後，披風也變成粉末消散。

「披風壞掉了……」

食數靈的攻擊還沒結束。娜婕覺得心底一涼，但長老面不改色。在下一個食數靈逐漸靠近時，塔尼亞於長老背後現身，手上拿著幾個圓圈，圓圈中間則張著細線縱橫交錯成的網。

「原來如此，他們要用捕靈網。」

「是指那個網嗎？」

「嗯，就是捕捉惡靈的網。這是一種對抗惡靈的著名武器。」

當食數靈迅速靠近時，站在長老旁邊的塔尼亞丟出輪圈套住它的頭。頭被補靈網困住的食數靈，就像是有某種來自地面的強大力量把它往下拉一樣，失去力氣掉落下來。看到這一幕的加夫興奮地鼓掌。

塔尼亞之後又用同樣的方式，以捕靈網抓住三隻惡靈，但手上

的網已經用完了，遠方卻還有一隻食數靈。這時長老對塔尼亞說。

「塔尼亞，網已經用完了吧。最後一隻就用『平方之陣』來迎擊吧。」

「好的，母親大人，已經準備好了。」

長老與塔尼亞轉身，背向迅速逼近的食數靈，往森林深處奔跑。加夫與娜婕則緊追在他們後面。

「長老和塔尼亞小姐想做什麼呢？」

娜婕語帶不安，加夫稍微想了一下，輕聲說明。

「長老剛才有提到『平方之陣』吧？這樣的話……」

加夫說到一半，長老與塔尼亞停了下來。她們所在位置的周圍有四棵大樹，排成一個正方形，樹木間隔著一定距離。四棵大樹分別貼著長方形的符咒，並發出淡淡的光芒。加夫說了一句「果然」，但娜婕還是不曉得發生了什麼事。

長老坐在由四棵大樹形成的正方形中央。塔尼亞則離開正方形區域，走向加夫與娜婕。塔尼亞到他們旁邊時，食數靈正衝向長老。食數靈的半透明身體越來越大，張開大嘴，像是要把長老整個吞下去一樣。更可怕的是，食數靈迅速逼近帶來的壓迫感，把娜婕嚇得站不穩。

「放心，沒事的，好好看著吧。」

塔尼亞用平穩的語氣說，並輕撫娜婕的肩膀。因為恐懼而一直閉著眼睛的娜婕，在塔尼亞的安撫下，慢慢打開眼睛。原本坐著的長老，一瞬間分成好幾個分身，四散在正方形空間中。食數靈衝向中央，將中央的「長老」整個吞下，速度慢了下來，並開始在原地旋轉，就像在尋找出口一樣。

──長老被吃掉了！？

正方形空間內的長老完全消失了。

「仔細看正方形的左邊和右邊。」

娜婕照著塔尼亞說的看過去，正方形空間的左右兩邊各有一個輪廓模糊的長老。這兩個「像」彼此吸引，逐漸靠近，在中央合而為一，變回原本靜坐的長老。接著長老睜開眼睛。

　　「塔尼亞，辛苦妳了。接下來就把這個惡靈送到地下吧。」

　　塔尼亞進入正方形空間，開始挖洞。她挖洞的速度很快，沒過多久就挖出一個很大的洞。塔尼亞挖完洞後，長老朝著緩慢旋轉中的食數靈詠唱某種咒語。只見食數靈像是被吸進去一樣，進入洞中。接著塔尼亞搬來一個人頭大小的圓形石塊，塞住這個洞，再用紅色繩子纏住這顆石頭，覆土固定。最後由長老宣告「食數靈封印結束」。

　　長老對塔尼亞點了點頭，往娜婕與加夫走來，說道：「讓兩位受到驚嚇了，如你們所見，我一點傷都沒有，所以不用擔心。」

　　加夫詢問長老。

　　「剛才襲擊長老的，是那個王妃放出來的食數靈嗎？」

　　王妃？娜婕相當驚訝，長老若無其事地回答。

　　「沒錯，正是如此。加夫先生真是清楚。」

　　「因為我曾在鏡中看過。那個王妃從八年前開始，每天都會對同一個人、同一個命運數釋放出至少二十隻食數靈。但不曉得為什麼，一隻都沒有回來。原來它們在這裡被擊敗了。」

　　加夫興奮地說著。相較之下，娜婕則說不出話來。那個王妃居然為了詛咒自己的妹妹，放出那麼多食數靈。

　　「我以前曾經看過捕靈網，卻是第一次看到那樣的披風。我知道三角紋可以粉碎惡靈，但不曉得這種圖樣的威力那麼強。」

　　「這種三角紋叫做『命運三角紋』。可以擋住惡靈的攻擊，是能力最強的圖樣。」

　　「真想把這種圖樣告訴我們的國王。如果有那種披風的話，或許就不會盯上國王了。不過，在披風壞掉，捕靈網又用完之後，

沒想到長老會故意讓自己的『數體』被惡靈吃掉。那是『命運數復原』對吧？」

「是的，沒錯。不過，只有在這種貼了特殊符咒的正方形空間中，才能驅動『命運數復原』。」

娜婕仔細觀察貼在樹幹上的符咒。每個符咒都是一塊貼在薄木板上的布。第一個符咒的周圍是褐色，中間則有個像是被挖空的白色壁虎圖樣。符咒下方垂下許多線，每條線的末端都綁著壁虎尾狀的金屬飾品，發出鏗鏗鏘鏘的金屬敲打聲。塔尼亞靠近娜婕，對她說：「壁虎圖樣象徵著重生。這塊布的圖樣是用經線與緯線的『絞染』染成的喔。」驚訝的娜婕仔細觀察符咒，卻看不到絞染特有的「錯位」。這種「縱橫絣」*實在做得太精巧了。布的周圍還有幾何的刺繡圖樣。

第二個符咒的圖樣為白底與藍色的鳥兒，下方掛著鳥羽狀的金屬裝飾；第三個符咒為深綠布料與白色挖空的「撕開麵包的手」圖樣，下方掛著小手狀的金屬裝飾；第四個符咒的圖樣為白底與兩個紅色輪圈，下方掛著許多金屬二連環。塔尼亞說，鳥象徵生與死的聯繫，「撕開麵包的手」象徵「分成兩個」，「二連環」則象徵肉體與靈魂的聯繫。加夫輕聲詢問長老。

「這表示……長老的命運數是『平方分割復原數』嗎？」

「沒錯。」

「我曾聽說過人類之中存在著這樣的命運數，這卻是我第一次親眼看到。」

看來加夫似乎瞭解箇中原理。於是加夫開始向一臉訝異的娜婕說明。

「將一個數平方後的結果——也就是自乘 2 次的結果，從中間

縱橫絣：在布料的縱向與橫向插入預先染色的線。

分開，然後將左右邊的兩個數相加，如果相加的和會變回一開始的數，這個數就稱做『平方分割復原數』。」

加夫說，譬如 45、297，都屬於這種數。

「把 45 平方後，可以得到 2025 對吧？從正中間分開後可以得到 20 與 25。20 與 25 相加後是多少呢？」

「45。啊，真的耶，變回來了。」

接著娜婕又開始驗算加夫剛才說的另一個 297。297 平方後為 88209。這是一個五位數，沒辦法平分成左右兩邊。娜婕提出這個疑問，加夫回答說。

「啊，如果位數是奇數的話，分開的時候要讓前面的部分，比後面部分少一位。所以 88209 要分成 88 和 209。」

娜婕開始計算，88 加上 209 為 297，確實會變回原來的數。看到娜婕對這些數的特性感到驚奇，長老繼續說明。

「我的命運數是 499500，也是一個平方分割復原數。拜這個數之賜，只要我人在貼了符咒的正方形空間內——『平方之陣』內，不管被食數靈吃掉多少次『數體』，都能恢復原狀。」

而且，食數靈只要吃過一次「數體」，動作就會變得比之前還遲鈍，把它們埋入地下，施以特殊封印的話，就可以困住它們了。然而，塔尼亞看著地面的「平方之陣」說。

「母親大人，這裡的地面也差不多快滿了。要是再不改變陣的位置，就沒有空間可以再埋食數靈了。」

娜婕詢問塔尼亞。

「這裡的地面埋了那麼多食數靈嗎？」

「是啊。從好一段時間之前開始，幾乎每天都會有食數靈過來，平均每天要把五隻食數靈埋入地下吧。」

就塔尼亞的說法，長老住家後方的地面，已經埋了一萬隻以上的食數靈。聽到這件事的加夫，有些驚訝地詢問長老。

「為什麼要埋在地下呢？直接讓它們逃跑不就可以了？它吃掉長老的命運數之後，應該就會自己回到王妃身邊吧？」

「是沒錯，但我不能這麼做。」

「為什麼呢？因為長老的命運數中有『寶珠』嗎？如果是因為不想把『寶珠』交給那個女人，那我就能理解了。」

「不是的。構成我命運數的質數有兩個 2、三個 3、三個 5、一個 37。雖然 3 可以變成寶珠，但也只有胡椒粒那麼大而已。」

「這樣的話我就更不懂了。而且 5 和 37 不都是『刃』嗎？如果讓食數靈自己回去的話，這些刃就會攻擊那個女人，這也是一種反擊她的方法吧？」

聽到加夫的話，長老露出有些困擾的表情。

「這樣的話，我就會違反眾神對我訂下的規則。」

「那是什麼樣的規則呢？」

「『除非得到眾神的允許，不然不能離開樂園，也不能傷害任何人』。」

即使有人想要加害於己，也不能反擊嗎？聽到長老的答案後，加夫什麼話也沒說，娜婕也在思考。雖然有眾神訂下的規則，長老自己應該也不想傷害王妃吧。而王妃卻不知道長老的心情，仍每天咒殺長老。不，即使王妃知道，大概也會繼續這麼做吧。娜婕越想越多，長老靜靜看向天空。

「不過……既然姊姊能再度對我釋放食數靈……就表示她咒殺的能力恢復了。」

為了蒐集情報而在昨天離開樂園的特萊亞，早上回到樂園，在長老的屋子報告結果。長老獨自一人在大廳等待，特萊亞脫下頭

盃，跪坐在地上向長老報告。

「據說梅爾森國王已於昨晚死亡，他所待的那座城，裡面的人也都死了，引起很大的騷動。這無疑是王妃的詛咒。」

面對表情嚴肅的特萊亞，長老平靜地回答。

「果然如此。既然有餘力對我放出食數靈，就表示她應該已經收拾了眼前的敵人才對。」

「但是，為什麼王妃能再詛咒他人呢？鏡中妖精們已經逃跑，我也把所有費波那草都帶出來了，應該都很難找到替代品才對。」

「我也不曉得。但這就是事實，所以我們也只能接受。」

特萊亞繼續問長老。

「對了，長老，您聯絡上『循環數』小姐了嗎？從梅爾森城逃出的那天晚上，我已經把『通訊鏡』拿給她了。」

長老點了點頭。

「是的，這個大廳的通訊鏡可以聯絡上她。我已經告訴她娜婕與妖精平安無事，她應該也暫時放心了才對。不過關於那件事，她似乎還是沒有改變心意的打算。」

聽到長老這麼說，特萊亞垂下肩膀。

「她果然還是這麼想的……」

「特萊亞小姐，妳無需感到失落。我已經知道她不可能改變意志。我為了阻止她，不知道已經勸過她多少次了，不過她一直都沒聽進去。她說她一定要殺掉王妃……」

長老垂下視線。特萊亞繼續問道。

「而且，她打算怎麼殺掉王妃呢？一般的武器或毒應該都對她沒有用才對。」

「她說她『打算咒殺王妃』，也就是釋放出食數靈。」

「詛咒？可是王妃的命運數相當大吧？她真的有辦法詛咒王妃嗎？」

「姊姊的命運數確實相當大。但她本人似乎以為那是**受祝福之數**，也就是很大的質數。若真是如此，要詛咒姊姊確實是不可能的事，因為找不到能製作出對應食數靈的質數蜂。」

王妃的命運數是 464052305161。如果這是質數的話，就需要週期為 464052305161 天的質數蜂，才能製作出有效的蜂毒。然而，我們不曉得週期為 464052305161 的質數蜂是否真的存在，就算真的存在，找到的機率也相當低。因為這種蜂要數十億年才繁殖一次。

「因此，姊姊也認為自己不可能被咒殺。但實際上，姊姊的命運數並不是質數，而是可以『分解』成 4261、8521、12781 等三個質數。」

「原來如此。既然『循環數』小姐想要咒殺王妃，是否就表示她已經獲得了週期是這些數字的質數蜂了呢？」

「『循環數』小姐待在這裡的時候，已經獲得了 4261 號、8521 號的蜂毒。至於 12781 號的蜂毒，她說她正要開始尋找這種蜂的『卵』。她留下：『因為這種蜂應該會在五年後左右出生……』這句話後就離開了，那時正好是距今五年前。」

長老說完後，特萊亞開始思考。「循環數」應該是瞞著王妃，在那個藥草田旁邊的蜂屋飼養準備用來咒殺王妃的質數蜂吧。

──在娜婕小姐逃出城外的現在，她私底下仍反抗著王妃。

為了保護娜婕，只要王妃有殺掉娜婕的想法，她就不會放棄殺害王妃。特萊亞回想起那天在和她分別之前說過：「之後不管碰上什麼困難，娜婕小姐都由我來保護。所以也請您盡快離開這個城。」但她卻不肯同意。特萊亞想起這件事，再次垂下頭。

「是我的錯。『循環數』小姐一定認為我的能力不足以守護娜婕小姐，所以還是得殺掉王妃才能安心。」

「不，不是那樣的，特萊亞。」

特萊亞抬起頭。長老繼續說下去。

「她確實想要守護娜婕，這個意志千真萬確。但同時，她也憎恨著王妃。即使娜婕的安全獲得保障，她大概還是想殺掉王妃吧。她想把王妃──自己的『母親』──從人生中抹去。」

長老與特萊亞在大廳內談話時，娜婕正與塔尼亞一起在長老的大屋外散步。大屋正面的庭園可以照到溫暖的陽光。今天的天氣特別好，沒有霧氣，山坡、下方的河流、湖泊，以及對面的山都可以看得相當清楚。

但吸引到娜婕的是曬在庭院的大量布匹。各種顏色的布，隨風飄動著。

「好漂亮……」

娜婕不由得發出讚嘆，身旁的塔尼亞微笑了一下。

「娜婕小姐很擅長縫紉、刺繡對吧？從妳逃進樂園時穿的衣服就可以看得出來。」

娜婕被塔尼亞稱讚，紅著臉點了點頭。

「不過，我至今沒織過這種圖樣的布。」

「這裡的布和一般的布不一樣，是用於儀式、驅魔的布。妳看，這是媽媽的新披風。因為舊的披風在今天早上被食數靈攻擊時壞掉了。」

塔尼亞指著一塊很大的布。披風下緣有一個大大的正三角形指向上面，今天早上看到的披風是黑底金線的三角形，這個則是白底的藍色三角形。雖說是藍色，卻有深藍色到淺藍色好幾種藍色，而且邊緣還縫有藍色的布邊。娜婕被這塊布吸引住，靠近仔細看著上面的三角形圖樣。

「這是⋯⋯刺繡嗎？」

「沒錯，這叫結粒繡，相當費工喔。」

塔尼亞說得沒錯。要刺出三角形圖樣，必須將許多細線打成的結，也就是露出布面的線球，排列成大大的三角形。

「這刺繡是誰做的呢？」

「這是我和媽媽一起繡的。有時候也會麻煩其他村民幫忙，畢竟這是消耗品，打下十隻食數靈後就會壞掉，今天早上妳也看到了吧。」

「這也是一種鋸齒紋嗎？」

聽到娜婕這麼問，塔尼亞露出開心的表情。

「妳還真清楚呢，正是如此。鋸齒紋可以像『齒』一樣吃掉惡靈。而這種『命運三角紋』是鋸齒紋中的特殊圖樣。娜婕小姐，妳知道這個圖樣有多少個『線球』嗎？」

娜婕搖頭說她不曉得，畢竟布上的線球數看起來多得數不清。塔尼亞卻馬上說得出答案。

「是 499500 個喔。」

499500。娜婕馬上就想到這是什麼數。

「是長老的命運數嗎？」

「沒錯。『命運三角紋』就是線球數與衣物穿戴者命運數相同的三角紋，也就是那個人專用的驅魔衣物。所以力量相當強。」

娜婕凝視著這塊布。三角紋的頂點有一個線球，下方有兩個線球橫向排列，再往下則有三個線球。越往下，橫向排列的線球數就越多，依序為四個、五個、六個⋯⋯逐漸遞增。

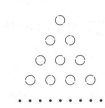

「這個……不只是排列成三角形，而且每一列的線球數還由上而下遞增耶。」

「沒錯。這個三角紋必須以這種方式製作才行。」

「但是，這居然會剛好等於長老的命運數 499500，真是太厲害了。」

「因為媽媽的命運數是第 999 個『三角數』，所以能排列成一個三角形。」

娜婕問什麼是「三角數」。塔尼亞說如果某個數量的點可以排列成一個三角形，那麼這個數量就叫做「三角數」。從 1 開始，三角數包括 1, 3, 6, 10, ……等。

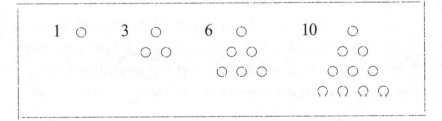

「三角數也是從 1 開始將整數依序加總得到的『和』喔。譬如 3 就是 1 加上 2；6 是 1、2、3 的總和；10 則是 1、2、3、4 的總和。」

娜婕理解到這點之後，回想起長老命運數的特性。娜婕以前就知道長老的數是「平方分割復原數」這種特別的數，沒想到還是可以排列成三角形的漂亮數字。

「長老的命運數還真是厲害。」

「是啊。不過媽媽常說，命運數這種東西，只是這個人的一種特徵而已。」

「可是……」

娜婕覺得有些羨慕，一想到自己的命運數是「里夏爾特的備用數」，就更羨慕了。

「我可以瞭解娜婕小姐羨慕的心情。不過，命運數不是自己能選擇的，這也沒辦法，因為我的數也是沒什麼特徵的平凡數字。以前我也曾經想要更好的數，但現在的我比較喜歡自己的數。」

塔尼亞的微笑，讓娜婕感到救贖。

「而且，這個有三角紋的布，也不是只有媽媽這樣的『三角數』擁有者才能用喔。」

「什麼意思呢？」

「到這裡來看看吧。」

塔尼亞走到遠處，拿起另一塊正在曬的布。

「這也是『命運三角紋』，不過是我專用的。」

藍色的布上有著由綠線繡成的三角紋。

「長老的三角紋只有一個，不過這塊布上有三個三角紋耶。」

「因為我的命運數不是『三角數』，沒辦法排列成一個完整的三角形。不過，只要分成三個三角形，就可以讓線球的數量總和等於我的命運數。也就是說，我的『齒』有三個。」

「所以說，就算命運數不是三角數，也可以擁有自己專用的、繡有『命運三角紋』的披風嗎？」

「沒錯。不過『齒』最多只能有三個。」

「最多三個……」

有這個限制的話，不就表示並非任何人都能製作自己專用的布料了嗎？聽到娜婕的疑問後，塔尼亞搖了搖頭。

「不管是哪個數，都可以用一個、兩個，或是三個『三角形』來表示。所以『任何人』都可以製作出自己專用的布料。只要知道那個人的命運數，就能知道需要多少個、多大的三角形。」

「真的嗎？」

也就是說，每個人都有辦法對抗那個恐怖的「詛咒」嗎？塔尼亞回答。

「我們曾想把這種圖樣告訴更多外面的人，但這些知識一直無法傳播開來。外面世界的人本來就不大知道自己或別人命運數是多少。雖然媽媽有眾神的祝福，只要碰觸到別人，就能知道這個人的命運數，但她沒辦法走出這裡。既然規定如此，那也沒辦法。於是我們覺得至少也要把躲避邪眼的正確方法傳到外面去，但這也不怎麼順利。」

娜婕覺得有些可惜。此時吹來一陣強風，把晾曬的布吹得啪啪作響。娜婕注意到其中一塊很大的白色披風，上面用金線繡了三角紋。這個披風實在太大，快要和房間地毯一樣大了。

「那個是……？」

塔尼亞順著娜婕指的方向看過去，然後這樣回答。

「妳說那個嗎？那是做給媽媽的姊姊，也就是王妃的披風。」

「咦？」

「據說是我奶奶以前製作的披風。媽媽說一直擺著的話，布料會變質，所以偶爾會把它拿出來曬。」

娜婕感到疑惑，但不知道該怎麼問。什麼長老還要保存王妃的披風呢？雖然她是自己的親姐姐，但王妃每天都會詛咒自己，應該是敵人才對。塔尼亞從娜婕的表情看出她的想法，對她說。

「妳在想，為什麼長老要做這種事對吧？我懂。因為我也常在想這個問題。」

娜婕老實地點了點頭。

「長老她……難道不討厭王妃嗎？」

「雖然不曉得能不能用『討厭』來形容，但可以確定的是，媽媽對她並沒有好感。那個王妃是**初始第一人**的直系子孫，而且還是長女，應該要繼續留在這裡才對，她卻打破規則，離開了這裡。」

就塔尼亞的說法，為了不讓在這個樂園內誕生的**初始第一人**直系子孫「被影誘惑」，所以若沒有眾神的許可，他們不能離開樂園。前一代長老的長女，也就是那位王妃，本來應該要遵從這個規則待在這裡才對。王妃的母親卻覺得她很可憐，於是向眾神祈求，讓自己的女兒，也就是王妃，獲得短期外出的許可。萬一女兒沒有遵守約定回到樂園的話，母親就會失去生命。這可以說是相當大的代價。

「也就是說，奶奶為了實現女兒的願望，讓自己的性命暴露在危險之下。她自然相信女兒會依照約定回到樂園。但女兒離開樂園之後，卻若無其事地毀約。」

於是王妃的母親過世後，做為妹妹的長老則代替王妃留在樂園中。

塔尼亞的話讓娜婕感到相當不舒服。明明不想再想起，王妃說過的話卻在腦中浮現。

——畢竟，妳也只有這個價值。

那個王妃從不把別人當人看。是那個王妃殺了畢安卡，而且還深深傷害了自己。悔恨、憤怒、悲傷，就像沉重的鉛塊一樣，壓得娜婕喘不過氣來。

——不行，我實在撐不下去了。

娜婕發現到一件事。從她還不知道王妃的惡行的時候，就一直被王妃傷害著。她無疑憎恨著王妃，但自己的心卻承受不住這樣的憎恨，只能把情緒掩蓋起來，當作沒看到那漆黑如漩渦般的情緒。娜婕覺得要是自己不這麼做，就會失控。要是自己被那種黑暗情緒

支配，一定會崩潰，也會破壞掉周圍的一切。

即使離開王城，離開王妃，內心的傷口仍未癒合。娜婕對此深有自覺。我現在仍在受傷。因為王妃還活在這個世界上，因為世界上還有她這樣的人。

就像看穿了娜婕心思一樣，塔尼亞繼續說下去。

「……也就是說，那位王妃為了得到自由，犧牲自己的母親與妹妹。不僅如此，她每天還會釋放食數靈來襲擊妹妹。不過，不管是食數靈剛來的時候，還是現在，媽媽總是平靜以對。我以前一直無法忍受王妃的欺負，常向媽媽抱怨。有天我對媽媽說：『就算這是眾神定下的規矩，但不能反擊這一點，我真的無法接受。再說，會想殺掉自己親妹妹的人，本來就有問題』。」

娜婕相當瞭解塔尼亞的心情。

「那麼，長老怎麼回答呢？」

「媽媽這麼說……」

——不管有沒有血緣相連，人與人之間要保持「良好關係」，需付出相當大的努力，並不是件容易的事。有些人處處受挫，卻可以克服這些困難，也有人一開始就無法克服這些困難。當我們被這些人傷害時，確實沒有必要原諒他們，沒必要否定自己憎恨對方的心情。但我們必須思考，「自己該做什麼」。

「然後，我自然就說出了『當然是反擊啊』之類的話。然後媽媽回答……」

——當然，反擊是一個選擇。但不反擊也是一個選擇。我常這麼想，如果自己可以選擇的話，我就是自由的。因為我是自由的，所以不會被感情用事的姊姊影響，不會想要反擊，而是選擇遵從眾神的意志與訂下的規則「不傷害他人」。

娜婕聽到這番話，才瞭解到長老的偉大，但也有些部分無法接受。

「但這也是因為她是長老，才做得到吧？」

總之，自己是普通人，絕對辦不到。聽到這番話的塔尼亞卻露出高興的表情。

「我以前也對媽媽說過同樣的話，『是我的話一定辦不到』。不過媽媽對我說，不需要勉強自己在任何時候都保持心靈的自由、保持選擇的權利，畢竟能做到這點的人並不多。只要在碰到重大事件時，思考自己在『目前這種情況下』該做什麼就好了。」

——也就是說，把焦點放在「目前這種情況下該怎麼做」這個問題上。

原來如此，「目前這種情況」。確實，如果是在某些特定的情況，自己或許也能做出和長老一樣的行動吧。

娜婕覺得心裡輕鬆了些。雖然這並不代表自己能完全理解長老的心情，但經過剛才的談話，娜婕也逐漸明白該如何面對自己內心的憎恨了。

王妃應該從來沒尊敬過其他人吧，她應該覺得傷害他人不是什麼大不了的事。事實上，這樣的王妃也深深傷害了她自己。不過，王妃是什麼樣的人，和自己在「目前這種情況」下該怎麼做，現在的娜婕應該可以分開來思考了，只要能冷靜辨別兩者的差異的話。

「塔尼亞小姐，十分感謝妳。」

「為什麼要謝我呢？」

「聽完妳的話之後，我⋯⋯覺得輕鬆多了。」

「為什麼呢？」

娜婕有些不曉得怎麼開口，但還是慢慢說出自己現在的感覺，以及正在思考的事。把自己的傷口、黑暗的情緒向他人傾訴，並不是件輕鬆的事。要做到這點，必須正視自己的黑暗面。娜婕努力試著不閃躲，誠實說出自己內心黑暗、醜陋的一面。塔尼亞也仔細聽著娜婕的一言一語。聽完娜婕的自白後，塔尼亞看著天空說。

「娜婕小姐還真是堅強。妳知道嗎？人類只有在目的是實現眾神意志時，才能進入鏡中。也就是說，妳之所以能進入妖精的鏡中，是因為眾神選上妳。媽媽曾經這麼說，眾神之所以會選上娜婕，是因為娜婕有面對自己心情的勇氣。聽完娜婕小姐剛才說的話，我終於知道為什麼媽媽會這麼說了。」

聽到塔尼亞這麼說，娜婕不知道該如何回應才好，但她明顯感受到發自心中的喜悅。

「我認為娜婕小姐一定沒問題的。要擔心的或許是妳的姊姊……」

說到這裡時，塔尼亞突然閉上嘴。娜婕馬上就理解到塔尼亞想說什麼。

「我的姊姊……畢安卡？難道妳知道我姊姊的事嗎？」

塔尼亞露出相當困擾的表情。但剛才塔尼亞確實說了「你的姊姊」、「擔心」。既然說擔心，就表示……。

「她還活著嗎？難道說畢安卡還活著！？」

面對娜婕的逼問，塔尼亞默默點了點頭。真是令人難以置信。但娜婕忍不住繼續追問。

「在哪裡？畢安卡在哪裡！」

「……雖然媽媽說先不要告訴妳。」

塔尼亞站了起來。

「沒辦法了，我們回媽媽那邊吧。」

第
8
章

循環數

「我明白了。」

在她恭敬地回覆王妃時，王妃早已走遠。冷淡地下達完命令之後就不再理會對方，自顧自地離開，這個女人一直都是這個樣子。而自己則完美扮演「對她而言無關痛癢」的人，一個順從的僕人。明知道自己不管做什麼，她都不會當一回事，還會因此而沮喪，自己也必須努力成為一個對她來說有必要存在、又不會成為她的障礙的人。

——從我小時候就一點都沒變。

而自己「現在的樣子」，正好就表現出這個形象。沒有裝飾的黑色衣服，被眼罩遮住一半的臉。自己就像那個女人的影子。她從小就是這麼活著。所以自己在「那時候」，才會得到這樣的外表。她是這麼理解的。

現在這個樣子才是我的本質吧。畏懼著支配自己的人，無條件服從她，把自己當成空氣，等待著她的憐憫。這是為了不被殺死，這是為了存活下去。同時在一旁仔細觀察，等待對方暴露出弱點。

當然，「其他的樣貌」也反映了自己的性格。若以目前的樣貌為標準，「第一階」的樣貌是栗色頭髮的小女孩，那樣的自己常感

到不安，只會聽從別人的要求；「第二階」的樣貌是銀髮少女，表現出自己攻擊性的一面；「第三階」與「第四階」的樣貌還不知道，因為自己還沒有成功得到這兩個樣貌；「第五階」是自己天生的樣貌，但自己不曾變回那個樣子，而且那個外表就像「那個女人的複製品」一樣，自己本來就沒打算要變回那個樣子。

看來，自己最習慣的還是現在的樣子。現在這張幾乎不會作出任何表情的臉，正好能隱藏住自己內心中洶湧的憎恨。之所以穿著「黑色」衣物，也是為了不讓別人看穿自己心中的黑暗情緒。

——我可是什麼都知道喔。

王妃常把這句話放在嘴邊。真是天真，要是她真的什麼都知道的話，就不可能沒注意到那個「應該已經死掉的女兒」就在自己身邊。王妃大概不曉得把自己的情緒包裝、隱藏起來是什麼感覺吧。原因很簡單，王妃就算把自己想的事直接表現出來，也不會有任何人敢提出其他意見。所以她無法想像其他人實際上會如何隱藏自己的情緒。王妃大概認為其他人也和她一樣，會直接表現出內心真正的感情吧。

幾天前，王妃被丈夫背叛，兒子被殺，十分焦急混亂。第一次看到王妃那種被逼到近乎崩潰的樣子，讓她覺得相當愉快。比起憎恨，要掩飾這種愉快的心情反而困難得多。但這種愉快的心情維持不了多久。

——那個女人又開始詛咒別人了。

即使「被丈夫背叛」，王妃仍不著手加強王城的防備，反而向自己要求更多質數蜂的毒。而且每種質數蜂都要，數量越多越好。今天早上，由艾爾德大公國庇護的國王死訊傳入城中，顯然是受王妃的詛咒而死。

她為什麼又能詛咒人呢？雖然不曉得確切原因，但或許和頻繁出入「實驗室」的那位詩人有關，常可看到詩人與王妃在交談。那

個男的到底是什麼人？自己一開始就知道對他不能掉以輕心。在國王離開王城後，王妃似乎又更頻繁和那個男的談話了。而且，那個男的還重新開始栽種「費波那草」。

她從住處走向藥草田，那位詩人新栽培的草已經長滿一整片田。

表面上看起來，那個男人都是為了王妃而做。但自己看得出來，那位詩人至少有一個地方欺騙了王妃。她看向那些草。

——看到這些「花數」……。就算騙得過那個女人，也騙不過我的眼睛。

王妃一定以為詩人迷上她了，所以沒想到詩人會在這種小地方欺騙她。王妃對自己的魅力太有自信，又自以為是，實在讓人好笑。她僵硬的臉頰微微動了一下，嘴角稍稍上揚了一些。這時候，原本不應感到疼痛的舊傷——「現在」位於左眼上方的那個傷口，卻隱隱作痛起來，讓她回過神來。

對自己來說，詩人究竟是敵是友？她想了一下，卻馬上中斷了思緒。因為「毒」馬上就要完成了。那個用來製造詛咒王妃的食數靈時，會用到的第三種質數蜂的毒。

她打開蜂屋的窗戶。因為沒有燈，所以她什麼都看不到。不過，蜂群仍能感受到她的存在，馬上注意到她。不久後她便聽到蜂群拍動翅膀的聲音。

——小小的朋友們，請借給我最後的力量。

是的，無論如何，一切都會在這幾天「結束」。

長老露出沉重的表情說：「本來這件事是想瞞著妳的。」

「娜婕。妳的姊姊，畢安卡還活著。」

娜婕睜大眼睛喊著。

「在哪裡！她在哪裡？」

長老像是下定決心般，先閉起雙眼，然後看著娜婕的臉。

「畢安卡現在在梅爾森城內。正確來說——從四年前開始，畢安卡就一直在城內，就在妳身邊。這是為了騙過王妃的眼睛，製造出讓妳和妖精逃出來的機會。」

長老的話，讓大廳內坐在一旁的特萊亞也露出悲痛的表情。娜婕卻感到相當混亂。

「畢安卡一直在城內……這是什麼意思？」

這時，加夫從門走進大廳，在娜婕的旁邊坐下。

「娜婕的姊姊，就是那位黑衣女性吧？」

長老回答加夫。

「加夫先生也知道她嗎？」

「嗯。那位黑衣女性常對著鏡子另一頭的我們說話。我們以前就知道那個人不簡單，那個人雖然沒辦法像娜婕小姐一樣進入鏡中，卻可以看到鏡中的我們。她似乎聽不到我們的聲音，卻知道我們的『來歷』，還說會幫我們逃出去。」

加夫轉身看向似乎還搞不清楚狀況的娜婕說：「我記得好像叫做瑪蒂爾德喔。」

「瑪蒂爾德……？怎麼可能呢？」

因為瑪蒂爾德和畢安卡看起來完全是不同的兩個人。雖然瑪蒂爾德也很漂亮，但五官與體格都和畢安卡有很大的差別，而且瑪蒂爾德不是出身「養蜂人一族」嗎？

「但是娜婕，『就是她』沒錯。八年前除了妳之外，擔任『算童』的女孩不都死了？那個時候，畢安卡也差點被王妃殺掉。但那時發生了奇蹟，讓她變成另一個人的樣貌。」

面無表情、操控著可怕蜂群、幫助王妃詛咒他人的瑪蒂爾德，居然是那個溫柔的畢安卡？

娜婕一時間仍無法相信。但在娜婕的腦中，過去發生的事逐一串連起來。如果瑪蒂爾德就是畢安卡的話，那個「要她尋找鏡子的紙條」毫無疑問就是瑪蒂爾德給的，把「鏡子」藏在特定位置的人也是她，還有……。娜婕詢問特萊亞。

　　「那個，特萊亞，妳之前就知道瑪蒂爾德是畢安卡了嗎？」

　　特萊亞有些尷尬地回答：「是的。」

　　「特萊亞，來神殿救我的人不是畢安卡，也不是瑪蒂爾德，是一個我從沒見過的女性。那個人妳認識嗎？」

　　「是一位銀髮少女嗎？」

　　「是。」

　　「那也是畢安卡小姐的另一個樣貌。」

　　那也是……？原本快冷靜下來的娜婕，又混亂了起來。畢安卡身上到底發生什麼事？不過……。

　　──畢安卡還活者。

　　確定這件事之後，娜婕心中湧起強烈的情感。畢安卡沒有死，不只如此，她還用另一個樣貌，一直守護在自己身邊。想到這些，娜婕止不住淚水。長老、特萊亞、加夫，都在一旁靜靜等娜婕冷靜下來。最後長老開口。

　　「畢安卡的命運數是『循環數』，她原本的命運數是 857142。以馴蜂使身分呈現出來的『瑪蒂爾德』外表，現在的命運數則是142857。」

　　娜婕的眼眶含淚，抬起頭來繼續詢問。

　　「『原本的命運數』和『現在的命運數』又是什麼意思呢？」

　　確實，如果不是特殊情況，命運數是不會改變的。

　　「如妳所知，寫在《大書》中的命運數，原則上不會改變，但還是有幾種例外情況。其中一種就是過去發生在加夫身上的『命運數泡沫化』，還有一種則是發生在畢安卡身上的『數的循環』。」

「這又是什麼⋯⋯」

「剛才我也有提到，畢安卡原本的命運數是 857142，現在的命運數是 142857。從這兩個數中你有發現什麼嗎？」

857142，142857。娜婕馬上就注意到了。

「這兩個數都擁有相同的數字，只是排列不一樣而已。」

「沒錯。而且 857142 是 142857 的 6 倍。」

就長老所言，142857 這個數的 2 倍到 6 倍都是「由相同數字組成，卻有著不同排列的數」。142857 的 2 倍是 285714，3 倍是 428571，4 倍是 571428，5 倍是 714285，6 倍是 857142。

「這些數字之間的變化會被在《大書》周圍巡邏的神之使者忽略。而且，對於擁有這些數的人來說，即使命運數改變，身體也不會受到傷害，而是會變成其他的樣貌。」

「這表示⋯⋯」

這表示畢安卡變成「瑪蒂爾德」的樣子嗎？

「因此，幫助妳的那位『銀髮少女』也是畢安卡的另一個樣貌。不過，我不曉得那個樣貌下的她，命運數是多少。」

長老開始說起她初次與畢安卡交談的情景，那是五年前的事。

「畢安卡──當時她以『瑪蒂爾德』的外貌，與『養蜂人一族』一起造訪這裡。」

養蜂人一族飼養蜂群，巡迴各地生活，每隔幾年就會來樂園一次。

「就養蜂人他們的描述，在畢安卡被食數靈追趕，從城中逃出來時，養蜂人救了她一命。從梅爾森城逃出的畢安卡，碰上他們飼養的蜂群，這就是她『改變面貌』的契機。」

就長老所言，養蜂人一族在那之前不久，才被王妃召入城內。王妃向他們徵收了許多貴重的蜂，還把管理蜂群的年輕人留下來。失意的養蜂人在出城時碰到畢安卡。

「養蜂人一族說『蜂群是依照自己的意志，救了這個女孩』。

據說有好幾隻蜂螫了畢安卡，包括 3 的質數蜂 3 隻，5 的質數蜂、11 的質數蜂、13 的質數蜂、37 的質數蜂各 1 隻。所有數相乘後為 3 × 3 × 3 × 5 × 11 × 13 × 37。」

娜婕開始拚命計算，不過加夫先說出答案。

「714285，是嗎？」

「沒錯。在質數蜂毒的作用下，畢安卡的命運數減去這個數。」

這次娜婕很快就算出答案。857142 減去 714285 後是 142857，也就是「瑪蒂爾德」的命運數。

「一般人類被質數蜂刺到時，命運數並不會改變，就和被普通蜂刺到一樣，只會皮膚疼痛腫脹而已。但畢安卡不一樣。」

畢安卡的命運數在蜂群的影響下變成另一個數，這使得追逐畢安卡的食數靈失去目標。因為食數靈是為了吃掉畢安卡原本的命運數——857142 而飛過來的。

之後，畢安卡就和養蜂人一族一起行動，學習操控蜂群。漸漸地，她回到城內的想法也越來越堅定。

「五年前，養蜂人一族把畢安卡帶到我的眼前，想讓我來勸她不要回到王城。要是回到王城內，被王妃看出她就是畢安卡，一定會被殺掉。我也試著努力勸說她，她卻堅持己見……」

畢安卡說她的妹妹還在城內，必須幫助妹妹逃出王城才行。

「為了讓我逃出王城……」

「是的。畢安卡似乎知道為什麼王妃會選妳做養女。她知道若是里夏爾特發生萬一，妳就會馬上被王妃殺掉。

我最後放棄說服畢安卡。為了幫助她，我還給她一面這裡的小型『通訊鏡』，偶爾藉此和她聯絡。不過，我不曉得這個鏡子可以看得到王妃鏡中的妖精，也不知道娜婕能夠進入鏡中。但不知為何，畢安卡發現了這些事，而且她想藉此拯救妳和妖精。」

娜婕的手壓著胸口。畢安卡為了拯救自己，寧願冒著危險回到

王城。但她不懂的是，為什麼畢安卡還要繼續留在城內呢？

「那個……既然我平安了，妖精也被救了出來，為什麼畢安卡還要待在城內呢？」

聽到這個問題，長老露出悲痛的表情。

「要對妳說明理由，實在是件相當痛苦的事。因為在妳聽完原因之後，一定會為了畢安卡而跑回去。我不希望看到妳回那個地方，這也是畢安卡所希望的，所以這件事就……」

娜婕搖了搖頭。

「請您一定要告訴我，拜託了。」

面對娜婕認真的請求，長老也無可奈何，於是閉上眼睛輕聲說。

「畢安卡之所以會留在城內，是因為憎恨。她打算在這幾天放出食數靈，殺死王妃。」

王妃端詳著水晶球，時不時發出感嘆。太棒了！真的太棒了！沒想到這東西那麼方便。

水晶球顯示出的景象，是距離梅爾森城很遠的艾爾德大公國農村，連農忙的人都看得很清楚。

——這個村莊並沒有防範「邪眼」的措施。這可是致命弱點呢。

這是詩人拉姆迪克斯給她的水晶球。水晶球可顯示的範圍相當大，只要對方對邪眼沒有防備，甚至連鄰國的每個角落，都可以看得一清二楚。

王妃在鏡前一邊看著水晶球，一邊忙著調製質數蜂的毒。不久後，眼前的好幾個黑壺中，陸續生出一個個食數靈。王妃接下來緊盯著水晶球，食數靈的移動相當迅速，數分鐘之後，王妃就從水晶球中看到被食數靈追逐而陷入混亂的人群。

食數靈張開大嘴，將人整個吞下。無論男女老少，都一個個失去力氣倒在地上，像是人偶一樣。看到這一幕的王妃露出笑容，但馬上恢復嚴肅的表情。

——接下來才是最棘手的步驟。

不久後，食數靈陸續穿過牆壁回到實驗室。王妃緊閉雙眼，將手掌交叉，擋在臉的前方。但不管王妃怎麼努力阻擋，食數靈帶回來的「刃」仍毫不留情地劃傷王妃。王妃就像暴風雨中的大樹一樣，咬牙挺著刃的傷害，等待這一切結束。最後食數靈悉數回到壺內，王妃的臉和身體多了許多傷口。

「啊啊，好痛啊！」

王妃就像是故意要讓門外的人聽到一樣，發出大聲的慘叫。詩人聽到王妃喊叫，馬上進入房間。

「王妃大人，您居然傷得那麼嚴重，真是太可憐了。」

「吶，快幫我擦藥好不好？」

「沒問題，我已經準備好了。」

王妃閉起眼睛，就像擺飾般一動也不動，感受詩人親手將費波那草製成的藥，塗在自己每個傷口上。塗上藥後，疼痛與傷口馬上就消失了。王妃覺得和之前瑪蒂爾德製作的藥相比，詩人製作的藥似乎更有效。拜此之賜，現在的王妃可以在很短的時間內詛咒更多人。應該要感謝詩人才對，但王妃從來不曾跟其他人道謝，她反而用撒嬌的口吻挑逗詩人。

「吶，你昨晚去哪裡了？只有我一個人，很寂寞耶。」

詩人用各種理由搪塞，王妃不管他，自顧自地繼續說下去。

「不過呢，我用你給我的水晶球，順利咒殺了那個蠢丈夫囉。剛才也一個人咒殺了那麼多人，你不誇獎一下人家嗎？」

王妃對詩人描述丈夫與情婦死去的樣子。丈夫昨天召集了騎士計畫進攻梅爾森城，看到突然出現的食數靈時怕得要命。他不只狼

狽地丟下保護他的騎士，還丟下向他求助的情婦，一個人逃走了。但最後他仍被王妃的食數靈追上吃掉，死狀悽慘。

「人家很久沒看到自己放出來的食數靈吃掉目標時的樣子了。雖然以前──在拿到『鏡子』之前很常這麼做。」

在王妃拿到妖精的演算鏡之前，就曾嘗試咒殺他人。她請祭司占卜對方的命運數，然後令侍女長、畢安卡，還有其他算童進行「命運數的分解」。但詛咒不是很順利，很少成功。王妃為了確認詛咒是否成功，往往會將製作好的食數靈放在壺內，接近詛咒對象，在對方身旁釋放出食數靈，才能確保詛咒成功。

「在獲得妖精的鏡子之前，咒殺幾乎都失敗了。不過，我永遠忘不了第一次咒殺成功的經驗。那是在十二年前……」

王妃興奮地說起她第一次咒殺成功的經驗。詩人用溫柔的眼光看著她，對她說：「真是太好了。」

「對了，鏡子另一邊的妖精有好好工作嗎？」

詩人已經在鏡中放了好幾百個人工妖精。

「沒有問題。比起真正的妖精，它們計算的速度還更快。」

聽到王妃這麼說，詩人回覆「有幫上忙真是太好了」之類的話，並繼續詢問王妃，蒐集「寶珠」的工作進行得如何。王妃從黑色壺中拿出一塊紅色天鵝絨的布，掀開後，許多大大小小的寶珠喀啦作響，並發出炫目的光芒。

「有不少大顆寶珠呢。不過，這和目標數字還差很多就是了。」

目標數字是 524287。王妃必須蒐集相當於這個數的寶珠才行，因為……。

──這將成為我的新命運數。

這個數比王妃天生擁有的命運數還要小很多，但毫無疑問是**不老神之數**。也就是能夠保證主人不老不死、永遠年輕的數。

「王妃大人不是要在後天的生日宴會上公布『那件事』嗎？如

果要趕上後天的話，就得再加把勁才行。」

沒錯，王妃想像後天宴會的樣子。那天是自己的生日，也是自己重生的日子。在詩人的催促下，王妃再度把注意力放到水晶球上。

四位妖精在樂園的「鏡之湖」旁，感到不知所措。梅姆等人從黎明前就開始祈禱，希望能藉由風平浪靜的湖面看到花拉子米森林的樣子。直到傍晚，湖面才顯示出他們懷念的宮廷，但等待著他們的，卻是個難以接受的事實。

──加底王消失了。

加底的親信兼親衛隊長優德，神色凝重地告訴梅姆這個消息。在梅姆等人被王妃關入鏡中後，加底王就被影帶走了。

「被影帶走了！？這是怎麼回事！」

湖面另一端的優德露出苦惱的表情，對驚愕的梅姆解釋。

「梅姆大人，十分抱歉。我們後來也一直在追查影的下落，但完全找不到他的蹤跡……」

據優德所言，在加底王與梅姆等神官消失之後，花拉子米森林陷入一團混亂，要一邊安撫眾人，還要尋找國王，實在相當困難。梅姆無法責備優德，因為他知道這有多辛苦。而且，在更深入瞭解狀況之前，傍晚的風在湖面吹起漣漪，斷絕了他們與花拉子米森林的通訊。

「加底居然消失了……我們該怎麼辦才好！」

達列特一陣慌亂，抱頭大喊。基梅爾一言不發，臉色相當難看。梅姆也很難接受這個事實。原本他以為離開鏡子、救活加夫之後，就解決所有的問題了，卻沒想到加底王居然消失了，而且還是被影帶走的，這可說是最糟的狀況。現在的他們居然得面對這個糟糕的

事實。梅姆轉頭看向背後的扎伊。扎伊是加底王的親兄弟，他受到的衝擊一定比自己，不，一定比這裡的任何人還要大！必須先讓他冷靜下來才行。

扎伊雖然皺著眉頭，不過像是在思考著什麼一樣，卻沒有特別緊張。扎伊原本就不容易慌亂，但他在這種情況下還能那麼冷靜，讓梅姆覺得有些奇怪。梅姆正準備向扎伊搭話時，達列特與基梅爾也轉過來看著扎伊，達列特激動地說。

「聽好，扎伊，要冷靜下來喔！我懂你的心情，但現在不是慌亂的時候！還有我們在！好嗎？」

但就梅姆看來，扎伊似乎比要他冷靜的達列特還要冷靜許多。

「扎伊，你想到些什麼嗎？」

扎伊看了梅姆一眼，垂著眼回答。

「其實……我本來就覺得應該會這樣。但在確認之前，一直覺得如果是我的錯覺就好了。不，應該說我不希望事情變成這樣……」

「什麼意思？」

「我們還在鏡中時……我有好幾次感覺到加底離我們很近。」

「什麼？真的嗎？」

扎伊點了點頭。當妖精靠近另一位妖精時，就算沒有看到，也可以感覺到對方的存在。血緣越是接近，感覺就越強烈。扎伊和加底是雙胞胎兄弟，他們之間的連結就更強了。

「……你確定嗎？」

「很遺憾的，我確定。」

扎伊嘆了一口氣，慢慢說道。

「我覺得加底……我們的王大概就在那個梅爾森城的某處。」

扎伊的話讓其他三人有些忐忑不安，基梅爾緩緩開口。

「加底是被**影**帶走的對吧？這表示，**影**應該也在城內。」

這個結論讓眾人沉默了下來。不過大家也逐漸下定決心，必須回到城內才行，回到被那個恐怖女人控制的王城。然後梅姆說道。

　　「……雖然覺得有些對不起各位，但這次請不要帶加夫去。那傢伙之前受了不少苦，我不想讓他留下更多恐怖的回憶。」

　　其他三人也同意梅姆的想法，都認為應該要讓加夫在這裡等他們。此時，遠方傳來呼喊聲。

　　「大家！」

　　是加夫。他們全都緊張起來。等一下加夫會問什麼問題呢？我們又要怎麼回答呢？每個人都不知所措。只看到加夫迅速朝著這裡飛來，然後突然停下，並指向西方的天空。

　　「大家！不好了！看看那個！」

　　四個人同時朝著加夫指的方向看去。

　　「那是……」

　　傍晚的天空瞬間變得扭曲歪斜，雖然之後逐漸恢復正常，同時出現了大量的……昆蟲？不，那是……

　　「食數靈……」

　　居然有那麼多，所有人都懷疑自己看錯了。不久後，大群食數靈掩蓋了晚霞的橘紅色，天空變得灰濛濛的。扎伊低聲說道。

　　「是從梅爾森城飛來的食數靈，照這方向看來，他們應該是要前往艾爾德大公國的國都吧。不……那是……？」

　　仔細一看，大群食數靈中，還有幾個「點」往不同方向移動，似乎有好幾隻食數靈離開群體，而且這幾隻看起來越來越大。

　　──他們往這裡飛來了！

　　而且還是往山丘的方向，也就是長老的大屋。

　　「長老又被盯上了嗎，就像今天早上那樣？」

　　基梅爾低聲說道。梅姆也這麼想，但是……。

　　──總覺得有不好的預感。

沒想太久，梅姆等人就迅速往山丘上飛去。

◆

畢安卡想要殺掉王妃？娜婕實在難以相信。那個溫柔的畢安卡，怎麼可能會做出這種事？但在聽完長老的描述後，娜婕也逐漸能理解姊姊心中不為人知的一面——對王妃的憎惡。娜婕小時候說自己討厭王妃時，畢安卡會用悲傷的表情說「那是我們的母親喔」。娜婕覺得那句話並不虛假，畢安卡確實孺慕著身為母親的王妃。或許正因為如此，發生那件事後，說不定讓她內心受到很深的傷害。

但是，對王妃放出食數靈，這可是一件極為危險的事。讓娜婕愕然的是，要是畢安卡真的放出食數靈殺害王妃，那麼畢安卡也一定會死。構成王妃命運數的三個數 4261、8521、12781 都是刃。一次被三個那麼大的刃反擊的話，勢必造成嚴重傷害，任何方法都無法治療。

娜婕相當焦急，想在畢安卡行動之前阻止她。她跟長老表明她想回梅爾森城試圖說服畢安卡，卻遭到反對。

「我理解妳的心情。但妳也知道，王城現在相當危險。要是被發現的話，妳一定會被王妃殺掉。」

即使長老這麼說，娜婕也沒有退縮的意思。長老繼續說下去。

「可以的話我也想救出畢安卡。而且我覺得如果是妳去的話，說不定能夠說服畢安卡改變心意。但毫無準備就回到王城，實在太過危險。要是王妃用她最擅長的武器——食數靈，攻擊妳和畢安卡的話，那該怎麼辦？」

「那個……我想想。」

娜婕馬上想到的抵禦方式是繡有「命運三角紋」的披風。娜婕說出這個方法後，長老回答那確實是強力防護道具，但最多只能擋

下十隻食數靈。要是王妃放出超過十隻，又該怎麼辦呢？

「那……那我就用今天早上塔尼亞用來捕捉食數靈的那種網子……之類的。」

「妳說捕靈網吧？但那個東西沒有那麼好操作喔，妳做得到嗎？」

長老的問題讓娜婕不曉得該怎麼回答，但還是勉強點了點頭，因為她認為自己必須這麼做才行。

此時，坐在娜婕旁邊的特萊亞突然站起來，看向天花板，然後看向長老。特萊亞像是要對長老說些什麼，長老點了點頭，說「我知道」，讓特萊亞回到原來的座位。娜婕一時還搞不清楚狀況，但不久後，她就知道為什麼特萊亞會有這些反應了，空氣中有一股異常的壓力。這種寒毛直豎的感覺，毫無疑問的是食數靈。

——又是衝著長老來的嗎？

但長老仍端坐著，沒有要站起來的意思，而是用手勢對塔尼亞示意。就娜婕所見，長老現在並沒有穿戴三角紋披風，這個大廳並沒有貼上「平方之陣」需要的符咒。只有後方的架子放了幾個補靈網。長老這樣不是很危險嗎？

塔尼亞從房間角落的箱子拿出某個東西。那是一件披風，有著夕陽般的紅底，以及銀線繡成的大型三角紋。娜婕一看就知道那是「命運三角紋」。但不知為何，塔尼亞並沒有把它交給長老，而是披在娜婕肩上。

「咦，為什麼是我？」

長老回答娜婕。

「這是樂園的人為了妳趕製出來的。食數靈不久就會到了，而且它們的目標是妳。」

怎麼可能！但聽到長老的話之後，身體卻率先起了反應，手開始顫抖，背上寒毛直豎。長老要娜婕站起來，娜婕卻雙腳僵硬，不

聽使喚。看到這一幕的特萊亞立刻上前扶起娜婕，讓她靠著自己的肩膀，特萊亞說。

「長老！該把娜婕小姐帶到哪裡才好？」

「哪裡都不去。」

聽到長老這麼說，特萊亞與娜婕一時說不出話。

「娜婕，妳說要幫助畢安卡對吧？如果妳是真心的話，就必須試著自己對付即將到來的食數靈才行。特萊亞小姐，請妳不要幫她。」

「但是……」

特萊亞感到相當不安，來回看著長老與娜婕。娜婕雖然臉色發青，卻還是推開了特萊亞。長老看到這一幕，馬上以手勢指示塔尼亞把五個左右的捕靈網拿給娜婕，顯然是要娜婕試著用這些捕靈網和三角紋披風擊退食數靈。娜婕知道長老的意思，深吸了一大口氣，讓自己稍微冷靜下來。不過，當娜婕看到一隻食數靈穿過牆壁，朝著自己飛來時，還是亂了陣腳。

娜婕大叫一聲，連自己都不敢相信自己能發出那麼大的聲音。長老馬上對娜婕喝令。

「娜婕，不要動！好好看著它！」

長老的話讓娜婕微微一怔，停下了動作。但食數靈正張開大嘴，從正面看過去，食數靈的嘴巴深處一片漆黑，周圍還長著許多像針一樣的牙齒。娜婕實在過於恐懼，於是閉起眼睛。但即使閉上眼睛，仍可感覺到食數靈散發出來的壓力。

——已經撐不下去了。

「娜婕，用披風罩住身體，重心放低！沒有站穩的話會被吹走！」

娜婕聽到長老的話，便抓住披風的邊緣包住自己，稍稍張開雙腳壓低重心，沒過多久後就感覺到身體像是被樹幹撞擊一樣，往後方退了一些，但還好有撐住沒跌倒。特萊亞趕緊出聲詢問。

「娜婕小姐，妳沒事吧！」

娜婕氣喘吁吁地將頭抬起來。已經看不到食數靈的蹤影，看來披風確實擊退了食數靈。但娜婕沒想到自己會受到那麼大的撞擊。

「小心！還沒結束！」

娜婕往上一看，天花板還有一隻食數靈探頭出來。它一看到娜婕就衝過去，撞成碎片。娜婕因為前一次衝擊而站不穩，受到第二次衝擊時，便直接倒在地上。

「娜婕小姐！」

娜婕壓抑著身體的疼痛與心裡的不安，調整呼吸，卻無法順利吸到氣。

「還有……嗎……」

喃喃自語的娜婕又感受到「壓力」。果然，又有新的食數靈襲來。

「娜婕，接下來的食數靈要用網子來捕捉才行。」

長老會這麼說的理由顯而易見，雖然娜婕可以用繡有三角紋的披風擊退食數靈，但娜婕已經無法再承受衝擊了。

「網子……」

娜婕忍痛站起來，把原本拿在左手的捕靈網換到右手。旁邊的塔尼亞出聲提醒。

「娜婕小姐，用網子捕捉食數靈的時候，網子要與食數靈的移動方向垂直才行。也就是說，妳一定要正面對著食數靈，盯著它的行動，不能移開視線！」

娜婕照著她說的話做，右手拿著網，擺好架式等待食數靈。食數靈的身影越來越大，娜婕想盯著它，眼睛卻不聽使喚，逐漸閉起來。實在太恐怖了，難以直視。身體冒出冷汗，全身顫抖不已，讓她產生周圍在震動的錯覺。當娜婕完全閉上眼睛時，食數靈衝向娜婕的胸口，使她往後倒下。特萊亞迅速伸手扶住她，娜婕的頭才沒有撞到地板。

——我……不行了。

這樣的我，根本幫不了畢安卡。為什麼我的身體總是不聽使喚呢？不甘心的淚水一顆顆流下。

「娜婕。就我看來，妳似乎相當怕食數靈。而這樣的恐懼會影響到身體的靈活度，妳應該也有意識到這點。」

恐懼。沒錯，我在恐懼。為什麼呢？因為我很弱小，無足輕重，只是個命運數很普通的人。我不像長老那樣有辦法對抗食數靈。娜婕不禁流下淚水。

「要是……要是我的命運數像長老一樣的話就好了……可惜我的數沒什麼用……」

「娜婕！」

長老嚴厲的口氣把娜婕嚇了一跳，她抬起頭來。

「娜婕，聽清楚我說的話。」

長老的表情和聲音與平時不同。娜婕睜大眼睛看著長老。

「聽好了，娜婕。恐懼確實存在於妳的心中。但這並不代表『自己很弱，是很普通的人』或『自己的命運數不好』。妳該做的，是認同內心的恐懼。然後思考自己能做些什麼，如此而已。」

「但是……」

自己很弱是事實，命運數普通到沒辦法對抗詛咒也是事實。要是自己強一點，擁有更好的命運數，是不是就不會恐懼了呢？但長老否定了娜婕的說法。

「無論擁有多強韌的身體，或者多強的命運數，還是會感到恐懼。人並非強大了就不再恐懼，恐懼存在於我們每個人的心中。面對恐懼，我們能做的並不多。但有件事絕對不能做，那就是為了消除恐懼，而去追求不屬於自己的東西、產生不正當的欲望。」

「不正當的……欲望……」

「沒錯。妳剛才說『想要更好的命運數』就是其中之一，妳不

覺得曾經聽過類似的事嗎？」

　　被這麼一說，娜婕這才想到，這就是《傳說》中初始第一人曾犯下的錯誤吧？

　　「娜婕，妳聽好，恐懼本身並不是壞事。對某些事物感到恐懼，是我們自然的反應。但如果只想盡快消除恐懼、只想盡快逃離恐懼，只會讓我們沒辦法做出正確的判斷，進而被邪惡的誘惑吞噬。」

　　「那應該要如何做出正確的判斷呢？」

　　「不要否定自己內心中的恐懼，以此為前提，思考自己能做些什麼。譬如妳很害怕食數靈，就應該要以『這樣的自己』為前提，思考自己還能做些什麼，而且不能是『改變自己的命運數』這種不切實際的想法，而是要腳踏實地、真正能實現的想法。」

　　腳踏實地，真正能實現的想法。娜婕開始思考，自己剛才因為過於恐懼而動彈不得，直視食數靈實在太恐怖了。不過，雖然自己很害怕，身上的三角紋披風仍擊退了食數靈，問題在於食數靈的衝擊。

　　「那……如果是這樣呢？我希望被食數靈撞擊時，可以盡量保持身體平衡，不要跌倒。就我而言……坐著應該比站著更能迎擊食數靈。再來就是……被食數靈撞擊時很痛，所以我希望可以在披風底下加一件能吸收衝擊的衣物，譬如塞了棉花的外套之類的。」

　　聽到娜婕這麼說，長老的表情亮了起來。

　　「原來如此，還有嗎？」

　　「那個……」

　　娜婕又開始思考。三角紋的披風威力雖然很強，但一件披風沒辦法擋下太多的食數靈。不過，如果有兩件、三件披風，就可以擋下數量兩倍、三倍的食數靈了。如果能準備多一點披風，心裡也會比較踏實。另外，如果還能準備畢安卡的披風的話就更好了。

　　——啊啊，原來是這個意思。

仔細想想，現在的自己也能做到一些事。而且，感覺之後還能夠想到更好的方案。長老看著陷入思考的娜婕，對她說。

　　「娜婕。如果妳還沒放棄救回畢安卡的話，請妳好好思考自己擁有哪些東西、可以做到哪些事、可以做到什麼程度。或者說，請妳好好思考該如何保護妳自己和畢安卡。」

　　娜婕的心情終於開始平靜下來。此時，梅姆等人陸續進入屋子。

　　「食數靈跑過來了嗎？大家沒事吧？」

　　梅姆問長老，然後看向呼吸還在起伏的娜婕。

　　「啊，目標果然是娜婕！」

　　梅姆說自己剛才有不好的預感，娜婕則堆出笑臉回他「放心，有披風保護我」。不過梅姆的神色依然凝重地告訴長老，有許多食數靈往艾爾德大公國的方向飛去。特萊亞聽到這件事，便走出房子說要去看看情況。梅姆繼續詢問長老。

　　「長老，王妃對娜婕放出食數靈……是不是表示王妃的兒子已經完全死去了呢？」

　　「確實有這個可能。不過就娜婕的說法，里夏爾特王子應該是保存在玻璃棺內。一般來說，魔法棺木可以讓屍體在短時間內維持剛死去的狀態，現在王子應該還處於能被復活的狀態才對。所以，也可能是王妃放棄救活王子了。」

　　娜婕心想，怎麼可能呢？王妃一直以來都很溺愛里夏爾特，怎麼可能拋棄他呢？長老繼續說下去。

　　「又或者是王妃用其他方法成功復活了王子。不過，若沒有使用娜婕的血就讓里夏爾特王子復活……只會得到可怕的結果。」

　　頂著瑪蒂爾德樣貌的畢安卡，混入夜晚的黑暗，在神殿附近

徘徊。

——王妃今天放出了前所未見的大量食數靈。

而且，她在天色還沒暗下來就放出這些食數靈。許多人目擊大量食數靈飛出王城，使城內陷入一片混亂。傭人、衛兵恐懼萬分，不知道是怎麼回事，紛紛聚集到神殿前，要求祭司保護他們。但祭司以王妃之名，拒絕他們進入神殿。

傭人與衛兵進不去神殿，於是和神官吵了起來，差點引起暴動。阻止暴動的是那位詩人。詩人這麼說。

「各位所看到的，是飛出城外的『邪氣聚集體』。在王妃大人的生日宴會之前，祭司正努力將長年累積在城內的邪氣趕出去。現在神殿裡也在進行著重要的儀式，請各位先離開好嗎？」

聽到詩人的勸說，在場的人終於安心下來，慢慢離開神殿。畢安卡一聽就知道是謊言，但幾乎沒有人能看出來，這是謊言，也是事實。

畢安卡並不曉得神殿內到底在做些什麼，但有一點可以確定。

——不久之前，里夏爾特的遺體已經被移到其他地方。

王妃放棄復活里夏爾特了嗎？還是說她打算用其他方法來復活里夏爾特呢？

——里夏爾特。

一想到母親，還有外表與自己相像的弟弟，畢安卡就會不由自主地壓著右手。原本在右手的傷，「現在」竟然移到左臉了。即使在「循環數」的作用下改變外貌，這個傷口仍不會消失，而是保持原樣移到身體的某處。在她是「栗色頭髮的小女孩」時，傷口在左大腿內側。在她是「銀髮少女」時，傷口在脖子下方。這樣看來還真是諷刺。

——也就是說，能證明我是畢安卡的唯一證據，居然是里夏爾特讓我受的傷。

這道傷口總提醒著畢安卡兩件事。第一是對里夏爾特與母親的憎惡，那件事成了自己憎惡這兩個至親的關鍵，第二則是「驚訝」。

——我那個時候保護了娜婕。

而且那是反射動作。當里夏爾特舉起劍時，自己的身體自然而然就擋在娜婕前面，結果讓自己受到重傷。於此同時，她也發現了一件事。

我能保護其他人，這是我和母親與弟弟最大的不同。

畢安卡還記得王妃領養娜婕時，七歲的她既憤怒又悲傷。畢安卡從很久以前就知道，母親並不愛自己，母親只是想要自己的數字計算能力而已。換句話說，對母親來說，自己只是「計算的道具」，在小她四歲的里夏爾特出生時，畢安卡的絕望變得更為真實。不僅如此，母親還收養了新的養女，明明有她這個親生女兒，還去收養新的「女孩」，這讓畢安卡的心中掉進悲痛、憎惡、不甘心的漩渦中。雖然畢安卡並沒有表現出來。

不過，當畢安卡看到一歲的娜婕，那瞬間，內心有什麼地方改變了。看到這麼小、無依無靠的孩子，畢安卡實在沒辦法憎恨她。即使娜婕成了王族，幾乎沒有受到相應的待遇——她也被當成傭人，這讓畢安卡對娜婕產生親情。不，與其說是親情，不如說是同情或是憐憫，而娜婕也回應了自己，讓她相當感動。

和娜婕一起度過的日子相當快樂。在那之前，自己一直被母親疏遠，其他傭人也對她敬而遠之。只有娜婕是唯一能談心的對象。娜婕相當膽小、愛哭，心思卻很細膩，畢安卡相當喜愛娜婕，也愛著能喜愛別人的自己。畢安卡面對母親和弟弟時，不曾有過這種感覺，這讓畢安卡暫時忘了對王妃的負面情緒。

但是，與娜婕一起度過的時間，也僅僅只有幾年。畢竟對母親來說，自己只是計算的工具而已，就像那個侍女長和其他算童一樣，在母親得到更方便的工具——妖精的演算鏡之後，就會把她丟

棄。而且，在她知道王妃打算怎麼「利用」娜婕時，畢安卡對她的憎惡就像火焰般熊熊燃燒。

——那時的我，已經完全被憎惡吞沒。

瑪蒂爾德回到梅爾森城時，稍微長大的娜婕變得比以前更內向，笑容也更少。畢安卡知道，娜婕每天都會到「自己的墓」前祈禱。畢安卡喝下質數蜂的蜂蜜時，可以暫時讓命運數倍增，使外貌變成其他樣子，所需要的蜜量最少，最輕鬆的變身是「瑪蒂爾德」往上一層，兩倍命運數的「栗色頭髮小女孩」。畢安卡偶爾會用這樣的外貌前往墓地，聽娜婕對自己的墓說話。娜婕的話常讓畢安卡心生動搖，好幾次，她都想上前對娜婕說自己就是畢安卡。但她還是沒這麼做。和娜婕相認，不僅不會讓她更加安全，還可能會為她帶來危險。

總之，她必須讓娜婕逃離王妃的掌控。同時還要奪取王妃詛咒用的道具，以削減她的力量。畢安卡用瑪蒂爾德的外貌隱藏自己的身分，私下調查該如何辦到這些事。樂園長老贈送的小型通訊鏡，有時會映照出被王妃關在鏡中的妖精。畢安卡向樂園長老報告這些事後，長老這樣說。

——想必妳和妖精應該能夠互相理解吧。

確實對於畢安卡來說，同樣做為王妃計算用的工具，她常常把妖精和自己過去的樣子重疊。然而，畢安卡雖然看得到妖精的樣子，卻聽不到他們的聲音，不過，隨著時間推移，畢安卡發現妖精看得到這邊的樣子，也聽得到這邊的聲音。於是畢安卡常會鼓勵他們，發誓一定會讓他們安全逃離。

但要實現這件事實在相當困難。畢安卡必須把幫助王妃放出食數靈的工作放在第一位，她常在想，要是王妃消失的話，一切問題就解決了。然而最近事態劇變，妖精命在旦夕，還有人在策畫暗殺里夏爾特，畢安卡又焦急又煩惱。這時候，她發現自己的鏡子對娜

婕的反應相當強烈。那個可以連通到妖精「工作室」的鏡子，正在向娜婕求助。畢安卡認為這代表了眾神的意志，決定遵從鏡子的意思。但對畢安卡來說，這也是個「賭博」。

還好畢安卡賭贏了。在特萊亞的協助下，娜婕與妖精成功逃離。鏡子另一端的樂園長老也說不用擔心娜婕與妖精的狀況，要是畢安卡也去樂園的話，娜婕一定會更高興吧。

這讓畢安卡有些動搖。但是她在殺掉王妃之前，不能前往樂園，只要王妃還活著，不管娜婕在哪裡，都沒辦法安心生活。而且要是自己離開這裡，王妃就會馬上從「養蜂人一族」中，尋找能夠代替自己的人。自己不能再給她們添麻煩了。

──不，不對。

畢安卡搖了搖頭。不是這樣，這並不是自己留在這裡養蜂、成為王妃詛咒她人幫兇的主要原因。娜婕如今已經離開王城，她甚至承擔王妃的一部分罪責，之所以還留在這裡，原因只有一個。

──要是那個女人沒有消失，一切都不會改變。

要是詛咒成功，那個女人會死去，同時自己也會被那個女人的「刃」殺死。無論怎麼做，在這個否定自己存在、由那個女人支配的世界，都沒有自己的容身之處。現在的她不管去哪裡，就算離王城遠遠的，也不會有離開王城的真實感。

換言之，要是沒有殺死那個女人，自己就沒辦法真正離開這個城。

城門那裡突然傳來吵鬧聲。從馬蹄聲、傳訊用的喇叭聲聽來，應該是客人到了。參加王妃生日宴會的王公貴族，會在今晚跟明晚間陸續抵達。

──後天。

「質數蜂之毒」會在後天蒐集完畢。

──這可以說是命運之神為我準備的舞台。

第
9
章

刃與寶珠

　　娜婕做了一個恐怖的夢。夢中許多食數靈朝著自己飛來，自己被嚇得大哭。有一個人抱著自己，他的懷抱相當溫暖。而在自己與食數靈之間，還有一個人存在，他的背相當寬廣，但那個人無法抵禦食數靈的攻擊，就這樣被吞噬掉，因此自己與抱著自己的人，也被另一隻食數靈所吞噬，那個人抱著自己的力量、溫暖跟著逐漸消失。娜婕大聲哭喊，最後醒了過來。

　　娜婕注意到自己正在哭泣。心臟突突地跳，呼吸也不順暢。娜婕把頭埋進棉被裡，讓自己冷靜一下。為什麼會做那種夢呢？一定是因為昨天傍晚遭到食數靈攻擊的關係。

　　冷靜下來之後，夢中的記憶逐漸淡去，並想起現實中的各種問題。娜婕看向床旁邊的桌子，那裡放著自己的「命運三角紋」。昨天被食數靈攻擊之後有些損傷，現在已經修復了。今天該做的事，是為自己再縫製一件披風。可以的話，最好能再做一件能吸收衝擊，塞有碎布、棉花的扎實外衣。長老說，畢安卡用的披風已經準備好了，所以娜婕可以專心製作自己的衣物。

　　得快點開始才行。娜婕站起來打開窗戶，除了清晨的陽光之

外，還傳來人聲。朝霧中，遠處有人正在說話，語氣似乎有些嚴肅。

　　發生什麼事了呢？娜婕換上衣服走出戶外，看到牽著馬的特萊亞與長老、塔尼亞，以及附近幾位居民正在談話。特萊亞牽著一個娜婕沒見過的小孩，馬匹上還坐著兩個小孩。附近的人向小孩打招呼，幫他們下馬，照顧他們。

　　「王都的狀況相當嚴重。」

　　特萊亞看起來有些憔悴，對長老說她昨天前往大批食數靈的目的地——艾爾德大公國王都——查看情況，剛剛才回來。

　　「不只是城內，連附近的農村也是一片死寂，只有極少數人還活著。這些小孩的雙親都死了，所以只能帶他們過來這裡。」

　　長老一言不發。

　　「沒想到她不只咒殺背叛自己的梅爾森國王，還詛咒了庇護他們的艾爾德大公國人民……」

　　說出這些話的塔尼亞，聲音中帶著強烈的悲憤。雖然娜婕早就知道王妃是個無情的人，但沒想到她居然會做出這種事。特萊亞繼續說著。

　　「長老。還活著的都是命運數中帶有大刃的人。」

　　長老的眉頭動了一下回答。

　　「原來如此。特萊亞小姐看得出來嗎？」

　　「是的。雖然不曉得他們的命運數是多少，但如果是很大的刃——至少有 200 的話，我可以感覺得到。」

　　「原來如此。這表示除了擁有大刃的人之外，姊姊不分青紅皂白地用食數靈殺了所有的人嗎？」

　　塔尼亞詢問長老。

　　「為什麼王妃要做這種事呢？如果只是想讓艾爾德大公國臣服的話，只要廢除掉統治階級，再派兵不就可以了？」

　　「看來統治艾爾德大公國，應該不是她的目的。姊姊的目的恐

怕是要蒐集更多『寶珠』吧。」

聽到王妃或許是因為需要大量寶珠，特萊亞便提出疑問。

「若是如此，為什麼她要蒐集那麼多寶珠呢？寶珠到底有什麼功能呢？」

「寶珠是特殊質數實體化的物品，也就是比較小的**不老神之數**。」

「所謂的不老神……指的是永遠不會變老、不會受傷、不會死亡的眾神嗎？」

長老點了點頭。

「實際上，不老眾神所擁有的命運數，是相當大的數。最小的不老神之數是 524287，雖說是最小，也有 6 位數。不過，比這個更小的數中，也有幾個數擁有**不老神之數**的性質，那些就是構成人類命運數的成分。當食數靈『吃掉』這些數時，就會化成寶珠。」

就長老所言，3, 7, 31, 127, 8191 這些質數會變成寶珠。

「3, 7, 31, 127……」

長老看向低聲念出這些數的娜婕，對她說。

「娜婕，這些數除了是質數之外，還有一個共通點，妳看得出來嗎？」

娜婕試著思考，但一時之間想不到答案。於是長老繼續說下去。

「光是看著這些數字，應該很難看出個所以然吧。不過，如果把它們都加上 1 之後，會變得如何呢？」

加上 1？娜婕試著想了一下。3 加上 1 後是 4；7 加上 1 後是 8；31 加上 1 後是 32。127 加上 1 後是 128。

「4, 8, 32, 128……。啊，都是由多個 2 相乘後的結果耶。」

「沒錯，也就是 2 的多次方數。」

4 是 2 的平方，8 是 2 的立方，32 是 2 的五次方，128 是 2 的七次方。

「而 8191 加上 1 後得到的 8192，則是 2 的十三次方，也就是 13 個 2 連乘後得到的數。」

「所以說，所謂的寶珠，指的就是 2 的連乘結果減去 1，且同時也是『原質之數』的數是嗎？」

面對特萊亞的問題，長老點了點頭。

「擁有這種性質且位數較多的數，就是所謂的**不老眾神之數**。」

「可是，同時是『原質之數』，也是 2 的連乘結果減去 1 的數，有什麼特別的意義嗎？雖然是很特別的數沒錯……」

「**不老眾神之數**與**不滅眾神之數**彼此連繫著，這就是最大的價值。」

聽到這裡，娜婕想起自己在成人儀式中背誦的一段《傳說》文字。

——何謂**不老眾神之數**？**不老眾神之數**與神聖之氣交會時，能轉化成**不滅眾神之數**。因此它們為**不老眾神之數**。

「不老神不像我們人類會衰老、生病、受傷。沒有意外的話，可以永遠活下去。但他們並非不會毀滅，不老眾神會與天空中的神聖大氣逐漸融合。這個融合過程會讓**不老眾神之數**轉變成不滅神。也就是說，他們會以不滅神的姿態重生。」

「這表示，不老神是不滅神的前一個階段嗎？」

「沒錯。不老神可能會毀滅，而不滅神碰上任何事都不會毀滅。依照《傳說》中的說法，不滅神擁有復活的能力，而這項能力即源自於祂們的命運數。」

——**不滅眾神之數**可以從自己的屍體中復活，所以不會消亡。

《傳說》中確實有一段的文字這麼寫著。不過，「可以復活、不會毀滅」的命運數，究竟是什麼樣的數呢？長老聽到娜婕的詢問，這麼回答。

「娜婕，這可能會讓妳想起殘酷的回憶，請妳原諒我。王妃曾

想利用妳的命運數來讓里夏爾特王子復活，對吧？王子之所以可以復活，是因為妳的命運數的所有因數總和，會等於里夏爾特王子的命運數。所以王妃可以用妳的『血』來復活王子。」

「是的。」

「其實，不滅神的復活過程和這很類似。不過，不滅神的復活不需要其他生命的血，因為『自己的屍體』就包括了復活所需的所有材料。也就是說，不滅神的命運數，會等於所有自身因數的總和。說得精確一些，『除了自己以外的所有因數加總後，會等於自己』。」

娜婕反覆思考「除了自己以外的所有因數加總後，會等於自己」這句話。塔尼亞補充說明。

「最簡單的例子是6。6的因數中，除了自己之外，還有1、2、3。而把1、2、3加總後，可以得到6。當然，不滅神的命運數遠比這個大。」

說起來，自己以前也曾經思考過「6」這個數的性質。特萊亞問道。

「那麼，寶珠或**不老神之數**之類的數，和**不滅神之數**之間是不是有什麼關係呢？」

「沒錯，請試著思考看看。寶珠3是$2^2 - 1$，也就是2的平方再減去1所得到的質數。若將這個數乘上2的一次方——也就是比2的平方少乘一個2，結果會是多少呢？」

2的一次方是2，3乘上2後是6。也就是說$(2^2 - 1) \times 2^1 = 6$。

「會得到6。」

「對，我們剛才說到這個數與**不滅神之數**擁有相同性質。再來想看看7這個數，7是$2^3 - 1$，也就是2的三次方——8減去1後得到的質數。將這個數乘上2的平方——也就是比2的三次方少乘一個2。」

也就是 $(2^3 - 1) \times 2^2$，即 7×4。

「會得到 28。」

「將 28 的因數中，除了 28 之外的因數加總起來，會得到什麼結果呢？」

28 的因數除了 28 之外，還包括 1, 2, 4, 7, 14，若將它們加總起來⋯⋯

「加起來會得到 28。」

算出答案後，娜婕才突然發現，這個數也有著**不滅神之數**的性質。

「像這樣，以寶珠或**不老神之數**為起點，可以推導出**不滅神之數**。」

長老說，天上充滿著神聖之氣，也就是由**母之數**直接生成，象徵大氣的數「2」。不老神花上很長的時間，將自己的命運數陸續與象徵大氣的「2」的連乘乘積融合。在這個過程的最後階段，就像剛才說明的一樣，將**不老神之數**轉變成**不滅神之數**。

「怎樣樣？娜婕？懂了嗎？」

聽完之後，娜婕想試著親自確認一次從**不老神之數**轉變成**不滅神之數**的步驟。

「我想想⋯⋯每個**不老神之數**都是 2 的連乘乘積減去 1 對吧？所以說，**不老神之數**加上 1 後得到的數，就會是 2 的某某次方。只要知道它是 2 的『幾次方』，然後求出比這還要少乘一次 2 的乘積，再乘上原本的**不老神之數**就行了。是這個意思吧？」

「沒錯娜婕，就是這樣。最小的**不老神之數**是 524287，要不要試看看推導出**不滅神之數**呢？」

娜婕開始思考。524287 是**不老神之數**，代表它加上 1 後得到的 524288，是 2 的連乘乘積。524288 是 2 的幾次方呢？娜婕花了一些時間，計算出它是 2 的 19 次方。要推導**不滅神之數**，需計算

出比這還要少乘一次 2 的乘積，也就是 2 的 18 次方，2 的 18 次方是 262144，再把它乘上 524287。524287 × 262144 是⋯⋯。

「137438691328，是嗎？」

「沒錯。它也是『除了自己之外的所有因數加總後，會等於自己』的數。也就是能從自己的屍體中復活的不滅神之數。」

特萊亞對長老說。

「原來如此，這樣我就明白**不老神之數**和**不滅神之數**的意思了。但是，王妃蒐集寶珠的原因，和剛才提到的事有什麼關係呢？」

「我也不知道。但在古老的傳說中有一種邪惡的法術，『只要蒐集到一定數量的寶珠，用某種特殊方法將寶珠放入體內，就能將人類的命運數轉變成**不老神之數**』。說不定⋯⋯姊姊是想變成不老神。」

特萊亞皺起眉頭。

「這不就像**初始第一人**一樣嗎？第一人在**影**的唆使下，犯下這個過錯。難道王妃要重蹈覆轍嗎？」

「嗯，很有可能。昨天我聽了梅姆先生報告，**影**有可能就在梅爾森城內。」

特萊亞聽到影這個字時，繃緊了肩膀，她說。

「是這樣嗎。若是如此⋯⋯做為達拉貢家後裔的我，也必須回城才行。」

梅姆對基梅爾、達列特、扎伊等三人說。

「特萊亞小姐在今天下午會騎馬離開，預計明天早上潛入梅爾森城。明天早上開始，王妃會召集國內重要人十舉行宴會，而特萊亞小姐會想辦法在那位黑衣女孩——畢安卡——行動之前，說服她

一起逃出王城。然後找機會打倒王妃，找到影。」

扎伊問他。

「然後呢？我們該做些什麼？」

「我本來覺得應該可以和特萊亞小姐一起過去，但後來決定走另一條路過去。還記得大屋大廳內有一面鏡子嗎？那是我們祖先送給樂園的通訊鏡。從那裡進去的話，應該可透過鏡中世界抵達城內。但是……」

梅姆說到這裡時，看著三個人的臉。他本來以為其他三人會反對，畢竟他們曾在鏡中受苦了那麼久，應該不會想再回到那個地方，但沒有人出聲。終於第一個開口的，竟然是最有可能反對的達列特。

「也只能這麼做了。」

基梅爾和扎伊也點了點頭說，是啊，畢竟要從城外進去會很麻煩。

「你們……真的覺得這樣好嗎？」

「嗯，這是最好的方法了。梅姆，你也是為了不要增加特萊亞小姐的負擔，才決定要從其他路徑回到城內的吧？」

聽到扎伊的話後，梅姆點了點頭。

「既然大家都同意的話，我就安心了。那麼開始說明具體的方法吧。剛才提到，大屋大廳的鏡子是我們的入口，但問題在於要從哪裡出來。梅爾森城內，有許多可以做為『出口』的鏡子……」

梅姆拿出特萊亞給他的梅爾森城地圖，一邊指出鏡子的位置，一邊與其他三人討論，但大家的意見一直無法統合。

「最好的地點應該是靠近加底王——也就是影的所在位置，卻與王妃有一段距離的地方。」

「不只是王妃，也要避開城內的人與所有賓客的耳目才行。」

不是每一面鏡子都可以當成出口，必須是磨得很光亮的鏡子才

行。城內會擺放這種鏡子的地方，例如宴會廳的天花板、禮拜堂深處等，每個都是容易被人發現的地方。若要說能夠避人耳目，大概就只有王妃實驗室裡的鏡子，也就是之前關住妖精的演算鏡。四名妖精皺著眉頭思考該怎麼做才好。

「明天早上為了舉辦宴會，那個女人應該會離開實驗室，前往宴會廳才對。」

「應該是這樣沒錯。另外，之前扎伊不是說，他感覺到加底王的氣息就在那個鏡子附近嗎？這表示，加底王很有可能就在實驗室附近吧？」

「那就先用這個方案吧。在抵達梅爾森城的『那面鏡子』之前，必須先經過《大書》。問題在於，我們能不能找到通往那面鏡子的後門。你們覺得找得到嗎？」

梅姆詢問基梅爾與達列特，兩人都說沒有問題。

「我和達列特已經進出那個門很多次了，不可能找不到門的位置。比起這個，還有個更重要的問題。那個王妃不是又開始詛咒別人了嗎？既然我們已經不在那裡了，那她是怎麼詛咒別人的呢？她該不會又找了其他妖精幫忙吧？」

「我也是這麼想。說不定王妃又跑到花拉子米森林拐走幾個妖精。但她也可能是找其他部落的妖精，若是如此，希望他們能聽我們說明情況……」

「要是他們不接受我們的說明，那也只能大幹一場了。放心吧，要是事情變成那樣，我和基梅爾會處理的。梅姆和扎伊只要想辦法從鏡中離開，去找加底就可以了。對了，在找到加底和影之後，下一步要怎麼做？」

「我會向長老借一個小型通訊鏡，並讓特萊亞小姐也帶一個一樣的。所以在發現影之後，我就會馬上和特萊亞小姐聯絡……嗯？」

梅姆突然停止說話，因為扎伊突然盯著梅姆背後一個放在房間角落的木箱。

「扎伊？怎麼了？」

梅姆問完之後，扎伊嘆了一口氣說。

「啊～啊～梅姆，你沒發現嗎？有人在偷聽我們講話。」

「咦？」

扎伊看了看困惑的梅姆，然後對他旁邊的木箱大聲喊道。

「喂！加夫！你在那裡吧！快出來！」

於是木箱的蓋子開始喀搭作響，一陣搖晃後自行打開。加夫輕輕探出頭來看著這裡。

「……扎伊你一開始就知道我在這裡嗎？」

「不，我剛剛才注意到。」

梅姆嘆了一口氣。

「我明明一直和你說，不准來聽我們談話的……」

「又沒什麼關係，只是聽聽你們講什麼而已。」

「你一定會要我們帶你去吧？」

「不。」

加夫搖了搖頭。

「要是我在的話，大家會因為擔心我的狀況而綁手綁腳吧？所以我不會要你們帶我去。雖然我真的想和你們一起去。」

「真的嗎？」

「嗯，因為我也很怕因為我的錯，害大家失敗。不過……就算不和大家一起去，我也會獨自行動喔。」

「什麼！為什麼你要……」

「你一定會阻止我吧？但是梅姆，我也是加底王的神官。以前我一直給梅姆你們添麻煩，但我現在覺得，自己也要有所行動才行，我也想做些什麼，而且……」

加夫認真地看向梅姆。

「我不後悔之前和梅姆你們一起進入鏡中，即使曾經差點死掉也不後悔。或許你會覺得這是因為我現在平安無事，才說得出這種話。但就算我那時真的死了，我想我也不會後悔。」

梅姆說不出話來。於是扎伊先開口。

「我知道了，但是別亂來啊。」

「嗯。我不會勉強自己，也不會做多餘的事。」

基梅爾和達列特也陸續開口。

「沒想到不知不覺中，加夫也變成大人了呢。」

「是啊。梅姆，你就相信加夫吧。」

梅姆露出「真拿你沒辦法」的表情，點了點頭。

特萊亞出發了，梅姆等人也準備回到王城。娜婕對長老說，她也想和特萊亞一起回王城，長老卻不答應。長老說娜婕跟在特萊亞旁邊，只會礙手礙腳。

「畢安卡的事，交給特萊亞處理就可以了。相信特萊亞吧。總之，妳要先製作出能保護妳自己的裝備才行，說不定還會有食數靈來襲擊妳喔。」

娜婕一邊縫製布料，一邊回想長老說過的話。

──這就是我現在該做的事。

即使知道不能回去，但心中還是不想放棄這個念頭。為了擺脫這樣的想法，娜婕遂將精神專注在工作上。不曉得時間過了多久，天色暗下來，於是娜婕放下手上的工作稍做休息，就在此時，有人悄悄打開房門。進來的是加夫。

「王妃似乎又放出食數靈了，這次是往哈爾─雷恩王國的方向

飛去。」

「又來了嗎……？」

王妃的詛咒不知何時才會結束，就像失控一樣。真是個恐怖的人，而畢安卡正一個人面對這麼恐怖的人。娜婕握緊了手上的布。

「娜婕小姐應該很想回去吧？不過，長老應該也阻止過妳吧？」

娜婕點了點頭。加夫拍動翅膀，在娜婕前面的椅子坐下。

「我可以理解為什麼長老會阻止妳，畢竟王城裡真的很危險嘛。光是那個王妃就已經很危險了，現在連影都有可能在城內。如果不是特萊亞那樣的人，最好別輕易靠近。那個人很強，不怕食數靈，碰上緊急情況的話，還可以和影戰鬥。」

「為什麼特萊亞不怕食數靈呢？」

「因為那個人的命運數中有很大的刃。只要王妃還有理智，就不會用食數靈攻擊她。要是這麼做的話，食數靈回到王妃身邊後，王妃就會受到重傷，一個不小心還可能會死掉。」

今天早上特萊亞也這麼說過。艾爾德大公國王都發生的慘劇中，活下來的人都擁有「大刃」。

「我記得所謂的刃，指的是存在於命運數中的某些『原質之數』，是嗎？」

加夫點了點頭。

「沒錯。刃由小到大，包括 5, 13, 17, 29, 37, 41……一直持續下去。」

「5, 13, 17, 29, 37, 41？為什麼這些數會是刃呢？」

「詳情我也不太清楚。不過這些數有個共通點，我記得娜婕小姐很擅長除法，試著把這些數除以 4 看看。」

「我看看……」

5 除以 4 的商是 1，餘 1。13 除以 4 的商是 3，餘 1。17 除以 4 的商是 4，餘 1。29 除以 4 的商是 7，餘 1。

「啊……餘數全都是 1 耶。」

「沒錯。而且這些『除以 4 餘 1 的質數』，都是兩個數的平方和。」

「平方和是什麼？」

「就是兩個數分別平方後相加的結果。舉例來說，5 等於 1 的平方加上 2 的平方對吧？13 則等於 2 的平方加上 3 的平方。」

17 是 1 與 4 的平方和，而 29 是 2 與 5 的平方和。

「真的耶。」

「對吧。然後呢，如果命運數中含有這些質數，被詛咒時就會化為刃，反彈給施予詛咒的人。」

就加夫所說，特萊亞的命運數應該含有 4 位數以上的刃。

「一般的人類被大於 200 的刃攻擊時，就會沒命。這種刃厲害到可以把一個人的手整個切下來。就算馬上用費波那草治療，也來不及止血，馬上死亡的機率很高。雖然那個王妃相當強韌，但她如果被特萊亞的『刃』傷到的話，應該不會沒事。」

「但是，為什麼加夫會知道特萊亞的命運數呢？」

「因為她很有名啊。特萊亞小姐說她出身達拉貢家，那是戰士的血脈。那個人的祖先從很久以前開始，每一代都會和很厲害的敵人交手，並確實殺掉對方。就算最後被對方殺掉，也會藉由刃的反彈來殺掉對方。所以說，他們不只在被食數靈吃掉數時可以反擊，戰場上被殺掉時，也能在刃的作用下，與對方同歸於盡。」

「居然有這種戰鬥方式……」

「總之，他們是很厲害的家族喔。之前也有提過吧？在和影戰鬥的時候，他們曾幫助過以前的妖精國王。」

娜婕覺得自己再次理解到特萊亞的強大，想必特萊亞應該能夠保護好畢安卡吧。

「看來，我真的幫不上忙啊。我還是別多事，全都交給特萊亞

和梅姆等人就好。」

娜婕安心地低聲說道，加夫則用力搖頭。

「不對喔，娜婕。世界上有很多我們預料不到的事、意外的狀況。所以，就算我們這邊有許多很厲害的人，也不能認為自己可以什麼都不做。或許在某個時刻，自己剛好能派上用場。所以隨時都要做好準備。」

加夫也說，若有需要，自己也打算前往王城。

「娜婕小姐，妳也想幫妳的姊姊吧？既然如此，就得先做好相應的準備才行。」

加夫說完後就走出房間。剩下自己一人在房內的娜婕，重新開始專注於裁縫。

──為了畢安卡，要先做好準備。

特萊亞帶了三件畢安卡專用的披風離開。除此之外，還有哪些事是自己做得到的呢？娜婕一邊思考，一邊操作著針線。

夜晚，樂園的長老一個人靜靜坐在大廳。

──今天沒有「靈」前來。

之前幾乎每天都會來襲的食數靈，今天卻沒有來，可見姊姊現在應該相當忙碌。恐怕是為了獲得**不老神之數**而忙著相關準備吧。不過，在她的願望實現之後，她一定會來殺自己。

姊姊已經對自己放出無數個食數靈。那是姊姊的執念，那是姊姊對自己的憎惡。

一想起姊姊還在樂園時的生活，長老仍會覺得痛苦，就像有人在剝除自己身上的皮膚一樣。姊姊從小就完全無視這個妹妹，當妹妹不存在。姊姊有時候會對母親或其他大人說出這樣的話。

──別把我和那種人相提並論。

這是她唯一表現出認知到有這個妹妹的時候。

「那種人」指的就是妹妹。姊姊很討厭大人說「姊妹倆長得很像」，也討厭母親去關心妹妹。姊姊常說「我是特別的人」。母親與其他大人顧慮到姊姊未來會成為樂園長老，所以會盡量把身為妹妹的自己帶走。母親也認為，比起享有自由未來的妹妹，應該要更加照顧命中注定不能走出樂園的姊姊。幼小的自己常想，自己是不是不該生下來呢？

除了離開樂園之外，母親都盡可能滿足姊姊的要求。在姊姊與自己快滿二十歲時，哈爾一雷恩王國送來一封邀請函，邀請樂園長老的次女前往全是貴客的宴會。信上邀請的是她，但姊姊卻一直說她想去。母親說不過她，於是向眾神祈禱良久，終於換來姊姊三天的外出許可。條件是如果姊姊沒有回到樂園，母親就會失去性命。當然，母親認為姊姊會遵守約定，但姊姊卻違背了。

長老現在還記得，透過這個大廳內的通訊鏡看到的姊姊，也用媽媽給她的小型通訊鏡看著這裡。她看著死去的母親，以及母親遺體旁哭泣的自己，表情就像是看著什麼新奇事物一樣。

那時，長老絕望與憎惡的情緒都到了頂點。在眾神的幫助下，長老才沒有被這些負面情緒影響。那時，眾神降臨她身上，透過她開口向姊姊喊話。

──愚蠢的女人啊。妳總認為自己是最特別的，但妳有一天也會老死，妳與誕生自**母之數**──**數之女王**的被造物一樣，會變老、消失，妳其實什麼也不是。在妳接受這個事實之前，獲得的祝福都會是詛咒。

眾神的這些話是對姊姊最後的警告。但姊姊只是愣了一下，隨即露出恐怖的表情，氣沖沖地砸毀通訊鏡。在那之後，長老就不曾看過姊姊。即使如此，在很長一段時間內，長老仍因為姊姊而感

到心煩意亂，痛苦萬分。直到長老覺悟到自己必須展現出眾神意志時，心情才平靜下來。

隨著時間的經過，長老逐漸能理解姊姊的想法了。但這也只是因為長老更瞭解自己、更瞭解人類之間的關係。每個人心中都有恐懼，而且人類會緊緊抓著原本不屬於自己的東西不放。物質、財產、能力、健康、年輕、美麗、身體、心靈，還有命運數，這些都不是人類存在的依據，但人類總以為那是屬於自己的東西，以為那是自己生存的意義，要是失去了那些，自己就不再是自己，所以害怕失去這些東西。

包括人類在內，世界上的事物都是由做為世界源頭的一個數衍生出來的。人類在誕生前、活著時、死亡後，都是這個數，除此之外什麼也不是。每個人獲得的命運數，也只是那個**母之數**暫時的狀態。所以命運數賦予個人的姿態、能力，甚至是心靈，也只是幻覺，就算暫時成形，也會很快消散。

──如果我們一直沉迷於這樣的幻覺，就會一直看不清真實，並持續承受痛苦的煎熬。

姊姊從出生就一直承受著這樣的痛苦。姊姊認為這個天生的巨大命運數是自己的東西，一直害怕失去它，所以她一直追求更高的地位、更美麗的外表、更持久的青春、更好的命運數。「想要什麼東西」本身並沒有錯，問題在於姊姊不肯正視自己內心的恐懼與痛苦，又或者說，姊姊無法正視自己的內心，因此恐怖與痛苦在內心中逐漸滋長，使她渴求更多，產生自己能控制人生的錯覺。而且，她只依個人欲望而行動，從來不管他人的狀況，便失去了自省的機會。

在眾神對世人的影響力減弱的現在，**初始第一人**的罪不斷重複出現，而且犯罪的不是別人，正是姊姊。長老的心中持續感到痛苦，還有悲哀，憤怒，那份憎惡以義務為名，認為自己應該要去阻止姊姊的愚蠢行為。但她同時也覺得，如果自己與姊姊的立場互換，自

己或許也會做出跟姊姊一樣的事，所以也同情著姊姊。

這些是相當自然的感情。然而自己也可能犯下與姊姊同樣的錯，只是程度有別而已。鄙視姊姊，用居高臨下的態度可憐姊姊，也只是在強調「自己不同於姊姊」而已，和姊姊強調「自己不同於會老、會生病、會死亡的其他人」，並沒有什麼不一樣。

如果不希望這樣的感情控制，唯一的方法就是不要沉浸在這樣的感情，同時，也不要無視這樣的感情。在兩者之間取得微妙的平衡，才能獲得真正的自由，而在擁有這樣的自由下行動，才是真正的活著。但要取得這樣的平衡並沒有那麼容易，對長老來說，今天又特別困難。姊姊犯下的大罪，讓自己長年修行的心境再度變得混亂，把自己壓得喘不過氣來。

長老想要馬上離開這裡，想要阻止姊姊。但因為眾神定下的規矩，長老做不到這點。原本是自己決定要遵從這些規矩的，現在卻被這些規矩所束縛。

長老的表情顯得有些苦惱。這時有人敲了門，讓長老回過神來，鬆開肩膀。好險，差點就被黑暗的感情吞噬了。長老做了一次深呼吸，請敲門者進來。娜婕從門後露出臉來。

「那個……現在方便嗎？」

「怎麼了呢？」

「那個……我發現了一些事，想和長老討論，是和畢安卡，不，和『瑪蒂爾德』的命運數有關。」

娜婕在長老對面坐下，開始說明。這個平時小心翼翼的少女，說話時總是帶著一些不安，卻總能清楚說明自己的想法。而且這位少女提到的「發現」，就連長老都不曾注意到。長老瞪大眼睛。

「妳說得對。就保護畢安卡而言，這是相當重要的發現。」

「不過，特萊亞與梅姆都已經出發了吧？我是不是太晚了？」

娜婕有點遺憾地說。長老則搖了搖頭。

「不。如果東西不大的話，可以用他們帶著的通訊鏡傳送過去。要保護畢安卡的是特萊亞，所以盡快把『那東西』交給她吧。」

娜婕的表情變得開朗起來。長老看到她的表情，心想這孩子真的有照著我說的去做。自己擁有哪些東西、可以做到哪些事、可以做到什麼程度。

──我可以做到的事。

做出最後決斷的時機即將來臨，關於這點，長老也有所自覺。面對罪孽深重的姊姊，自己必須超越憎惡與憐憫等情緒，才能做出最後決斷。把自己關在這裡的眾神，到底希望自己做到什麼樣的事？只有親自去感受答案，付諸實踐，才能做出最後決斷。

──自己擁有哪些東西、可以做到哪些事、可以做到什麼程度。

長老把這句之前對娜婕說過的話再對自己說一次。然後站了起來，對娜婕說。

「那麼，我們試著聯絡特萊亞吧。」

特萊亞抵達艾爾德大公國與梅爾森王國之間的邊境附近，感受到一股不尋常的氣氛。特萊亞放慢馬的速度，最後停了下來。

──是埋伏嗎？

為了祕密穿過邊境，她特意選擇茂密森林中的小徑，但似乎還是逃不過「對方」的眼睛。被星光照亮的小徑遠方，茂密森林中有棵特別粗壯的大樹。特萊亞覺得，樹蔭下的空氣看起來有些扭曲。

──看來似乎不是人類。

那麼究竟是什麼呢？特萊亞翻身下馬，從腰間抽出劍，朝著大樹走去。

如果對方不是人類，那就不能依賴眼睛，而是要感覺周遭的

「氣息」。特萊亞進入警戒狀態，慢慢前進，她越是前進，空氣就越扭曲，但即使她繞到大樹的另一側也看不到人。相對地，在不遠處的另一棵樹下，出現了一個人影。那是一個輪廓清楚的男性人類。

「你是……！」

男子對驚訝的特萊亞露出微笑。特萊亞在城中看過這張臉很多次，但他現在散發出來的氣息，明顯不是人類該有的氣息。

「你究竟是誰？」

「如果是妳的話，應該察覺到了吧？」

聽到他用優美的聲音這麼說，特萊亞馬上明白，他就是**影**。

——妖精說「在城中某處」的**影**就是他嗎？

他就是用這種姿態接近王妃，唆使王妃做盡壞事。但沒想到**影**有一個與人類無異的外貌。

「你這混蛋，你把人類吞進去了嗎？」

聽到特萊亞這麼說，擁有人類外貌的**影**別過了他美麗的臉龐，抬頭看向夜空說。

「嗯，差不多就是那樣。」

沒想到，過去他能一直維持著如此完美的人類姿態……不，更誇張的是自己之前在城裡時，居然沒注意到「這傢伙」……。

——兩人。這傢伙已經吞下兩人了。

影若想擁有完整的形體，只吞下一個人是不夠的，這束西體內現在一定「有兩個人」。其中一個想必就是讓他擁有目前「外貌」的年輕俊美男性，而另一個恐怕就是……。**影**看著思考中的特萊亞，臉上露出微笑。

「可以在這邊遇到妳，我真的很開心喔。我這幾天晚上都等在妳回來，我覺得妳一定會在夜間跨越邊境回到城裡。」

「等我？」

「沒錯，我大概知道妳的目的。妳想殺了我和王妃吧？畢竟對妳來說，殺了我是妳們家族的義務。不過，為什麼妳要殺王妃呢？為了家人報仇嗎？八年前，王妃咒殺的『算童』中，就包括了妳的姪女，沒錯吧？而妳的哥哥也被王子殺掉了，因為他們沒繼承到刃嘛。要是他們有刃的話，妳就不需要復仇了。」

這傢伙，居然連這些事都知道。

「閉嘴！達拉貢家的戰鬥不包括『復仇』。而且哥哥和姪女的靈魂已經回到母之數──相當於宇宙中心的唯一神身邊安息了。」

聽到特萊亞的回答，**影**美麗的眉間微微皺起，不過馬上又恢復原本的表情。

「這樣啊，那麼妳殺死王妃的理由大概就是想保護世人之類的吧。不過，如果王妃現在死掉的話，我會很困擾呢。」

影的話還沒說完，周圍的空氣就出現肉眼可見的扭曲。

──來了嗎？但要是我死掉的話，**影**也會被我的刃反擊。

影不可能不知道這件事，那麼他究竟想做什麼呢？突然產生的疑惑讓特萊亞的判斷變得遲鈍，沒有注意到**影**丟出了某種東西。

「啊！」

剎那間，特萊亞被固定在後方的大樹上，她的雙手、雙腳都纏繞著粗繩般的黑色物質，把她緊緊嵌進樹幹裡。

「就請妳暫時先待在這裡吧。綁住妳手腳的是妳祖先以前從我身上切下來的東西，我會留著這些，就是為了應付這種狀況。」

特萊亞使勁掙扎，手腳卻完全無法動彈。**影**的美麗臉龐扭曲地笑著。

「如果妳在這裡曬乾渴死的話，妳的刃應該還是會來殺我吧？但到了那時，我就已經不怕刃了。不只是刃，什麼東西都傷不了我。再和妳說一件事吧，妳想殺掉的王妃，明天就不在這個世界上了，所以妳就放心吧。」

「……你說什麼！」

影沒有回答特萊亞，而是朝著她的馬走去，馬因為害怕而開始騷亂不安。影盯著馬，然後從背後伸出許多隻長條狀黑色突起，像鞭子一樣重擊馬頭。馬便倒了下去，一動也不動，身上的行李也散落一地。

「呵呵，有不少恐怖的東西呢，亂碰的話會有危險。不過……至少要把這個破壞掉才行。」

影從行李中翻出通訊鏡，從背後伸出的長條狀突然用力一揮，傳來鏡子碎裂的聲音。

「再見了，達拉貢家的勇敢戰士。」

特萊亞拚命朝著影喊叫，但影已經消失了。

回到城內之後，一個女人上前抱住了他。

「你又跑到城外去了嗎？你真過分，你每天晚上、每天晚上到底都在忙什麼呀？」

只是些小事而已，已經結束囉，我這麼回答。這倒是事實。

——因為能夠消滅我的唯一人類，「反骨之大刃」已經被收拾掉了。

但女人仍有些不滿。

「對我們來說，明天是很重要的日子耶。生日前夕，你居然沒來陪我。」

女人用撒嬌的語氣說著。雖然她的表情還是相當不滿，但可以感覺得到她已經安心下來了。「現在的樣貌」真的很方便。

這個女人是**初始第一人**的子孫，也是表現出**初始第一人**原罪的人。我不知道等了多久，才等到這樣的人誕生。從這個女人走出「樂

園」後，我就用各種方式，明著暗著引導她，有時候以影的姿態，讓這個女人在無意識間做出我希望她做的事，有時候我則用各種人類形態與她講話，這個女人都會照著我引導的方向去做，不曾懷疑過我。我想透過她獲得我需要的東西，於是我讓她以為那是她需要的東西，包括能動員大量人類的王族地位、「詛咒」的方法與道具、花拉子米妖精的演算鏡、還有大量的寶珠。

這個女人之所以想要這些東西，是因為內心恐懼，就像初始第一人一樣。但其實，這些東西最後都會歸我所有。她不知道這件事，也從來沒有懷疑過我，而是全盤接受我說的話，原因很簡單。

——面對這個女人時，我只會說她愛聽的話。

只聽愛聽的話，忽略不中聽的話，這正是人類的弱點。人類在事情朝著自己期望的方向發展時，不會起疑，也不會反省自己。對我來說，對自己抱持疑問，會反省自己的人類，才是「我不想看到的」。

女人似乎才剛蒐集完寶珠，因為她的臉、手掌、手臂上到處都是食數靈的刃所留下的傷痕。她最近似乎已經習慣這些傷痕了，她總說著「反正擦那個藥就能馬上治好」。

「所以，蒐集到必要的寶珠數量了嗎？」

聽到我的疑問，女人點了點頭。

「終於蒐集完了呢。而且『我的份』的火蜥蝪粉也用完了。」

她說剩下的詛咒材料都要留給「兒子」。

「這樣也好。畢竟從此之後，妳就不需要親自『詛咒』她了。」

接下來交給里夏爾特王子就好。聽到我這麼說，女人露出有些不滿的表情，喃喃地說，到最後還是沒能收拾掉「妹妹」。看來她真的很執著於妹妹。

「後來為了保險起見，我也放出幾隻『靈』去殺掉『養女』。不過它們卻沒有回來，應該是死了吧。不過，那個女孩已經沒有用

處了，怎麼樣都無所謂了。」

養女——是指娜婕吧。前陣子我曾在城牆附近看到那個女孩，她的樣子看起來怪怪的，像是在隱瞞什麼一樣。不過她究竟在隱瞞些什麼，又為什麼會出現在那裡呢？在我問出這些之前，她就逃走了。我想應該是特萊亞幫助她逃跑的吧？或許也和花拉子米妖精的消失有關，不過現在「都無所謂了」。因為不管那個女孩是不是還活著，都不可能會影響到「計畫」。

「王妃大人，別再管這些事了吧。我們的特殊日子就要來了，得先準備參加早上在神殿的儀式。儀式結束後——也就是您獲得『神之數』的時候，您一定會比現在更美麗。」

聽到這些話，女人的表情終於放鬆下來，對我說：「我已經吩咐傭人製作適合的服裝，讓我在獲得『神之數』的時候穿上，真期待你看到那套衣服時的表情呢。」

「嗯，我也很期待喔。」

確實很期待。再過幾個小時就完成了，距離完成夙願，只差一點。

——為什麼我沒有數，也沒有外表呢？

在我誕生之後，一直抱持著這樣的疑問。長久以來，我一直在地上痛苦地爬行著，追求自己所欠缺的「這兩樣東西」。但再過不久，這樣的痛苦就會結束。以後我就不用再嫉妒「擁有自己的數」的眾神、妖精和人類了。

——不管是妖精還是人類，最後都只是我的工具。

外面逐漸變得吵雜，看來參加宴會的客人已經陸續抵達。他們為了這個值得紀念的日子而來，卻再也無法離開這裡。

——想必明天的宴會，會是世界上所有人最後的宴會。讓我們好好享受吧。

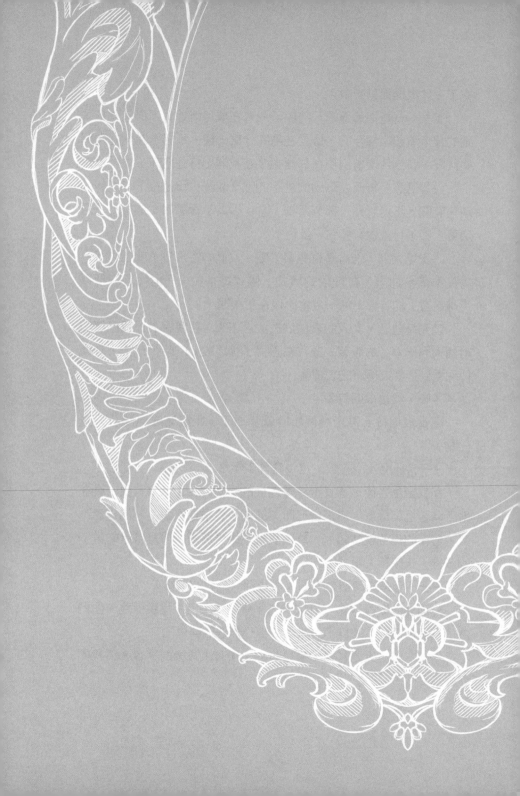

化作神明

——不知為何，今天好像有哪裡怪怪的。

那天早上，外表是「瑪蒂爾德」的畢安卡一個人待在昏暗的蜂屋內。她皺起眉頭，因為蒐集不到今天應該能取得的「毒」。

她知道為什麼會這樣。因為在已經是黎明時分的現在，周圍卻異常昏暗，雖然天空被厚厚的雲層遮住，但這似乎不是昏暗的原因。畢安卡看向東方的天空，被雲遮住的朝陽變成奇怪的形狀，陽光也相當晦暗，帶著紅光。

——是因為太陽被月亮遮住了嗎？

因為這樣，蜂群的活動也和平常不同。但要是沒辦法取得蜂毒，至今的辛苦就化為泡影了。焦急的畢安卡，想起之前樂園長老對她說過的話。

「我沒辦法幫妳完成計畫。可以的話，我甚至還希望眾神能阻止妳的計畫。」

長老的話帶著溫暖的關心。畢安卡雖然感受到長老關心，卻無法接受長老的想法。那時候畢安卡問長老：「既然妳是那個女人的妹妹，應該受了不少苦才對，為什麼不想復仇呢？」

「難道長老覺得自己贏不過那個女人嗎？我想讓那個女人嚐嚐失敗與絕望的滋味，想要鄙視她，想要詛咒她，希望她永遠消失在我的人生中。長老難道不會這麼想嗎？」

長老回答，殺死對方並不是勝利。

「就我來說，看到姊姊那個樣子讓我覺得很遺憾。我會瞧不起姊姊，也會覺得她很可憐，想阻止她的愚蠢行為，但我並不會想要殺掉她。這點是肯定的。」

畢安卡越來越難以理解了。

「為什麼您能那麼冷靜地說出這些話呢？」

被這麼一問，長老也只是閉起眼睛，平靜地說道。

「我想，應該是因為我沒有像妳那麼怕姊姊吧。既然不感到恐懼，自然就沒有必要殺掉她了。」

直到今天一想起這句話，畢安卡仍感到心中焦躁。長老的這句話，明確指出畢安卡內心的恐懼。然而當時的畢安卡卻不認同長老說的話，反而忿忿不平地回嘴。

「那是長老個人的問題吧。您雖然沒辦法走出樂園，卻放任那個女人永無止盡的暴行，恕我無法認同。」

「我之所以沒有動作，是因為我不曉得怎麼做才好。我能做到哪些事，哪些事又是只有神才能做的，我還不是很清楚。所以在『那個時刻』來臨之前，我不會有所行動。而在『那個時刻』來臨時，我則會照著神的意思行動。不管這會對姊姊、對我，還有對這個世界會造成什麼樣的結果。」

畢安卡當時並不理解長老說的這些話。不過，長老最後說的話，在她心中留下深刻的印象。

詛咒和祝福，乃一體兩面。

蜂群的振翅聲突然變大，讓畢安卡回過神來。蜂群終於開始活動，這樣就能取得蜂毒了。

──我對那個女人施放的東西，又是什麼呢？

畢安卡想對她施放詛咒。然而，如果這也是祝福的話呢……？不，現在不能這麼想。無論如何，今天就是最後一天了。那個女人的人生如此，我的人生也是。

畢安卡拋開一切雜念，讓注意力回到蜂群上。

「我果然還是不喜歡這裡啊。」

不用達列特說，梅姆也這麼想。想必扎伊和基梅爾也一樣吧。

飛在最前面的是基梅爾和達列特。他們從剛進去的地方，進入由許多細長管道組成的空間，在裡面繞來繞去。

雖然鏡中世界彼此連通，但外面的世界相距越遠，鏡中世界也會離得越遠。而且這次做為入口的鏡子並不是計算用的鏡子，所以距離《大書》相當遠，中間會經過許多岔路。基梅爾與達列特常到《大書》附近，能掌握大致的位置，碰上岔路也不至於迷路。但即使如此，還是花了許多時間移動。當他們來到《大書》所在的巨大空間時，已經離開樂園好幾個小時了。外面的世界大概已經天亮了吧，梅姆心想。

《大書》的周圍相當安靜。也沒看到「神的使者」。

「就是那個吧？那應該就是前往那個鏡子的後門了．」

基梅爾指著目標處的藍黑色門說道，語氣帶著一些苦澀。雖然不情願，但還是得繼續前進。四人靠近後門時，門突然打開，從中竄出兩道影子。

「哇！什麼東西啊！」

飛出來的是兩個長有羽毛的東西。身形與妖精類似，外表卻明顯不同，因為它們「沒有臉」。圓圓的頭上，沒有眼睛，沒有鼻子，

沒有嘴巴，也沒有耳朵。

它們沒有理會梅姆等人，而是直接朝著《大書》的方向飛去。

「既然會從這裡出來……就表示它們被那個女人使喚著吧？」

扎伊對梅姆提問，目送這兩個「怪物」離開。那不可能是妖精。扎伊從來沒看過那種沒有臉的妖精。而且，這些「怪物」總給人一種不祥的感覺。

「雖然沒辦法確定……但那應該是用某種邪惡法術製造出來，和我們長得很像的『假貨』吧。」

而且這道門的另一端，「那個鏡子的空間」應該還有這些傢伙才對。基梅爾說。

「要衝的話，就得趁著那兩個怪物飛往《大書》的這段時間盡快過去。雖然不曉得裡面還有幾隻。」

其他人也贊同他的說法，一起飛進後門。越靠近那個鏡子的空間，梅姆的身體就覺得越沉重。

──果然，沒帶加夫來是對的。

「到了，前面就是出口。」

基梅爾所說的方向，微微透出一些光線。梅姆下定決心，與其他三人一起朝著微光飛去。穿過通道後，到了那個空間。貼在牆壁上的《分解之書》、工作台等，都和之前一樣，不過有兩個不同的地方。一個是多了好幾隻沒有臉的妖精，另一個則是掛在上方牆壁的「鏡子」形狀。

「這鏡子變得好小啊。」

他們印象中的鏡子──王妃用來對他們下達指令的鏡子，是一個很大的橢圓形鏡子。現在卻是一個圓點般的圓形小鏡子。

為什麼？發生什麼事了？四人小心翼翼地不要讓無臉妖精發現，貼著牆壁往鏡子的方向移動，試著從鏡子往外窺視。和他們想像中不同，外面並不是王妃的實驗室。

——宴會廳？

鏡外是一個被典雅水藍色牆壁包圍住的寬闊房間，梅姆等人看向左邊，地板中央矗立四根白色圓柱，支撐著貼滿鏡面的拱形天花板，周圍有許多服裝誇張的人類。右邊的牆壁則有一幅描繪王妃身姿的巨大繪畫。王妃本人就端坐在畫前的王座上，旁邊站著一名身穿黑衣的高大男子。如果王妃所在的位置是宴會廳的最深處，可以想像得到，這個鏡子應該是被放在宴會廳深處的右方角落。

——為什麼要把鏡子拿到這裡呢？

鏡子的表面浮現文字，那是命運數於《大書》中的位置。鏡子的左邊，王妃對面的人群中，有一個人的頭上浮現文字。

——是那個人命運數的所在位置嗎？

梅姆往下看。有兩隻無臉妖精從剛才他們通過的路徑回來了。它們回來之後，其他怪物也開始動作。而它們做的事正是「分解」，分解那個人的命運數。

鏡外的世界看起來停滯不動了。因為鏡中世界開始「計算」，兩邊的時間的流動會變得不一樣。然而，鏡外的宴會廳內應該沒有製作食數靈的材料與道具才對，它們要怎麼進行「分解」呢？

「梅姆。」

扎伊突然出聲，讓梅姆回過神來。扎伊臉色發青。

「扎伊？怎麼了？」

「那個……那個男性人類……」

扎伊指著站在王妃旁邊的男子。

「嗯，那個人怎麼了嗎？」

「就是他，他身上有加底的氣息。」

「什麼？你說真的嗎？」

「喂，梅姆、扎伊！小心點！它們的計算快結束囉，接著它們應該會把『結果』送來鏡子這邊。」

聽到達列特的話後，梅姆與扎伊急忙遠離鏡子，往高處移動，躲在下面看不太到的地方。他們從岩壁凹陷處窺視，看到一隻無臉妖精走到鏡前，將「計算結果」放在鏡子上，然後走回去。在「計算結束」的瞬間，鏡外時間開始流動，宴會廳內的各種聲音透過鏡子傳來。宴會廳內相當熱鬧，樂手們正演奏著音樂。那個女人——王妃的聲音也可以聽得很清楚。

「今天請各位齊聚在此，是因為有重要事項要告訴大家。有三件事要宣布，三件都是非常好的消息。」

梅姆好一陣子沒聽到王妃的聲音，覺得有些噁心。從她的聲音中清楚感覺到，即使妖精與特萊亞、娜婕等人逃出城，對那個女人來說仍不痛不癢。王妃繼續說下去。

「第一件事，想必各位應該也都聽說了。背叛我的愚蠢丈夫，以及協助我丈夫的艾爾德大公國人民，觸怒了眾神而全數死亡。從今以後，那個男人與艾爾德大公國再也不能威脅我們。」

王妃說完之後，場內響起熱烈的掌聲。

「第二件事，我將代替那個愚蠢的男人治理這個國家。我將成為女王，與這個國家永遠共存。」

這段話說完後並沒有得到掌聲，而是在群眾間引起小小的騷動。可以看出他們相當困惑。

「永遠共存，是什麼意思呢？」

一名賓客出聲詢問，王妃則這麼回答。

「這是個好問題。事實上，剛才我已經獲得了『神的命運數』。各位應該知道我本來就擁有**受祝福之數**對吧？不過現在，我終於得到了比那更棒的數——**不老眾神之數**中的其中一個。這表示，我將會不老不死，永遠治理這個國家。」

什麼？梅姆等人再次靠近鏡子，窺視鏡外世界。那個女人對著群眾微笑，而且她看起來比以前更加閃閃發光。她的純白色服裝，

用金線繡著大朵的百合的圖樣，裙擺又寬又長，自然垂落在地板上，就像婚禮的禮服一樣。

那個女人真的得到**不老神之數**了嗎？梅姆與其他三人都相當困惑。鏡外的宴會廳中，質疑的聲浪比歡呼聲更多。但女人不顧這些，繼續「宣布」第三件事。

「最後一件事則是關於我身旁這位年輕詩人，拉姆迪克斯，他將成為我的新丈夫，與我一起治理這個國家。各位將成為我，以及我丈夫的臣民。稍後我們將在神殿舉行婚禮，還請各位移駕參加。」

王妃的話讓宴會廳內沸騰起來。看起來，並沒有人認同王妃擅自的主張。聚集在宴會廳內的群眾紛紛對王妃與他的新丈夫──黑衣男子──表達激烈抗議。這樣下去不會演變成暴動嗎？正當梅姆這麼想的時候，王妃高聲喊道。

「唉呀唉呀，看來各位好像不怎麼贊同的樣子呢。那也沒關係，因為變成不老神的我，不需要你們這種臣子。」

這種傲慢的態度讓群眾一度陷入沉默。接著，王妃突然看向這裡──也就是鏡子。

「那麼，里夏爾特！讓我借用一下你的力量吧。」

王妃對著這裡下達命令後，鏡中世界突然開始大力晃動起來。

「這是──！鏡子動起來了嗎？」

就像達列特說的一樣。鏡子朝王妃的方向移動，到了王座附近時，突然改變方向面向群眾。從鏡子可以看到宴會廳內的人們都抬頭看著這裡，神色不安。

──究竟會發生什麼事呢？

梅姆的右腳突然被拉了一下，整個人往後倒。

「嗚哇！」

回頭一看，一個無臉妖精抓著自己的右腳。達列特、基梅爾、扎伊也都被無臉妖精抓住了。除了抓住他們的四隻妖精之外，下方

的「工作台」附近還有五隻妖精，都用沒有眼睛的臉往上看著他們。

「糟糕，被發現了嗎！」

「既然如此，就只能大家一起上了。」

聽到達列特與基梅爾的話，扎伊與梅姆互相點頭示意，他們一起往下飛，直接揍向無臉妖精的臉。此時，小小的鏡子傳來王妃的聲音。

「各位遠道而來的貴賓，里夏爾特的體內已經準備好相應的食數靈，它們將吃掉在場每一位貴賓的命運數。」

畢安卡抱著黑色的壺快速奔跑。她用手用力壓著壺的蓋子，但壺內仍喀搭喀搭地震動著，可見裡面的東西「想要跑出來」。

——我也想盡快放你出來，但你再等一下。

要是沒有親眼看到的話就沒有意義了，她要親眼看到食數靈「吃掉」那個女人的樣子。

畢安卡現在還是瑪蒂爾德的樣子。她用來變成其他姿態的「質數蜂之蜜」原本放在蜂屋內，卻在幾天前不知為何消失了。雖然不知道是誰拿走的，但這恐怕是王妃下的命令吧。但無論如何，畢安卡已經不需要變成其他外貌了。她要用這個「黑之瑪蒂爾德」的姿態，見證那個女人的結局。這是畢安卡長久以來的夙願。

她要用展現出自己心中黑暗與弱小的這個姿態，為那個女人送葬，讓那個女人被自己最忠實的僕人背叛的那一刻死亡。光是想到這裡，就讓畢安卡的心，以及眼罩下的傷隱隱作痛。而這個外貌的自己，也將被那個女人的「刃」殺死。這樣也沒關係。即使是樂園長老說過的話，也不能動搖畢安卡的想法。

但越是接近宴會廳，畢安卡越覺得氣氛不對勁，宴會廳內似乎

比平常還要吵鬧。而且畢安卡還聽到那個女人的聲音，雖然聲音不太清楚，但她聽到了這些話。

——變成不老神的我，不需要你們這種臣子。那麼，里夏爾特！讓我借用一下你的力量吧。

里夏爾特？畢安卡覺得奇怪，里夏爾特在宴會廳裡嗎？

宴會廳內傳出慘叫。大門突然被大力打開，透出廳內的燈光，還有人從裡面飛奔出來。那是一名賓客，但那個人正被圓頭的半透明蜥蜴吞食著。

——食數靈！

一位賓客在畢安卡的眼前「被吃掉了」。畢安卡迅速躲到門後，窺視廳內情況。有些人猶豫著要不要逃跑，有些人縮在廳內一角，有些人神情恐懼地拿著劍對空中的食數靈揮舞。而另一邊的情況。

——里夏爾特！

宴會廳深處的王座旁，站著三個人，是那位詩人、王妃，還有里夏爾特。但里夏爾特已不能算是「人類」。雖然外貌還是里夏爾特，但表情與站姿不管怎麼看，都不像活著的人，反而像個陶器人偶。而且他的「右眼」沒有眼珠，也沒有眼白，而是發出銀色光芒。

——是鏡子。

他的右眼是鏡子。畢安卡注意到這點時，面無表情、站著不動，看著這個方向的里夏爾特突然張開嘴。從張著異常大的口中，瞬間飛出好幾隻食數靈。

——里夏爾特放出了食數靈！

沒錯，里夏爾特確實可以使用「邪眼」。使用邪眼後，就可以知道對方的命運數位於《大書》的何處，並藉此命令鏡中妖精工作。那面鏡子可以進行「命運數的分解」，而里夏爾特體內大概裝著製造食數靈的必要材料吧。也就是說，現在的里夏爾特可以說是那個女人長年使用的「實驗室」化身。

畢安卡明白這些後，覺得目眩噁心。王妃沒有復活里夏爾特，卻把他變成一個怪物，而且還是個能夠製造食數靈的怪物。畢安卡看向王妃，只見王妃右手挽著詩人的手臂，微笑地看著陸續吐出食數靈的里夏爾特。王妃現在的表情比以前更容光煥發、閃閃動人。

畢安卡不禁打了個寒顫，這真是太恐怖了。這也是那個女人幹的好事嗎？那個女人不是只愛著里夏爾特嗎？不，不對。對她來說，就連里夏爾特也只是方便操縱的道具而已。

在畢安卡窺視著宴會廳的同時，廳內有許多賓客陸續「被吃掉」，所以奔跑中的人數也陸續減少。於是里夏爾特暫時停止吐出食數靈。仔細一看，里夏爾特身上有許多傷痕，那應該是剛才里夏爾特詛咒人們時，被他們的刃回擊所產生的傷口吧。不過，這些傷口正在慢慢變小。

──需要時間回復嗎？

這時候，王妃對著瑟縮在牆邊的人們說。

「你們認同我是新的『女王』，這位詩人拉姆迪克斯是新的統治者嗎？」

這不是詢問。就算他們點了頭，也不表示他們能得救。

──要行動的話，就是現在。

畢安卡閉上眼睛，屏除一切雜念，奔進明亮華麗的宴會廳。

從「王妃」變成「女王」，而且還獲得**不老神之數**，現在是王妃最幸福的時刻。

──從此以後，我就擁有不老不死之身了。

到了現在，王妃才知道過去自己心底有多恐懼老化與死亡。這全都得怪那個愚蠢、沒有自知之明的妹妹。「妳有一天也會變老、

死去。」那時妹妹賭氣地對自己說出這種話，瞧不起自己。明明她只是個平凡的人類，只擁有很普通的命運數，卻能讓我這個特別的人類感到恐懼。不過，自己總算超越了這些恐懼。

現在的我，相當滿足。這種滿足感讓我覺得自己無所不能，讓我確信自己比任何人更強韌、更美麗、更優秀。

──可是……

心中還有一個小小的陰影。剛才自己對那些愚蠢的臣民說的話中，有一句是「我終於得到比那更棒的數──**不老眾神之數**中的其中一個」。

──**不老眾神之數**中的其中一個

這表示，自己的數只是許多「**不老眾神之數**」中的其中一個。不，不對，自己的新命運數 524287 是最小的**不老神之數**。也就是說，自己並非與其他不老眾神並列，而是列於「最後一個」。世界上還有很多命運數比自己更大的不老眾神，再上去還有「不滅眾神」，然後是「唯一至高神」──**母之數**，即**數之女王**。

以前她不曾想過這些事。不過在她獲得**不老眾神之數**的現在，這些想法一直揮之不去。她笑吟吟地看著愚蠢的臣民倒下，以及為了自己而殺掉那些人的「里夏爾特」，心中卻還想著這些事。

或許是這個原因，讓王妃覺得有些暈眩，往詩人的方向倒了過去。詩人用手扶住王妃，用優美的聲音對她說。

「看來『數』似乎還沒完全穩定下來呢。請多加小心，您的體內在剛才的神殿儀式中植入了『寶珠』，在這些寶珠穩定下來之前，還得花點時間。」

就詩人所言，在接下來的數小時內，命運數會在**不老神之數**與「原本的命運數」之間變來變去。王妃則老實地回答「我知道了，我會注意」，還做出撒嬌的表情，想讓詩人眼中的自己看起來更美。

等到宴會廳內的臣民幾乎都倒下之後，王妃對剩下的人提問，

你們認同我是新的「女王」嗎？不管他們怎麼回答，他們的生死都掌握在王妃手中。王妃可以隨著自己的心情，任意決定他們的死活。想到這點，王妃的心情好了許多。

沒想到這時候，「她」卻出現在自己眼前。

──瑪蒂爾德？

黑衣侍女與平常的樣子不同。平常沒什麼表情的她，這時候卻顯得怒氣沖沖。她對宴會廳內剩下的人大喊。

「大家！待在這裡的話會死的！快逃！」

靠著牆壁瑟瑟發抖的人聽到瑪蒂爾德大喊後，趕緊朝著宴會廳的大門奔跑。

然後瑪蒂爾德轉過頭來，直直盯著自己。王妃當下不敢相信自己眼睛，這真的是自己認識的瑪蒂爾德嗎？而且王妃注意到瑪蒂爾德的手上抱著一個壺，那個壺的顏色與形狀，王妃相當熟悉，那是……。

「危險！」

詩人對自己大喊時，瑪蒂爾德也掀開壺蓋，從中飛出了半透明的黑影。

──食數靈！

而且還朝著自己飛來。當食數靈張開大口時，王妃驚恐地大叫。

「呀啊啊啊啊！」

王妃發出了連她自己都想不到的悽慘叫聲。王妃不敢相信，這個世界上居然有朝著自己飛來的食數靈。在食數靈散發出的壓力下，王妃往後面倒下。詩人慌忙扶起王妃，但王妃因為過於恐懼而無法睜開眼睛。

不過，就在王妃以為自己即將要被吃掉之時，食數靈帶來的壓力迅速變小。王妃害怕地睜開眼睛，看到食數靈遠離自己，朝著天花板的方向飛去。不久後又朝著另一邊牆壁飛去，就像找不到獵物

而困惑著。

「那個食數靈的目標似乎是您『之前的數』。」

詩人邊說邊抱起王妃，皺緊眉頭。

──「之前的數」？什麼意思？

自己「之前的數」──也就是自己出生時擁有的命運數，是受**祝福之數**，也就是非常大的「原質之數」。要製作出對應的食數靈，應該是不可能的。因為根本找不到能與之對應的質數蜂。

王妃勉強站了起來，看向瑪蒂爾德。瑪蒂爾德站在宴會廳中央，身旁有許多已死的賓客，她的眼神追著食數靈的動作，然後再度看向這裡。她的黑色右眼直直盯著王妃，就像是在威嚇王妃一樣。瑪蒂爾德說。

「妳對自己的命運數做了什麼？妳剛才說自己獲得了**不老神之數**，『成為了不老神』？妳原本的命運數雖然很大，卻是容易裂解的數。沒想到妳……」

很大卻容易裂解的數？王妃聽不懂她在說些什麼，正感到疑惑時，詩人突然低聲說道「小心！」在天花板附近徘徊的食數靈又再次朝著自己飛來，王妃再度發出慘叫。不過在王妃被吃掉之前，食數靈又改變方向。詩人驚恐地說。

「沒想到在數『穩定』下來之前，會發生這種事……」

──什麼意思？

王妃詢問詩人。王妃發現自己泣不成聲，突然相當混亂，沒想到自己會怕到這種程度。在詩人回答之前，瑪蒂爾德先開口了。

「妳一直以為自己的數是**受祝福之數**吧？其實並非如此。妳的命運數 464052305161，可以分解成 4261、8521、12781。雖然詛咒起來很困難，但並非不可能。」

「瑪、瑪蒂爾德……妳……」

詩人回答了王妃的疑問。

「原來如此，妳是畢安卡啊。我怎麼現在才發現呢……」

畢安卡！這個名字讓王妃錯愕不已。

──騙人的吧……。

王妃心中浮現出不同以往的恐懼感。繼承了自己的血統，外貌與自己別無二致，而且比自己年輕、漂亮、聰明的女兒。以前的自己相當害怕她的存在，擔心她會威脅到自己的地位。在自己確定那個女兒已經「死亡」後，終於放心下來，但沒想到那個女兒居然就站在眼前。不，她「一直都在」，就在「自己身邊」！

王妃全身起了雞皮疙瘩，卻只能喊叫，甚至顧慮不到自己現在的表情。瑪蒂爾德拿下戴在左臉的眼罩，一道細長的傷痕縱向穿過左眼中央。

王妃在驚恐狀態中，對著里夏爾特擠出一句話。

「里、里夏爾特！那個女孩！快詛咒畢安卡！」

但里夏爾特一動也不動。看來應該是因為「回復」還沒結束。瑪蒂爾德用黑色雙眼看著王妃，冷笑著。

「我不怕死。畢竟我已經被妳殺過一次了。無論如何，等到妳被那隻食數靈吃掉之後，我也會被刃重傷而亡。不過，在事情演變成那樣之前，似乎還有一些時間，不如再告訴妳另一件重要的事吧？」

這種把她當成笨蛋的口氣，讓王妃相當憤怒，但她的身體還在發抖，沒辦法出聲。另一件「重要的事」究竟是什麼？

「那就是，這個妳所信賴的男人，其實早就背叛妳囉。妳一直以為他幫妳種植『費波那草』是為了幫妳？但妳錯了。」

什麼意思？王妃睜大眼睛看向詩人。這時詩人正看著瑪蒂爾德，而當王妃看著他的側臉時，左手突然開始痛了起來。仔細一看，左手手背出現許多裂傷，開始大量出血，把手染成一片紅色。

王妃大聲尖叫。然而裂傷與疼痛感從左手手背迅速蔓延到手

肘，接著遍布全身，然後是……臉！臉上每一寸肌膚都感到劇烈刺痛，還有溫熱的液體緩緩流遍整張臉。

「發生什麼事了！為什麼會這樣！」詩人看著王妃，卻沒有回答。頂著瑪蒂爾德容貌的畢安卡則代替他回答。

「在妳被食數靈帶回來的刃劃傷時，那個詩人並不是拿費波那草製成的藥來治療妳，而是一種和費波那草很像的『盧卡草』。這種草長得比費波那草快，但只有表面的藥效，塗上後，傷口看起來好得很快，但其實並沒有真正癒合，還會再度裂開。」

畢安卡詢問詩人：「你種盧卡草時，就已經知道這點了吧？」。

「妳這傢伙，怎麼會知道這件事。」

詩人出聲反問。和他平常優美的聲音不同，現在的聲音相當混濁而沙啞。

「看花數就知道了。第一種費波那草的花數是 1，下一種也是 1，接下來是 2、3、5、8 逐漸增加，這串數列存在於自然界各處。但你在藥草田種植的草卻不是如此。第一種的花數一樣是 1，下一種的花數卻是 3。」

畢安卡接著說，各種盧卡草的花數接著依序是 4、7、11，與費波那草完全不同。

「為什麼？為什麼要對我用那種『假貨做成的藥』！」

拉姆迪克斯，你不是愛我嗎？吶？王妃美麗禮服的袖口、領口都沾滿鮮血，禮服下的貼身衣物也被肌膚流出來的血浸潤著，緊貼肌膚。即使如此，王妃仍在等待詩人對自己述說愛意，對世界上最美、最強的自己述說愛意。但詩人什麼也沒說，畢安卡大笑出聲。

「真是太好笑了，妳還以為那個男人愛著你？但其實妳只是被他利用而已。那個男人和妳一樣，只會利用別人，不會愛別人。」

只會利用別人，不會愛別人。畢安卡恨恨說出這句話，臉上沒有笑容，此時，徘徊在天花板的食數靈停了下來，再度往王妃的方

向飛去。

「妳看，我可愛的『靈』似乎已經認出妳囉。或許妳不知道，就讓我來說明一下吧。失去目標的『靈』會花上數小時尋找目標。我八年前就被妳放出來的『靈』追著跑，所以很清楚這件事。那麼，究竟妳躲不躲得掉呢？」

畢安卡還沒說完，食數靈就朝著王妃飛去。詩人看到這一幕，聲音低啞地說道。

「……如果可以早點穩定下來就好了……既然情況演變至此，那也沒有辦法了。」

詩人說完之後閉上眼睛，像是睡著一樣往右方倒下。驚恐的王妃試著搖醒詩人，卻完全沒有回應。相對地，剛才詩人站著的地方傳來奇怪的聲音。混著地鳴聲與小孩般的竊竊私語，聽起來相當詭異。

──這個外貌已經沒有用了，接下來，就把妳吞掉吧。

什麼？

眼前出現了一團黑色濃霧。那個像煙霧一樣模糊不明的東西，突然擴散開來，變得又黑又大，最外圍的部分分成五個部分，把王妃整個包覆起來。王妃的眼前一片黑暗，感受到一陣很強的衝擊，接著是一陣彈開某種東西的感覺。然後王妃清楚聽到「外面的聲音」這麼說。

──小姑娘，我已經把妳的食數靈彈回去囉。那傢伙沒辦法吃掉妳母親了，因為她已經被我吞下。聽清楚，我已經實現妳的願望了，妳那殘酷的母親已經不在人世了。

外頭傳來畢安卡在大聲喊叫的聲音，但王妃聽不出來她在說什麼。只聽到那個「聲音」這麼說。

──我沒有固定的名字。不過現在的我已經是不滅神了，而且是世界上唯一的不滅神。因為我將毀滅世界上所有事物，不管是人

類、妖精，還是其他眾神，所以妳也可以放心去死了。

接著「聲音」命令旁邊的里夏爾特。

——做為我的「作品」而誕生的里夏爾特，我准許你「詛咒」視線內的所有人。

沉浸在復仇滋味的畢安卡，看到詩人周圍突然出現的黑色霧狀體時，突然被拉回現實。這些黑色煙霧「拋棄」了詩人的身體，其中心還可以看到一個小小的人影。

——小孩子？

不過濃霧馬上變成一片漆黑，遮住了小小的人影。畢安卡還不曉得發生什麼事，霧狀體就迅速展開成花朵般的形狀，把王妃吞了下去。不久後，霧狀體的外表變成王妃的樣子，與剛才陷入絕望，沾滿鮮血的王妃不同，眼前的王妃相當高大，直達宴會廳的天花板，還發出翡翠色的光芒。畢安卡放出來的食數靈朝著眼前的王妃飛過去，卻被一股強大的力量往上彈開，像是被天花板吸收般直接消失。

畢安卡對著眼前的王妃大叫「你到底是誰」。眼前的王妃說「我是個滅神」，接著對里夏爾特下「命令」後，就像霧一般消失。被下令的里夏爾特，鑲著鏡子的右眼開始發光。當畢安卡把注意力放在他的右眼上時，背後的大門附近傳來吵雜聲，看來是聽到騷動而趕過來看看情況的衛兵。

——糟糕！

里夏爾特轉向面對大門前的衛兵，畢安卡大叫。

「各位！不要被里夏爾特看到！馬上離開這裡！」

衛兵不曉得發生什麼事。直到里夏爾特對其中一名衛兵吐出

食數靈，那名衛兵馬上被食數靈吞噬，倒在地上。畢安卡用盡全力大叫。

「各位！快逃！」

衛兵看到同伴死去已非常驚慌，又聽到畢安卡的話，急忙開始往外逃跑。但其中一個人被絆到而跌倒，於是又絆倒了許多人，還有人的頭部遭受重擊。於是畢安卡對里夏爾特大喊。

「里夏爾特！要詛咒的話就先詛咒我吧！來啊！」

里夏爾特將「鏡之眼」對準畢安卡。現在，鏡子的另一邊大概正在「分解」自己的命運數吧。等下應該就會有食數靈被放出來，在這段期間，有辦法讓所有衛兵逃走嗎？不，時間一定不夠。

——只要一瞬間，一瞬間就好，再多給我一點時間。

畢安卡朝著里夏爾特的方向全速奔跑。

梅姆他們已經精疲力盡了。

無臉妖精並不強壯，但數量很多。就算把一隻揍到不能動，也會馬上冒出另一隻。而且被打得不能動彈的無臉妖精，過一陣子之後又會開始行動。

「還真是沒完沒了啊。」

基梅爾很少說累，他兩隻手各扣著一隻無臉妖精，邊喘氣邊說。另一邊的達列特則抓著一隻無臉妖精的雙腳旋轉身體，但他的頭卻被另一隻無臉妖精勒住，露出痛苦的表情。梅姆把撲向自己的無臉妖精一個個踢飛，正準備要去幫助達列特。被勒住的達列特卻嘶聲阻止他。

「喂，梅姆和扎伊都出去！這裡交給我和基梅爾就好！」

「交給你們？不可能吧！」

這是事實。因為有四個人，所以還能勉強應付。要是我方人數再減少，就會被無臉妖精以多擊少，個別擊破。要是那樣就完蛋了，然而他們的疲勞感正在逐漸累積。

「喂，梅姆！那個女孩在外面！是那個黑衣女孩，娜婕的姊姊！」

大喊出聲的扎伊，剛被來自上方的無臉妖精踢了一腳。梅姆看向鏡子，圓形小鏡子的另一邊，確實可以看到那名黑衣少女。那是娜婕的姊姊，畢安卡。畢安卡朝著這裡衝來，但她的影像突然像繪畫一樣「停了下來」。她的臉上也浮現出一些文字。

──那是表示《大書》中頁面的文字。

也就是說，那段文字標示出寫有畢安卡命運數的頁面位置。一部分無臉妖精注意到這段文字後，停止攻擊梅姆他們，「回到原本的崗位」，其中兩隻準備從地板的洞口離開。

──糟了！要開始「分解」了！

梅姆對達列特與基梅爾大叫。

「達列特！基梅爾！快阻止那些無臉妖精從洞口離開！阻止它們前往《大書》！」

基梅爾正被許多無臉妖精抓住，他的聲音從敵人間的縫隙中傳出。

「只靠梅姆和扎伊撐得住嗎？」

「勉強可以！它們打算『分解』黑衣女孩的命運數！一定要阻止它們才行！」

梅姆說完，達列特與基梅爾同時叫喊起來，把抓住自己的無臉妖精甩開，全速往「洞」飛去。但在他們抵達洞口前，兩隻無臉妖精已經飛回來，手上還拿著命運數的「複本」。它們已經從《大書》飛回來了。

「快阻止它們！搶走『複本』！」

達列特與基梅爾迅速下降，踹了那兩隻無臉妖精一腳。雖然這兩隻無臉妖精被踢飛，但有一隻無臉妖精趕來取走「複本」，往牆壁的方向飛去。達列特與基梅爾想要拉住那隻無臉妖精，但這時候又有一大群無臉妖精來阻擋他們。梅姆大喊。

　　「扎伊，你快去搶走『複本』！」

　　「好！」

　　在他們飛行的過程中，陸續有許多無臉妖精靠近達列特與基梅爾，他們好不容易抓到那隻拿著複本的無臉妖精，那隻無臉妖精卻拚命甩開他們的手。在那隻無臉妖精好不容易甩開手時，扎伊迅速搶走它手上的「複本」，於是所有的無臉妖精開始衝向扎伊，梅姆則趕緊上前阻擋、擾亂它們。

　　在扎伊取得「複本」時，鏡子再度傳來外面世界的聲音。這一定是因為計算過程被中斷的關係，但四人都沒空窺視鏡外情況。

　　──現在只能試著多爭取一些時間了。

　　梅姆腦中突然閃過女戰士的影像。

　　──特萊亞小姐在哪裡呢？

　　她本來不是計畫在宴會之前抵達，然後帶那個黑衣女孩逃跑嗎？在梅姆想著這些事時，那隻被搶走複本的無臉妖精朝扎伊的臉正面打了一拳。扎伊暈過去，鬆開了手上的「複本」。於是另一隻無臉妖精又趕來搶走「複本」，並帶著複本飛向「工作台」。同時，鏡外世界再度停滯不動。

　　暈過去的扎伊被無臉妖精抓了起來，往牆壁一丟。扎伊就這樣撞上牆壁，發出「匡」地一聲重響，倒在地上。

　　「扎伊，你還好嗎！」

　　達列特大聲叫喊，扎伊卻一動也不動。

　　「總之，快阻止計算！」

　　「好！」

基梅爾和梅姆移動到工作台周圍，把正準備開始計算的無臉妖精一個個踢飛，於是鏡子再度傳來鏡外的聲響。不過，還是有其他無臉妖精不斷靠近工作台。梅姆一次抓住許多無臉妖精的頭髮往上飛，卻有更多的無臉妖精圍了過來。梅姆看了一下周圍，達列特與基梅爾的狀況也差不多。下方又有其他無臉妖精走向工作台，繼續進行「計算」。

──啊啊，不行了，沒力氣了……。

已做好心理準備的梅姆，抬頭看了鏡子一眼。鏡子另一邊的畢安卡被鏡子這邊伸出的手重擊腹部，往後飛出去，倒在許多屍體之間。梅姆看著她心想。

──抱歉了。

就在此時，從畢安卡的黑衣掉出一個小小的平坦物體，是鏡子。那是娜婕進入這個世界時使用的鏡子。

掉落在地板上的鏡子，飛出兩個影子，梅姆不敢相信眼前所見。

──娜婕！還有加夫！

為什麼是他們？梅姆還來不及思考，後腦勺就被重擊，暈了過去。

第
11
章

影的眞面目

交給特萊亞的通訊鏡被破壞了。長老注意到這點，就趕緊通知娜婕與加夫。

「特萊亞可能遭遇什麼不測，不過她自己應該有辦法應付才對。問題在王城那邊。」

長老雖然這麼說，但她一直猶豫著要不要讓娜婕回到王城，最後長老禁不起娜婕與加夫的強烈要求，只好拜託他們去救畢安卡。

「娜婕，請妳集中精神幫助畢安卡。加夫先生，娜婕就拜託你了。」

在娜婕與加夫準備啟程的過程中，長老前往聖域向眾神祈禱。或許是因為祈禱奏效，娜婕與加夫都順利進入大廳的通訊鏡裡。那麼，他們要從哪裡出來呢？加夫大膽選擇了「畢安卡拿的鏡子」做為出口。之前畢安卡把這面鏡子交給娜婕，用來幫助妖精逃出來，現在這面鏡子則是由畢安卡保管。「要是沒辦法馬上見到畢安卡，說不定就來不及了。」加夫說完後，便決定以那面鏡子為目的地。

他們抵達時，狀況已經相當緊迫。畢安卡一直把這個鏡子放在衣服裡，從鏡子的另一邊看不到這裡的狀況，卻聽得到聲音，所

以他們知道畢安卡正被某個東西用力擊飛，往後倒下。之後，鏡子的另一邊突然變亮，還可以看到許多屍體與宴會廳的天花板。這表示，這個鏡子從畢安卡的懷中掉了下來，落到宴會廳的地板上。

「走吧！」

娜婕還沒有點頭，加夫就抓著娜婕的手往上飛出鏡外。飛出鏡外的娜婕看到宴會廳深處的里夏爾特時嚇了一跳，他的周圍還有許多屍體仰躺在地，倒在許多屍體之間的則是「黑之瑪蒂爾德」。

「畢安卡！」

「娜婕小姐，小心點！狀況有點奇怪！」

加夫舉起手指，指向張開大口的里夏爾特。里夏爾特的嘴巴張得非常大，臉就像是要裂開一樣。而且他的口中飛出巨大的半透明蜥蜴──食數靈，娜婕不禁背脊發涼。

「娜婕小姐！食數靈朝著畢安卡飛去了！快把三角紋披風丟給畢安卡！」

在加夫的催促下，娜婕把手上的「命運三角紋」披風丟過去，蓋在倒地的畢安卡身上。食數靈撞上披風後紛紛碎裂，然而畢安卡仍倒地不起。

「畢安卡……！」

「她一定只是昏過去而已啦。妳看！王妃兒子的眼睛變成鏡子了。娜婕小姐，請小心一點。」

加夫才剛說完，里夏爾特就張開大嘴，再度朝著畢安卡放出食數靈，直接撞上三角紋的披風。

「啊啊……畢安卡！」

「娜婕，又來囉！那傢伙想收拾掉畢安卡。快用『那個方法』！」

娜婕點了點頭。她在樂園做了好幾件給畢安卡用的披風，但幾乎都被特萊亞帶走，娜婕這裡只留下一件備用的。而且捕靈網的數

量有限，要是對方一直放出食數靈的話，畢安卡仍會被吞掉。

——「那個方法」……首先需要「正方形的場所」！

娜婕先扶起昏過去的畢安卡，雙手從她的腋下將她抬起，繞過倒在地上的屍體，把她搬到宴會廳中央由四根大理石柱所包圍的空間。在這段過程中，食數靈仍持續撞擊畢安卡的身體，卻被披風上的三角紋擊退。同時，食數靈造成的衝擊力道也透過畢安卡的身體傳到娜婕身上。雖然三角紋披風還沒壞掉，但衝擊力還是會傷害到畢安卡，看到這一幕的加夫對娜婕說。

「娜婕，借我捕靈網！我來抵抗食數靈，娜婕快去做『準備』！」

娜婕把一綑網丟給加夫，然後把手伸入懷中。

——首先要在四個柱子貼上符咒。

娜婕知道，宴會廳內的四個柱子可形成一個正方形。她一邊往第一根柱子移動，一邊小心不要被屍體絆倒，然後將符咒貼在第一根柱子上，那是象徵「再生」的壁虎符咒。符咒緊貼在柱子上，發出淡淡的光芒。

娜婕沿著牆壁移動到第二個柱子，她看到加夫正用捕靈網捕捉食數靈。加夫鼓動翅膀，在畢安卡的周圍飛來飛去，正在對付著飛來的食數靈，把它們一一捉起來。被網子捕捉到的食數靈陸續落到地上。娜婕相當佩服加夫的技術和專心程度。即使她準備了三十面以上的網子，也所剩不多了。

——得快點才行。

第二個符咒，是連結生與死的「鳥」。在娜婕把符咒貼在第二根柱子上時，加夫的網子又捉到食數靈。但加夫放開網子的時機慢了一些，於是食數靈拖著捕靈網，連著體重輕的加夫一起飛到後方。加夫掉落在許多屍體之間的堅硬地板，發出痛苦的叫聲。

「加夫！」

「我⋯⋯沒事⋯⋯快一點⋯⋯」

娜婕陷入混亂。看著不曉得該怎麼做的娜婕，加夫說。

「專心在現在⋯⋯該做的事。」

之後，加夫就暈了過去。里夏爾特繼續放出更多食數靈攻擊畢安卡，三角紋披風已經壞得差不多了。娜婕趕緊跨過屍體，來到第三根柱子。在娜婕將第三張「撕開麵包的手」貼在柱上時，畢安卡身上的披風也完全毀壞，化成灰燼。

——啊啊！

里夏爾特已經開始放出下一個食數靈了。在那個食數靈吃掉畢安卡之前，娜婕能把「符咒」貼在第四根柱子上嗎？不，不可能，「來不及了」。既然如此，現在該做什麼呢？

娜婕的目光投向地板。她附近有一個剛才加夫遺落的捕靈網。娜婕拿起捕靈網，繞到畢安卡前面，看著下一隻食數靈。

——好恐怖。

雙腳正在發抖。不行，我絕對撐不住。但是⋯⋯

——首先，要仔細盯著它的行動。

娜婕用力睜開快閉上的眼睛。不停扭動的半透明灰色物體，把嘴巴張得很大，細針狀的牙齒，身上的金色斑點。光是被它們注視著，就感覺到心臟跳得越來越快，身體像是被擠成一團一樣痛苦。即使如此，娜婕還是沒有閉起眼睛。這時候，娜婕突然不曉得自己看到的是食數靈，還是自己身心的變化。於是娜婕注意到一件事。

——食數靈很可怕。但是⋯⋯我恐懼的不只是食數靈，也恐懼著「正在恐懼的自己」。

娜婕做個深呼吸，調整吐納、擺出架式，把捕靈網放在前面。

熟悉的聲音不知從何處傳來。那個聽起來很拚命，卻有些笨拙的聲音。毫無疑問的，是那個年齡與自己相差很多的「遠親表弟」。他常常亂來，讓我很困擾。

——那傢伙，現在在做什麼呢……？

梅姆猜想自己應該在夢中。夢中的自己正在聽著那傢伙的聲音嗎？還是說……。那個聲音緊張地叫著某個名字，越來越大，就像是要喚回梅姆的意識一樣。然後，聲音變成痛苦的哀號，梅姆醒了過來。

——加夫！

梅姆睜開眼睛，發現自己倒在岩壁附近。扎伊倒在另一邊的地板上，基梅爾與達列特則在更遠處喘著氣，奮力抵抗聚集成群的無臉妖精。「鏡」在自己的頭上，於是梅姆鼓動翅膀飛到鏡前。梅姆只要移動就覺得痛，但當他一看到眼前宴會廳的景象時，就忘了身上的痛楚。

宴會廳內還有很多屍體。和剛才不同的是，現在還多了好幾十隻倒在地上的食數靈。它們都被捕靈網纏住，在地上掙扎。那個黑衣女孩倒在廣場中央，身體上蓋著三角紋披風，但在食數靈的衝撞下，披風已變得相當破爛。而在左前方，失去意識的加夫倒在宴會廳的角落。

梅姆想起來了。在自己暈過去之前，他有看到娜婕與加夫的身影。

梅姆試著尋找娜婕。娜婕在加夫的對面那側，右前方的柱子旁。她正在想辦法將某個小小的方形物體貼在柱子上。貼上去後，那個東西便開始發光。

——我記得那個是……但是，為什麼？

梅姆知道那個符咒是做什麼用的。如果把符咒貼在正方形空間——也就是「平方之陣」的四個角落，就可以復原「平方分割復

原數」，加夫說過，樂園長老的命運數就是這種數。但是，為什麼現在要用這種符咒呢？既然是娜婕在貼符咒，那應該就是為了幫助黑衣女孩畢安卡吧……。

——畢安卡，不，瑪蒂爾德的命運數是 142857。

梅姆迅速在腦中計算。這個數的平方是 20408122449。分成前 5 位和後 6 位後會得到 20408 與 122449。20408 與 122449 相加後的和為 142857。

——啊，原來如此！

我知道了！梅姆看出娜婕的目的時，鏡子下方又飛出新的食數靈，撞上黑衣女孩身上的三角紋披風，披風應聲粉碎。正奔向第四根柱子的娜婕，看到這一幕時相當驚恐。此時，鏡子下方又冒出新的食數靈。

——糟糕！

娜婕停止奔向第四根柱子，跑回畢安卡跟前，正面看向食數靈。雖然雙腳在發抖，但她手拿捕靈網，努力擺好架式，眼睛直盯著食數靈。

娜婕丟出捕靈網，食數靈還沒碰到畢安卡的身體就被網子纏住，落到地上。但這時候，又有新的食數靈冒出。

——不行，娜婕身上已經沒有網了！

而且她和第四根柱子太遠了！梅姆對著同伴大喊。

「基梅爾、達列特！我要先出去了！你們也快點帶扎伊出來！」

梅姆沒等他們回應就飛出鏡外。飛出鏡外的梅姆沒有落地，而是繼續鼓動翅膀往前飛，並對著娜婕大叫。

「娜婕！把第四張符咒丟過來！」

娜婕瞪大眼睛看著這裡，並馬上就明白梅姆的目的，於是把第四張符咒用力丟出去。梅姆接住符咒。符咒的圖樣是二連環，象徵「肉體」與「數體」的連繫，底下也畫了許多兩兩相連的金屬環。

梅姆全速飛往第四根柱子，但在這時候，新的食數靈卻朝著畢安卡飛去。

——來得及嗎！？

梅姆已經沒空管畢安卡的情況，眼角瞄到娜婕正朝著畢安卡的方向移動。看來不管有沒有趕上，她都想保護姊姊。

——既然如此，我也該加油。

梅姆伸出拿著符咒的手，把符咒貼在第四根柱上。

娜婕碰到畢安卡的身體時，食數靈已張開大嘴，似乎要把畢安卡跟娜婕一起吞下去。雖然娜婕已經把第四張符咒交給梅姆，現在卻沒空管梅姆的情況。即使知道這麼做沒有用，但娜婕還是擋在前面保護畢安卡，想阻止食數靈吃掉她。

——如果要吞掉畢安卡的話，乾脆連我也一起……。

但食數靈直接穿過娜婕的身體。在它吞下畢安卡的瞬間，原本抓著畢安卡肩膀的娜婕，手上的觸感突然消失。食數靈從頭部整個吞下畢安卡，然後悠哉地往里夏爾特的方向飛去，在里夏爾特的周圍繞了一圈，然後釋放出「刃」，在里夏爾特身上造成兩道傷口。此時，娜婕手上的體溫也跟著恢復。仔細一看，畢安卡在同一個地方，以同樣的外貌「復活」了。

「畢安卡！」

「……看來應該是趕上了。但沒想到那個女孩的數也是平方分割復原數啊。」

娜婕往第四根柱子的方向看去。渾身是傷的梅姆，肩膀靠著柱子，喘著氣對她說。

「梅姆！」

「還沒結束喔。要把那傢伙打倒才行！」

梅姆看向里夏爾特，低聲說道：「怎麼會有這種怪物。」里夏爾特保持相同的姿勢站在那裡，右眼卻突然飛出三個影子，是暈過去的扎伊，以及扛著他的基梅爾與達列特，每個人都身負重傷。梅姆搖搖晃晃地飛起來，對所有人說。

「聽好了！大家快把被捕靈網困住的食數靈全部釋放出來。」

還喘著氣的基梅爾與達列特回答：「好！」他們將扎伊安放在宴會廳的角落，然後搖晃困住食數靈的捕靈網，使其掙脫出來。

「等一下！為什麼要這麼做？」

面對疑惑的娜婕，梅姆回答。

「這是為了打倒那個怪物。不過就算不這麼做，吃掉妳姊姊的食數靈應該也會讓那傢伙受重傷。但這麼做比較有效率。」

梅姆接著低聲說：「利用妳姊姊的能力來做這種事雖然不大好，請妳見諒。」娜婕這才明白梅姆想做什麼。達列特與基梅爾陸續釋放被捕靈網困住的食數靈，里夏爾特也持續放出新的食數靈。雖然娜婕知道為什麼要這麼做，卻還是不忍心直接看著這幕。數不清的食數靈紛紛吞噬畢安卡，但食數靈離開後，畢安卡又確實地恢復原樣。之後，這些食數靈聚集到里夏爾特身邊。

數十隻食數靈包圍里夏爾特，像旋風般徘徊著，然後一隻隻消失，逐漸露出里夏爾特的身影。里夏爾特的臉和身上全是無數道的傷口。他慢慢往前踏了一步，隨即發出喀拉喀拉的聲音，「崩潰」了。只見許多輕薄的碎裂陶片散落一地，碎片中有一個小小的、閃閃發光的圓形「鏡子」。

「……這傢伙已經不是人類了。或者應該說，連生物都不是。」

梅姆一邊說著，就像失去全身力氣般搖搖晃晃地坐下。娜婕抱著的畢安卡發出呻吟聲，手臂動了起來，睜開眼睛，黑色雙眼直勾勾地盯著娜婕。

「畢安卡！」

一個聲音哭喊著自己的名字，畢安卡回過神後才認出那是娜婕的聲音。

「娜婕！」

畢安卡一陣混亂。為什麼娜婕會出現在這裡呢？而且自己的外表應該是「黑之瑪蒂爾德」才對。為什麼娜婕會稱呼自己是「畢安卡」？正當畢安卡要出聲詢問時，娜婕的臉已哭得皺成一團，喃喃說著。

「畢安卡，我……」

畢安卡明白了，娜婕應該是從樂園長老那裡聽到關於自己的事吧。而且，自己最害怕的事居然發生了——讓娜婕回到這裡。畢安卡使勁站起來，對娜婕說。

「娜婕，妳不能待在這裡！現在馬上離開！」

娜婕一時語塞。但現在不是感動相認的時候，必須盡快讓娜婕逃出這裡才行。

「娜婕，聽好！現在狀況相當複雜，我本來想殺了那個女人，我只想做到這件事……但是那個女人——王妃把自己的命運數變成**不老神之數**，而且還被影吃掉了。影說自己成為『不滅神』的話，之後要開始消滅人類與妖精。所以娜婕拜託妳，現在趕快逃到安全的地方——樂園，快逃……」

突然「咚」一響，宴會廳的大理石地板震了一下，牆壁塗漆紛紛龜裂，粉塵散落一地。娜婕說。

「剛才的聲音，是從神殿傳來的！」

娜婕放眼看向整個宴會廳，尋找梅姆的身影。她看到梅姆趴倒在地上，趕緊跑到他旁邊。梅姆身上滿是傷痕，失去了意識，其他

四名妖精也都暈了過去。娜婕不安地看著畢安卡，深呼吸之後閉上眼睛，再睜開。

「我……我要去神殿看看。」

　　特萊亞的右手還流著血，拖著滿是泥濘的身體靠近城牆。她的右手手背上有個樹葉大小的突出，是一個三角形的刃。

　　現在應該是早上才對，天空卻有如夜晚般昏暗，讓人懷疑太陽是不是被月亮遮住了。特萊亞在黑沉沉的天色下，用身體去推梅爾森城的後門，沒想到輕輕一推，門就開了。即使進入城裡，特萊亞也沒看到她的部下，瞭解城內守備的特萊亞看到這個景象，馬上就知道狀況有異。

　　──影已經行動了嗎？

　　希望還沒有太遲。要是因為自己晚來一步，使畢安卡、妖精，還有她的部下、傭人都死了的話……。特萊亞相當不安。

　　昨天晚上能解開影的束縛，完全是因為運氣好。「在活著的時候出現刃」這種事，在她偉大的祖先中，也只有一個人成功做到。拜這個刃之賜，她切斷右手的束縛，再切斷全身的束縛。然而因為伸出這個刃，造成右手手背大量出血。曾經用過這招的祖先，在伸出刃之後不久就死了。所以，不管是活著的時候伸出刃，還是死亡的時候伸出刃，對達拉貢家的人來說，都代表死亡。不過，如果能在活著時伸出刃，至少還有一段時間可以照自己的意志控制身體。

　　──從右手伸出的是第一個刃「17」。

　　自己體內還有兩個刃。想著這件事的特萊亞，突然感覺到「氣息」，影就在附近。就像是被吸引過去一樣，特萊亞逐漸靠近某棟建築物。

——神殿。

影就在裡面。不過她才剛用左手碰觸神殿大門，全身就感覺到強烈衝擊，往後退了兩、三步。

——邪惡的「氣」充滿整個神殿，把這個地方封了起來。

也就是說，現在任何人都無法進入神殿。這個狀況有些麻煩，卻也同時暴露出對方的弱點。這表示**影**因為某些理由，現在沒辦法自由行動，只能把自己關在裡面。特萊亞認為這是勝算所在。

特萊亞舉起沾滿血的右手，用手背伸出的刃奮力往門刺去，大喊一聲，右手一揮而下。神殿的大門出現了一道裂痕。特萊亞先退到大門旁，壓低身體。

大門的裂開的地方開始發光，發出很大的爆裂聲，周圍的空氣與地面也為之震動。從碎裂的門進入神殿後，可以看到神殿內部相當明亮，裝飾得比平常還要漂亮，周圍有焚燒的香，也點著許多蠟燭，就像即將要舉行婚禮一樣。但原本應該站著出席者的位置，卻有許多祭司的屍體。

特萊亞正面看向祭壇。祭壇前面有一個巨大的女性身影，她的皮膚和衣服發出帶有綠色的白光。她的臉和王妃一模一樣，但明顯不是人類的大小。換句話說，那就是**影**。

女性外貌的**影**優雅地轉了過來。

——是妳啊，妳是怎麼到這裡來的？

她的聲音明顯與人類不同。特萊亞沒有回答她，而是舉起右手的刃擺好架式。女人外表的**影**似乎有些驚訝。

——原來如此，是這麼回事啊。但那麼小的刃又有什麼用呢……。

話還沒說完，**影**就拋了黑色物體過來，那和昨天把自己綁在樹上的「**影**的部分身體」一樣。同樣的招數怎麼可能再奏效呢？特萊亞敏捷地躲開，並試著一邊用右手的刃切碎黑色物體，一邊往**影**的

方向前進。這時候，特萊亞試著將左手手腕用力。

特萊亞的左手開始劇痛，在手肘到手腕之間伸出散發光芒的大三角形「刃」。那是第二個刃「229」。特萊亞不顧手上流出的血，迅速奔向影，左手往影的白色脖子一揮。影的頭馬上與身體分離，掉落在地上。但影的身體仍在原地，一動也不動。

——妳以為這樣就能殺掉我嗎？

沒有頭的影背後出現許多黑色煙霧。煙霧逐漸凝聚，變得細而尖銳。同時響起影的聲音。

——我知道妳有多少能耐。第一個刃是「17」，下一個刃是「229」，最後一個，也是最大的刃則是「5557」，我沒說錯吧？

在影說話的同時，從背後伸出的黑色突起也撿起剛剛掉在地板上的頭，放回身體上。影抬起頭後，臉再度變成美麗女性的樣子。

——可惜的是，即使妳最大的刃也沒辦法消滅我。因為……。

在影大放厥詞的時候，特萊亞已經繞到影的背後。特萊亞也覺得只憑剛才的「斬首」，應該無法消滅影。這種像惡靈般沒有實體的東西，本來就很難完全消滅，但並不是完全不可能。不管是看起來有多混沌的東西，一定都存在「核心」，只要刺穿核心，將其分成兩半，任何東西都會被完全消滅，影也不例外。於是特萊亞把穿戴在右肩到手背的護具拆下。

——終於到了這一刻。

特萊亞做好準備。右肩上已經可看到「最後之刃」的尖端。特萊亞感受到前所未有的劇痛，並不斷湧出鮮血，但她沒有出聲。影原本看向神殿大門的臉，順著脖子的切口轉了過來，看向特萊亞。在影意識到特萊亞要做的事時，發出錯愕的驚呼。

——妳這傢伙！那個刃是怎麼回事……

說著這句話的影，美麗的臉被一道光照過。那是特萊亞從右肩到右腕伸出的巨大三角刃，反射的神殿內燭光光芒。影的表情變得

恐怖扭曲，特萊亞不顧一切地突擊，用最後的刃刺向影。影發出一聲短促淒厲的慘叫。

——這個刃，怎麼這麼大……

特萊亞的嘴角微微上揚，果然連影也不知道這件事。達拉貢家族的刃中，有些在乘以 4 倍，再加上 1 後仍會保持刃的樣子，達拉貢家的祖先就曾利用這個性質讓刃變大。這是妖精為了感謝達拉貢家祖先拯救妖精王，傳授給祖先的絕招。

——原本的刃是……5557。所以這是……

「22229。」

特萊亞一邊回答，一邊使盡全身的力氣揮下刃，斜向劈開影的身體。影中央的女性身體，以及周圍的黑色霧狀體就這樣被斬成兩半，崩落在祭壇的地板上，黑影也逐漸往周圍蔓延開來。被那麼大的刃攻擊後，不可能會沒事，即使是不老神，大概也難逃一死吧。更別說是影，應該馬上就灰飛煙滅了。

特萊亞確信自己獲勝，就這樣趴倒在地。她的眼睛仍盯著由她下手最後一擊的獵物。終於……贏了。但是，分成兩半的影並沒有消失，又動了起來。特萊亞嚇了一跳，瞪大眼睛。不久後，影重生變回原樣。

「為什麼……」

為什麼？都被 22229 的刃砍到了，為什麼沒有毀滅？特萊亞發不出聲音，影卻回答了她的疑問。

——真是遺憾，刃這種東西已經消滅不了我。不只是刃，任何東西都沒辦法消滅我。不管是把我切成碎片，還是燒成灰，我都會從屍體中復活。因為我是……。

「不滅神」。特萊亞腦中浮現這個字，影也幾乎在同時說出這個字。絕望的特萊亞失去了意識。

◆

「娜婕，等一下！」

娜婕正朝著神殿奔去，畢安卡在後追趕。娜婕邊跑邊回頭向畢安卡說。

「我只是去看看情況而已！畢安卡妳先回去休息！」

「不行！娜婕，妳會被**影**殺掉的！它已經變成不滅神，世界上已經沒有任何東西能殺得了它！我們改變不了這一切！」

娜婕聽到畢安卡說的話，邊開始思考。自己確實改變不了什麼事，但還是必須「親眼看到、瞭解」才行。

——**影**究竟是什麼？

從畢安卡的話可以知道，王妃已經獲得**不老神之數**。而吞下王妃的**影**，則獲得**不滅神之數**。

——因為吞下王妃而獲得**不老神之數**的**影**，為什麼會變成「不滅神」呢？

這到底是怎麼回事？**影**吞下成為不老神的王妃，於是成為不老神，這還可以理解。但為什麼**影**不說自己是不老神，而是「不滅神」呢？

——**不老眾神之數**究竟是什麼？——**不老眾神之數**與神聖之氣交會時，能轉化成**不滅眾神之數**。因此它們為**不老眾神之數**。

沒錯，**不老神之數**與**不滅神之數**彼此相關。長老不是有說過他們的關聯嗎？娜婕拚命回想長老的說明。

——我記得……所謂**不老神之數**，指的是「2 的連乘結果減去 1，且同時也是『原質之數』的數」。

要讓**不老神之數**轉變成**不滅神之數**，需要將**不老神之數**乘上某個數才行。若想知道那是什麼樣的數，必須將**不老神之數**加上 1，然後看看這個結果是 2 的幾次方，再計算出比這個數還要少乘一次

2 的結果。

——也就是說，要從**不老神之數**導出**不滅神之數**，需要一個 2 的多次方數。

長老說過，為了得到 2 的多次方數，不老眾神會花很多時間，讓自己的命運數與神聖大氣融合。

影會怎麼做呢？如果**影**想成為不滅神，就需要 2 的多次方數。那麼，**影**會如何獲得這種數呢？

——他們容易被**影**盯上。

「啊……」

加夫提到妖精王加底的命運數時，說過這句話。

——加底的命運數是 2 的 18 次方，也就是 262144。最初被**影**帶走的國王，還有第二次被**影**帶走的國王，命運數都是 262144。

而實際上，加底也被**影**帶走了，他的命運數是 2 的多次方。而且特萊亞說過，如果**影**想獲得完全的形體，只吞噬「一個人」是不夠的，至少要吞噬「兩個人」才行。

——啊，我知道了！

娜婕邊跑邊回頭問畢安卡。

「吶，畢安卡！**影**裡面有妖精國王嗎！？」

突然被這麼一問，畢安卡有些疑惑。

「妖精的國王？」

「對！我覺得**影**應該把他和王妃都一起吞了下去才對！」

聽到這句話，畢安卡回想起那一幕。**影**捨棄詩人拉姆迪克斯的身體，吞下王妃之前，**影**的體內有一個小孩般的身影，或許那就是妖精王。畢安卡說出這件事，娜婕回說：「果然！」然後加速前進。娜婕究竟在想什麼呢？畢安卡想開口問娜婕時，他們已來到神殿的正門。原本的木製大門消失了，眼前只有許多木頭碎片散落在地。娜婕潛進入口，畢安卡跟上，兩人停下腳步。

特萊亞因為大量出血而倒臥在神殿中央的地板上，後方則是外表為巨大王妃的**影**。站著的**影**正看著這裡。

　　發出翡翠色光芒的巨大女性，中央以上的身體些微傾斜，不過這個傾斜正逐漸恢復。畢安卡馬上理解到，這是身體中心被劈開後的**影**正在「重生」。

　　「啊啊娜婕，不行過去！那傢伙已經死不了了……」

　　「快看，畢安卡！他右邊有一個『裂縫』，還伸出了一隻手！」

　　沿著娜婕指的方向看過去，**影**的身體右側確實有一個小小的突起，從即將癒合的傷口中伸出一隻白色手臂。那隻手臂是……，畢安卡看到這一幕，長年累積在心中的黑暗情緒——對王妃的恨意——再度浮上心頭，使她的身體僵直了一陣。在畢安卡停下來時，娜婕卻繼續朝著神殿中央的**影**衝過去。

　　「娜婕，等一下！」

　　在**影**注意到娜婕時，娜婕已經衝過去了。畢安卡緊追著娜婕，注意到**影**的反應有些遲鈍，想起剛才**影**在宴會廳內說過：「如果可以早點穩定下來就好了。」說不定，**影**現在還沒完全成為不滅神。

　　在畢安卡專心思考時，**影**背後突然伸出黑色突起物，像是要切開空氣般，朝著娜婕襲去。

　　「娜婕！」

　　畢安卡還沒喊出聲來，娜婕就先跪倒在地，抱頭滑行了一小段距離。黑色突起朝著娜婕的背用力打下去，卻被反彈回來，散成碎片，這個衝擊讓那個巨大女人稍微失去平衡。娜婕則是跪著忍住疼痛，數秒後再次站起來，繼續朝著**影**前進。

　　——命運三角紋！

　　娜婕穿著的藍色披風上，用溫暖的蛋黃色繡著三角形紋樣。是那個披風保護了娜婕。不，應該說是娜婕用那個披風保護了自己，而且她還擺出最適當的姿勢，把披風的防禦效果發揮到最大。**影**又

對娜婕揮出另一條突起物，不過在打到娜婕之前，娜婕已經來到影的旁邊，抓住從影的身體右側伸出的白色手臂。

——放開！

外貌是巨大女人的影大喊，同時用黑色突起物襲擊娜婕。突起碰到三角紋披風便再度碎裂，受此衝擊的娜婕大喊一聲，卻沒有放開白色手臂，而是把他用力往外拉。

——我、我該怎麼做才好呢……

畢安卡看著眼前的這一幕，不知所措地站著，無法動彈。因為娜婕想拉出的「那隻手臂」是自己這個世界上最討厭的女人。但是她必須去救娜婕才行，要好好保護妹妹才行。

影看到跑過來的畢安卡，也伸出突起攻擊過來。

「畢安卡，不行！」

畢安卡身上沒有披風，會受傷的。娜婕大概是想這麼說吧。確實這麼做有些莽撞，娜婕是因為自己的披風還沒失效，才能勇敢往前衝。妹妹真是聰明，相較之下……我可能有些愚蠢吧。

畢安卡迅速往前衝，敏捷地躲過影的突起。前方的娜婕雖然有些站不穩，卻仍拚命拉出白色手臂。王妃一部分的肩膀已經被拉了出來，也快看得到臉了。但娜婕身上的三角紋披風，角落的部分也開始變黑毀損，披風已經快到極限了。畢安卡對著娜婕大叫。

「娜婕！妳的披風！」

要是再被影攻擊幾次，披風就會完全壞掉。但是娜婕仍不肯放開白色手臂。相反地，畢安卡的喊叫，更讓娜婕使盡全力拉扯手臂，王妃白色的臉已經從影的身體中被拉出了一半。這時候，影的突起襲向娜婕，造成的衝擊讓娜婕發出慘叫。

——娜婕！不要管那種人了！

差點脫口而出的話讓畢安卡一愣。內心又再度出現負面情感。那是王妃過去曾對自己說過的話，沒想到同樣的話會出自自己口

中。居然在這時候想到這件事……畢安卡越是思考，心中的黑暗就越是膨脹。看到露出半張臉的王妃時，這種感覺又更強烈了。

「畢安卡，危險！」

在娜婕對她大喊，畢安卡才發現自己的移動速度慢了下來。畢安卡勉強躲過迎面而來的攻擊，卻被另一根突起從側面打飛，撞上神殿右方的牆壁。

「畢安卡！」

畢安卡昏倒在地，意識朦朧，她的腦中響起影的聲音。

——妳乖乖待在那裡，別來幫妳妹妹的忙，這也是為了妳好。

影說，要是幫助妹妹，妳最憎恨的女人就會回到這個世界，這應該不是妳想看到的結果吧？

影說著這些話的同時，畢安卡想起許多回憶。自己想被愛。若能幫上母親的忙，就能被母親所愛，所以她才會照著母親說的話，邊哭邊學習「計算」。但最後她還是沒能得到母愛。不僅如此，母親還若無其事地傷害、殺死自己。

算童死去的那個夜裡，母親把我叫了出去，要衛兵把我的頭砍下。衛兵拒絕，說他辦不到。母親說：「只有這個女兒，我一定要親眼看到她死。要是你不馬上殺掉她的話，我就連你一起殺。」接著她就對絕望的自己吐露詛咒的言語，還說娜婕是「里夏爾特的備用品」。那時的畢安卡對母親的憎恨到了頂點，於是逃出城，但卻無法逃離憎恨的情感。不管她走到哪裡，過了多久，都「無法從這座城逃出來」。

極度黑暗的情感支配了畢安卡。沒錯，母親必須死。必須如此。影啊，請你實現我的願望……。

「不行！畢安卡！不能被他的話迷惑！」

娜婕的聲音好像從很遠的地方傳來。在娜婕大喊之後，影這次對娜婕說。

——妳的姊姊很懂事嘛。但妳似乎還不了解狀況，我吞掉這個女人，也是為了妳喔。

這句話讓娜婕疑惑了一下。**影**又接著說。

——不知道的話我就告訴妳吧。娜婕，妳知道妳的親生父母是怎麼死的嗎？

他究竟在對娜婕說什麼？畢安卡忍著疼痛，把臉伸向祭壇。

——妳的父母就是被那個想把妳帶走的女人殺掉的喔。那個女人第一次用食數靈咒殺的對象，就是妳的父母。他們不想把妳交給王妃，於是就變成王妃練習「詛咒」用的白老鼠。

原本拉著白色手臂的娜婕突然停下來。**影**用迎接勝利般的口吻繼續說道。

——這個女人曾經對我描述過整個過程。妳那看到食數靈的父母雖然很害怕，卻沒有逃跑，而是為了保護幼小的妳而慘死。如何？即使如此，妳也要幫這個女人嗎？

娜婕聽到這件事，氣得發抖，抓著王妃手臂的手稍微鬆了一下。**影**看準這個機會，再次把王妃的臉、肩膀吞入體內。

——這就對了，娜婕，放手吧。這對妳也是最好的選擇……

影說出這句話時，娜婕像是想起了什麼，再度抓住王妃的手臂用力往外拉。

為什麼！**影**和畢安卡同聲喊道。但娜婕仍站穩腳步，用盡全力拉出王妃，然後看向畢安卡。

娜婕因為用力而表情扭曲，還流著淚。

——妳不恨這個女人嗎？

娜婕轉過頭來看向**影**，哭著叫喊。

「當然恨！非常恨！但是！」

娜婕泣不成聲，繼續叫喊著。

「但這不是我一個人的問題！」

聽到這句話的畢安卡有些驚訝，身體坐了起來。娜婕對王妃的身體大聲喊著。

「我非常討厭這個人！但要是現在不救出她，你就會做出更過分的事！我才不會讓你對這個世界為所欲為！絕對不會！」

畢安卡不自覺地站起身。腦中一直迴盪著娜婕說的話，容不下其他想法，剛才的「負面情感」也不復存在。畢安卡現在只看到娜婕緊緊抓住的那隻白色手臂，她已經不在意那是誰的手，腦中只想著「現在」要快點把她從影中拉出來。僅此而已。

畢安卡奔向娜婕，抓住娜婕的手腕。影開始叫喊。

——妳們這兩個蠢女孩！

在影發出叫喊時，兩條新的突起物從巨大女性的背後高高舉起。娜婕披風上的三角紋已經毀損，這下子再也擋不住影的攻擊了。畢安卡看了一下娜婕，但娜婕似乎不怎麼在意，繼續用力拉著王妃的手臂。接著，影的一個突起朝著娜婕揮下。

撞擊聲相當猛烈，畢安卡尖叫了一聲，但碎裂的是影的突起。原來娜婕的披風粉碎後，下方還有一層披風。這層披風的底色是晚霞的紅，與娜婕的紅髮相似。上面用銀線繡著美麗又大方的「命運三角紋」。

——啊啊，娜婕！

畢安卡安心下來，有股想抱住妹妹的衝動。雖然狀況仍對她們不利，但畢安卡感覺到自己身體湧現出力量。於是畢安卡也使盡全力，和娜婕一起拉住王妃的手臂。

此時，從王妃白色的手臂掉出某種東西。那是鮮艷而閃亮的小石頭——「寶珠」。

——什麼！

不只是影，連娜婕與畢安卡也驚訝地看著寶珠。然後，王妃的手臂又陸續浮現一顆又一顆的寶珠，落在地上。

畢安卡心想。

——王妃的「命運數」，應該正在恢復原狀吧。

突然，王妃的身體變輕了，娜婕與畢安卡一口氣把她從**影**中拉出來，跌坐在地板上。在王妃身體落地的同時，翡翠色的巨大女性也跟著消失。變回大型霧狀體的**影**，慌忙地將黑色突起伸向王妃，想把她的身體抱了起來，這卻讓王妃的身體掉出更多寶珠。寶珠從王妃的頭、臉、身體大量灑落，在神殿中發出喀拉喀拉的聲響，在**影**的面前堆成一座閃亮的小山。

影淒厲地叫喊著。黑色霧狀體繼續把王妃拉進身體中心，另外還伸出許多突起，蒐集掉落出來的寶珠。娜婕原本想衝上前去，畢安卡卻阻止了她。

「娜婕，等一下！樣子怪怪的！」

畢安卡之所以會這麼說，是因為她覺得氣氛怪怪的，娜婕停下動作。不久後，那種氣氛就轉變成「壓力」。那種壓力娜婕與畢安卡都十分熟悉。

「這種感覺是……食數靈。」

就像是呼應了娜婕的話一樣，神殿牆壁突然冒出許多半透明的蜥蜴，無疑是大批食數靈。

樂園長老在黎明不會降臨的夜裡，在全暗的聖域內不斷祈禱。她察覺到小小的雷鳴。因為周圍相當安靜，所以長老馬上就知道落雷就在附近，甚至還知道明確的落雷地點。

——落雷打在房屋後方的樹林中。

姊姊曾為了殺掉自己而放出無數的食數靈。自己則利用命運數的特性，故意讓數被「吃掉」，使食數靈的動作遲緩下來，然後將

食數靈封印在地底。

現在，那些封印被解開了。解開封印的不是自己，也不是別人，而是眾神的意志。

地底的食數靈都飛了出來。構成自身命運數的質數中，5的刃有三個，37的刃有一個，大小合計為52。一萬隻以上擁有52個刃的靈，一口氣全數解開封印。而它們的目的地自然是梅爾森城。

──那個日子，果然是今天。

做為**初始第一人**的子孫，長老身負「不走出樂園，不傷害任何人」的義務。長老相信，展現這個義務的日子，就是今天。

長老站了起來，對一旁待命的塔尼亞說。

「塔尼亞，把那塊布拿來。」

「好的，就在這裡。」

長老從塔尼亞手上接過布，一邊感受著布的重量，一邊往大廳移動。長老看著掛在大廳的大通訊鏡。

──接下來，只要靜待時機就好。

放空自己的心思。這不是自己的意志，而是為了實現眾神的意志。站在鏡前的長老閉上眼睛，然後再睜開。鏡中映出長老沒看過的畫面。雖然長老不曉得那是哪裡，但看起來似乎是某個神殿內部。

鏡中景象越來越清楚。長老看著鏡子，等待時機，等待行動的瞬間。

進入神殿的大群食數靈，一隻接著一隻衝向**影**。

──怎麼了！這是怎麼回事！

影陷入混亂，不明白為什麼食數靈會衝著自己而來。

靈的數量實在太多，而且全都衝向他，使**影**被撞飛到神殿深

處。另外，食數靈還攜帶著無數的小刃，一個接著一個刺向**影**的身體，把它釘在後方牆壁上，後面還跟著源源不絕的食數靈。過了一會，**影**終於知道為什麼會有那麼多食數靈了。

——這些傢伙的目標是……這個女人！

食數靈的目標是自己再次吞進體內的女人。因為這個女人在自己體內，所以食數靈才會對自己丟出刃。

——而且，這些靈的目的並不是吃掉這個女人的「數」。而是女人之前放出的靈，回到女人身邊。

食數靈會先以詛咒對象的命運數為目標飛去，吃掉詛咒對象的「數體」之後，再以施術者的命運數為目標飛回。

——因為女人的命運數變回原本的數了。

女人體內的「數」還不穩定，剛才那兩個女孩又讓寶珠從女人的身體漏出。這就是食數靈以他為目標的原因。但這樣下去不大妙，要是能完全吞沒女人的身體，食數靈應該就會失去目標才對。但自己已經被無數的刃劃過，到處都是破綻。這麼一來，食數靈就會看到自己體內的女人身體，並將刃丟向自己。暫時失去了不滅神的身體，實在無法逃過這些食數靈的攻擊。

——只能從女人的體內出來了。

即使持續刺穿**影**的刃會構成妨礙，**影**仍努力在體內製造出流動的「力」。最後，伴隨著不知從哪裡發出的嘶吼，**影**終於把女人「排出」自己的身體，盡可能把她丟得遠遠的。但即使食數靈群迅速朝著女人的方向前進，數量卻已所剩無幾。看來，這些食數靈的刃幾乎都被自己承受了。事實上，**影**的身體也確實牢牢被釘在神殿的牆上，無法動彈。

——要趕快動起來，再次變成不滅神才行。

要快點重新讓女人變成不老神，再變成不滅神。**影**猛烈搖動身體，努力讓身體脫離牆壁。不過在他成功脫離牆壁之前，神殿入口

就有五個身影飛進來。那不是食數靈。

——是妖精！

糟糕！這時候，神殿牆壁旁的娜婕對著妖精大叫。

「梅姆！你們的國王就在影裡面！他被影吞進去了！我知道影的真面目是什麼了！」

什麼！娜婕的話讓影有種過去不曾有過的感覺。換成是人類的話，那或許是一種無止盡的害怕。

「影的真面目是……」

不准說！影本能地想阻止娜婕。但已經太遲了。娜婕瞪大眼睛，像是看穿了影的一切，趁著這股氣勢說出口。

「影的真面目，是兩個數的『積』！」

吞下兩個數，在自己體內形成「積」。這就是影。

影畏懼了。沒想到有人能看破他的真面目，人類竟然能看穿自己的一切，影感到又驚又怕。趁著這個空檔，妖精繞到影的左側。

「就是這個！」

外表與妖精王十分相似的黑髮妖精，指著一隻從影身體伸出的「小腳」。五名妖精聚集起來，使盡全力拉扯這隻腳。這時影才回過神來。

——不行——連妖精王都失去的話就慘了！

除了妖精之外，又有兩個人加入拉出妖精王的行列，是娜婕與畢安卡。在五名妖精與兩名人類的拉扯下，慢慢把妖精王加底的身體拉出來。事態演變至此，力量被削弱的影已無法思考下一步該怎麼做。影用最後的力量，使黑色身體的一部分生成巨大的突起，對七人揮下。影想一口氣擊倒七人，讓他們再也站不起來。

——這樣就結束了！你們這些擁有「數」的蠢貨！

特萊亞飄盪在一片黑暗的空間中。

她應該身負重傷才對，卻感覺不到任何痛苦，也感覺不到任何重量。只感覺到自己正朝著某個方向移動。

——這是什麼都沒有的世界。

特萊亞想起祖先留下來的傳說，有個「事物存在之前的世界」，也就是世界誕生之前的世界。但那樣的世界可以說是「存在」嗎？特萊亞一直對此抱持著疑問。如果現在的自己正處於這樣的世界，那麼自己真的可以說是存在嗎？

特萊亞不知道答案。不過在這個空間的另一頭，顯然有著甚麼明亮的東西，是光。特萊亞的身體朝著那個方向移動。抵達光與暗交融的地點時，特萊亞確信了一件事。

——這道光是所有存在的源頭。

萬物皆由此誕生，皆回歸至此。不論是物體、動物、植物、妖精、人類，還是不老眾神、不滅眾神，都是如此。特萊亞看向光源，那是一個無限廣大、蓬勃豐滿的地方。許多生物在那裡活著，這些生物看起來像是個別「存在」著，卻也「無法區分出他們在本質上的不同」。也就是說，這裡的事物都和這道光「相同」。

特萊亞心想，這真是個美妙的地方。她隨即領悟到，這正是凌駕於不老神、不滅神之上的萬物根源，位於一切頂點的「唯一至高神」，也就是「誕生出萬物的母之數，數之女王」。人類在生命結束後，又會回到這裡，與「至高神」合而為一。

——特萊亞。

一個熟悉的聲音呼喚著自己。哥哥站在這道光裡頭，旁邊則站著他的女兒，也就是自己的姪女。

——哥哥，你果然在這裡。

特萊亞流下淚來。我沒看錯，哥哥和姪女的靈魂，確實安息在世界的中心，與至高神一起。哥哥對自己說。

——特萊亞。我和我的女兒，以及許多人都遭遇不幸，死於非命。但做為宇宙根源的神並沒有捨棄我們。最偉大的唯一神去除了我們的身體中，不屬於我們的東西、不是我們本質的東西，使我們趨於一致。我們都與這個世界上最偉大的唯一神趨於一致，所以每個人都能獲得安息。妳看，我們的祖先也在這裡安息。

特萊亞的心中湧現喜悅。

——哥哥，請讓我也一起……。

特萊亞朝著哥哥與姪女——也就是光的方向前進。但不知為何，特萊亞無法繼續往前，讓她感到疑惑。

——為什麼？為什麼我到不了那裡？

是至高神拒絕我嗎？面對自己的詢問，哥哥搖了搖頭。

——不是這樣的，「唯一至高神」來者不拒。

——那祂為什麼拒絕我呢？

——拒絕進入這裡的人，是妳自己。

特萊亞驚訝地說，怎麼會呢？哥哥繼續說下去。

——如果妳真的打從心裡這麼想的話，神一定會接受妳，讓妳進入這道光中，與唯一神融合。這也表示妳將捨棄誕生時獲得的命運數，接受「唯一神之數」。

——捨棄命運數？

——沒錯。對於所有生物來說，命運數確實是很重要的東西。但那並不是生命的本質，只是衍生自至高神，向至高神「暫時借來的東西」而已，處於既不穩定又脆弱的「狀態」。對於人類、妖精，甚至是不老眾神、不滅眾神來說，命運數只是「虛假的外表」，總有一天必須捨棄。而就我看來……妳還沒辦法捨棄自己的命運數——「刃」。

——才沒有那種事！我已經死了！我已經沒必要戰鬥了，所以我不需要刃！

——既然如此……為什麼刃還在妳手上？

被哥哥提醒之後，特萊亞才注意到。自己右手手背、左手手腕，還有右肩到右手手腕的手臂，都還附著著刃。

——特萊亞。妳的心中還留有戰鬥的意志，所以才沒辦法捨棄妳的刃。

特萊亞回想起她在神殿內與影作戰，影還獲得很可怕的能力等等，種種戰鬥景象從腦中湧現出來。哥哥繼續說下去。

——妳現在有兩個選擇。一個是讓神把妳心中的戰鬥意志，以及身上的刃去除。妳過去活得正大光明，所以值得這樣的「審判」。如果妳接受的話，就能和我們一樣在此安息。另一個選擇是維持原樣回到戰場，也就是回到生者的世界。

也就是「復活」。自己有資格接受如此盛大的「祝福」嗎？特萊亞充滿疑惑。哥哥這樣回答。

——讓妳復活，不一定就是祝福。因為「復活」代表捨棄安息於此的權利，回歸到那個不穩定、非本質的世界。而且，當妳再度因為死去而來到這裡時，無法保證妳一定能進入這道光。因為到那時候，不曉得妳能不能放下自己的命運數，也不曉得那時的我能不能領妳到神的面前，這代表……

哥哥盯著特萊亞。

——「祝福」和「詛咒」乃一體兩面。

來吧，妳必須要做出選擇。在哥哥的催促下，特萊亞做出決定。

——我要，回到戰場。

特萊亞不曉得這是不是最好的選擇。但特萊亞覺得，這是現在的自己「該做的事」。

在特萊亞說出決定時，哥哥、姪女還有光都消失了。特萊亞再度感覺到身體的劇痛，以及血的氣味。當她睜開眼睛時，看到黑色的霧狀體——影。

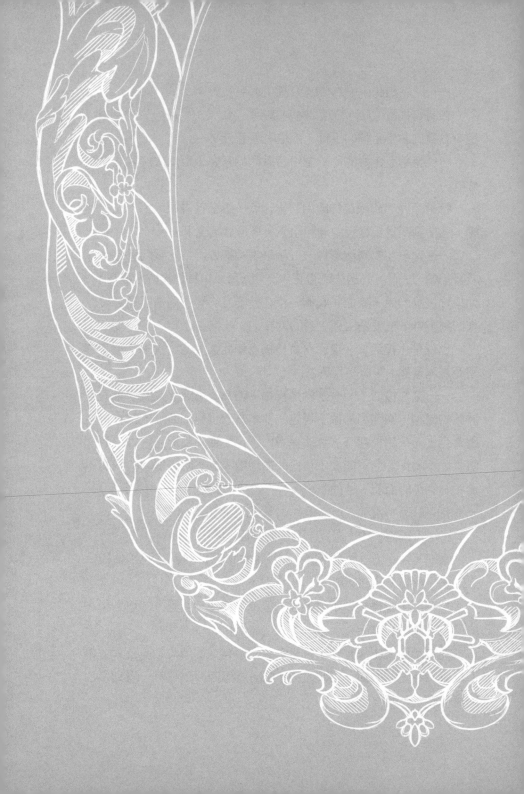

第
12
章

寬大卻殘酷的審判

在畢安卡拚命從影中拉出妖精王的身體時，她的視線邊緣有個東西在微微晃動。那是倒在神殿中央，渾身是血的特萊亞。特萊亞起身的速度相當緩慢，等到她站起來之後，就變得十分靈敏。畢安卡都還沒反應過來，特萊亞就已經衝到前方，跳到祭壇上，再踩著祭壇往上跳。

從特萊亞的右肩到手腕有個巨大的「刃」，反射著耀眼的光芒。畢安卡、娜婕、妖精都因為這道光芒而睜不開眼睛。而正準備要攻擊畢安卡他們的影察覺到特萊亞的突襲時，已經晚了。

「喔喔喔喔喔！」

特萊亞大聲怒吼，用巨大的刃從影的最上方砍下去。刃穿過影的身體，直接刺入神殿的牆壁，但力道不減，將影後面的牆壁切成左右兩邊，也把影切成兩半。

神殿內響起如金屬般的摩擦聲，讓人聽起來很不舒服。分成兩半的影，似乎一度想擴散開來，卻急遽縮成一團，最後完全消失。

「加底！」

妖精王在畢安卡等人的面前現身。第一個衝上前去的是扎伊，

數之女王 ——

261

精靈王有著一頭白髮，外貌與扎伊幾乎一模一樣。他虛弱地睜開眼睛，在扎伊的幫助下坐起身來。梅姆、加夫、基梅爾、達列特在王的面前排成一列，恭敬地跪下。

特萊亞一邊喘著氣，一邊起身靠在剛才影被釘住的牆壁。刃已從她的身體上消失，但她仍嚴重出血。娜婕趕緊跑向特萊亞，撕掉一塊衣襬，幫特萊亞包紮傷口。

只有畢安卡一動也不動地看著神殿右側。她的視線落在王妃身上。神殿內的美之女神像前方，原本是屬於王妃的「特等席」。在拿著一大面鏡子的女神像旁，有一座「寶珠」堆成的小山，發出閃亮的光芒，小山後面則是衣服破爛、渾身是傷，倒在地上的王妃。

——這個女人，還沒死。

王妃很虛弱，全身顫抖著，似乎想要起身。她的臉和手臂被食數靈的刃劃得滿是傷痕、血跡斑斑，雜亂的金髮也被鮮血弄髒，已經不再美麗。但這不是因為受傷或出血，王妃的臉、身體和過去完全相同，但她已失去那種發自內在的光輝，看起來虛弱萎靡。

王妃不再美麗、不再強勢，看起來相當虛弱。看到這樣的她，畢安卡心中又出現新的憎惡感，甚至有種想要馬上殺掉王妃的衝動。現在只要踩著她的脖子，就能讓王妃窒息。畢安卡的心中越來越浮躁，也越來越興奮。

——去吧，去殺了那個女人。就像踩死蟲子一樣。

畢安卡心中有個聲音命令自己。但畢安卡並沒有行動，因為自己的視線中除了王妃之外，還有娜婕。娜婕正在努力為特萊亞包紮。

——啊啊！

畢安卡抱著頭跪倒在地。娜婕正在做自己該做的事，而她自己卻只是懷著恨意瞪向王妃，腦中只想著要殺掉她。她是為了殺掉王妃才苟且偷生到現在，要是不這樣，她活著還有什麼意義呢？

此時，一個巨大的灰色身影從神殿的窗戶飄進來。那無疑是她對王妃放出來的食數靈，為了吃掉王妃而回到這裡。

　　──因為所有的寶珠都離開了王妃的身體，所以王妃的命運數已恢復原狀。

　　那些寶珠就是王妃改變命運數所使用的材料吧。**影**將寶珠放入王妃體內，藉此改變王妃的命運數。但這些寶珠都已經離開了王妃的身體，而命運數變回原樣的王妃，會再度被食數靈襲擊。

　　畢安卡感覺到自己的嘴角正在抽動。自己正在笑。自己一定在笑。這樣就能殺死王妃了。當然，這也代表自己會死，因為吃下王妃的「數」的食數靈，會帶著「刃」回到自己身邊。那也沒關係，這樣就好，這就是我所希望的。

　　食數靈往王妃飛去。王妃因為虛弱而動彈不得，當她注意到靈時發出慘叫。啊啊，聽起來真是悅耳！但這時候，衝出一個人站在王妃前面，他把一塊巨大的布蓋到王妃身上，碰到這塊布的食數靈，就在一陣衝擊後應聲碎裂。

　　──三角紋的布！

　　那塊巨大的布可以擋住所有魔物，那是「命運三角紋」的披風。而用布拯救王妃的人則是……。

　　「長老！」

　　娜婕奔向前去。她是樂園長老，王妃的妹妹。散落一地的寶珠，在她的臉上映照出月亮般的柔和光輝。

　　長老抱住奔向她的娜婕，溫柔地對她說了些話，她背後的王妃有氣無力地喃喃自語著。畢安卡全身突然被抽走了力氣。

　　──為什麼？

　　為什麼長老要幫助那個女人？畢安卡感到一股龐大的失落感，心中不斷問著這個問題。但畢安卡早就知道，長老的回答只會有一個。

——因為這是眾神的意志。

　　長老已經超越了人與人的意志與感情，選擇尊崇眾神的意志。不過，讓那個女人活下來也是眾神的意志嗎？畢安卡實在無法認同。

　　然而，在長老救了王妃的瞬間，周圍明顯有了變化。今天一直沒亮的天空，一直是「夜晚」，現在終於開始變得明亮。神殿內，不，城內與城外，所有覆蓋著整個世界的詭異空氣，都逐漸變得清澈起來。畢安卡背後的妖精開始詠唱祈禱詞，靠在牆壁上的特萊亞也靜靜閉上眼睛。

　　這種神聖的氣氛卻讓畢安卡感到不舒服。想必王妃也一樣吧，利慾薰心的王妃，還有憎惡王妃的自己，在某種意義上是同一類人。事實上，自己也為了殺害王妃而幫助王妃「詛咒」他人。

　　畢安卡覺得自己在這裡待不下去，於是往神殿的門走去。

　　「畢安卡！」

　　後方傳來娜婕的聲音。但畢安卡無法回頭，她一直往外奔跑。

　　從那之後過了兩天，畢安卡還是沒有回來。娜婕相當擔心，好幾次想出去尋找，卻被樂園長老阻止。長老總是用「畢安卡沒事的，只是需要時間」這句話來安撫她。

　　眾人在這段期間以樂園長老及妖精王為中心舉行儀式，請眾神審判王妃。此時的神諭，也就是眾神給她的審判，讓娜婕覺得不可思議。

　　王妃因為自己的欲望，殺了那麼多人，應該死不足惜才對。但眾神給她的審判內容，卻是把王妃幽禁在梅爾森塔中一百年。對於生命力遠勝一般人的王妃來說，一百年並不長，幽禁結束後很有可

能活著走出塔外。不管怎麼想，這個懲罰都太輕了。不只是娜婕，聚集在宴會廳內的眾人都這麼覺得。

更難以理解的是，妖精王給了王妃兩樣東西。

第一樣是小小的圓鏡。這原本是王妃用來咒殺他人時使用的鏡子，影把它變小，嵌入里夏爾特的眼中。梅姆曾告訴娜婕，那裡面有「人工妖精」。梅姆已經把鏡中的《分解之書》拿出來，所以就算王妃持有那面鏡子，也沒辦法用它進行「命運數的分解」。但是，那個鏡子確實與《大書》彼此相連。所以，如果將某個「步驟之書」放入鏡中，裡面的「人工妖精」就會照著這些步驟做。

為什麼要給王妃那麼危險的東西呢？娜婕很困惑，而妖精王加底給王妃的「第二樣東西」，更是讓娜婕百思不解。

第二樣東西是由妖精王加底保管的《步驟之書》。「驗證」這個《步驟之書》的內容，可以說是加底王的義務。加底王的項鍊末端掛著一只小金屬盒，裡面裝的就是這個《步驟之書》。加底王把首飾取下，交給王妃，嚴肅地對她說。

「這本書中提到的『步驟』，可以將世界上所有命運數，轉變成宇宙根源的數之女王——至高且唯一神的命運數。」

聽到這句話，原本虛弱無力的王妃猛然抬起頭。娜婕與在場眾人也大吃一驚，加底王繼續說下去。

「花拉子米妖精的古書中提到，如果將《步驟之書》放入鏡中，再用鏡子照著某個人的臉，就可以將那個人的命運數轉變成**至高神之數**。但是，至今還沒有人能證明每個數是否都能成立。」

眾人露出不可置信的表情，妖精王繼續說下去。

「原本沒有驗證過的《步驟》不能公諸於世，但這次謹遵眾神的意志，將本書授予妳。」

宴會廳開始出現騷動。到處都可以聽到「為什麼……」之類的疑問。加底王接著說。

「這次妳在想獲得**不老神之數**的欲望驅使下，被**影**唆使，殺害了許多人。我把此書和鏡子交給妳，讓妳有機會獲得赦免。這些道具或許能讓妳獲得**至高神之數**，但是在塔裡的這一百年，妳要是能忍著不使用這些道具，眾神就會認為妳已洗心革面，赦免妳的罪。」

樂園長老將一個有美麗裝飾的小盒子交給加底王。加底王把小小的鏡子和《步驟之書》放入盒內，交給王妃。王妃便帶著這個盒子進入塔內。

娜婕無法認同這樣的判決。此時，她的左方傳來一陣低語。

「祝福是……詛咒……」

衛兵隊長特萊亞正在喃喃自語。特萊亞因為受重傷，所以今天不須執行衛兵隊長的職務。她現在兩隻手都包著繃帶，站在娜婕旁邊。娜婕看向特萊亞，特萊亞則有些抱歉地回應：「不好意思。」娜婕搖了搖頭，問特萊亞。

「特萊亞，妳剛才說的話是什麼意思呢？」

「咦？我剛才說的話嗎？」

「嗯嗯。」

「啊，那是……」

特萊亞沉默了一下，簡短地回答。

「乍看很寬大的處置隨著事態變化，也可能變成最殘酷的懲罰。」

我到底該怎麼做才好呢？

在宣布「審判」結果之前，王妃一直問自己。

王妃已經不曉得還能相信什麼。無論是過去以來一直跟著自己的**受祝福之數**也好，還是強韌、美貌、王族地位、愛著自己的男人

以及支撐著自己的兒子，都已不復存在。其中還有些東西其實一開始就不存在。從出生就一直伴隨著自己的「數」，其實不是受祝福之數；自己一直信賴的「詩人」，從一開始就背叛了自己。

——我過去一直是勝利者。想要的東西，什麼都可以得到。

我一直這麼想。但是，這難道這不是事實嗎？

而最讓王妃感到衝擊的，是妹妹救了自己的性命。就是那個自己一直想殺掉的妹妹。這件事讓王妃的內心產生了過去不曾有過的情感，雖然只有一點點。王妃心想，這該不會就是……。

——後悔？

我在後悔？王妃始終無法承認這件事。如果承認自己在後悔，就代表承認自己的錯誤，承認自己輸給妹妹。那種事絕對辦不到，但是……。王妃無法思考，只覺得一片混亂。從王妃出生以來，這是她第一次反省自己，卻覺得「迷惘」。

但在判決宣布後，這種迷惘也跟著結束。從妖精王手上接過「道具」的瞬間，王妃再度被欲望控制。

——我果然命中注定要贏過所有人，站在世界的頂點。

妖精王說，目前還沒證實《步驟之書》對所有數都有效。但王妃確信，這個「書」和「鏡」一定能把自己的命運數轉變成唯一至高神之數。

——當自己成為「唯一至高神」時，底下眾神的決定就不能束縛自己了。

因為那時的我已經是宇宙至高的存在——數之女王，不老神、不滅神都管不到自己，更別說妖精王和妹妹了。這些傢伙還真蠢。

想到這裡，王妃心中再度湧現出對妹妹的恨意。那個女人擺出一副居高臨下的表情，像是在施恩一樣救我一命，她以為這樣就能贏過我嗎？其他人也是，每個人都把我當成笨蛋。等我變成「至高神」之後，我要把你們這些人全都消滅，一個不留。啊啊，還有比

這更值得期待的事嗎——。在被帶到塔前的時候，王妃拚命掩飾自己的笑意。

被關入塔內的王妃，看到四下無人，馬上從盒子裡拿出鏡子與《步驟之書》。她將《步驟之書》靠近小小的鏡子時，馬上被吸入鏡裡，同時在鏡子表面產生複雜的波紋。待其平靜下來，王妃在鏡中看到自己的臉。

娜婕經過蜂屋，穿過植株全都乾枯、一片荒蕪的藥草田，來到城的後門。她請衛兵開門，走到城外，前方是一大片蓊鬱的森林。衛兵問：「娜婕小姐，要陪您過去嗎？」娜婕回答：「沒關係。」因為有梅姆和加夫陪著。

走進森林後，發現沒想像中那麼暗。陽光從枝枒間撒下柔和的光線，加夫看到樹木頂端結了果實，興奮地飛上去採摘。娜婕與梅姆看著這樣的加夫，平靜地對話著。

「命運數泡沫化？」

「沒錯。」

梅姆邊走動邊說明。

「加底王交給王妃的《步驟之書》一般稱做《考拉州過程》。就像我們王所說，這個過程可以將人類與妖精的命運數轉變成至高神之數，但這個過程造成的『效果』，和我們妖精的疾病相同，那就是『命運數泡沫化』。」

「那是之前加夫得到的……」

「妳還記得真清楚。這種病讓一直待在鏡子裡的加夫瀕臨死亡，後來是妳救了他。」

「但是，『將命運數轉變成至高神之數的步驟』的效果，為什

麼會和妖精的疾病相同呢？」

「這是因為……」

梅姆開始說明什麼是「考拉州過程」。通常「步驟」並不會改變《大書》的內容，也就是說，不會改寫命運數。基本上，能改寫命運數的方法非常非常少，就算硬是改寫了命運數，也會被負責巡邏《大書》的神之使者改回原樣。但是「考拉州過程」不僅能真正改寫《大書》的內容，也不會被神之使者發現數字有改寫過。

「命運數被改寫後，會有什麼變化呢？」

「簡單到不可思議。簡單到妳聽了一定會嚇一跳。」

命運數的變化方式如下。如果是偶數的話，會變成「該數的一半」，也就是原本的數除以 2；如果是奇數的話，會變成「3 倍後再加上 1 的數」。

「『考拉州過程』會依照這個規則反覆改變命運數。簡單來說，偶數的話就除以 2；奇數的話就乘以 3 再加 1。反覆進行這個過程後，最後就會變成……**至高神之數**。」

「真的嗎？」

「我們還不曉得這個規則是否適用於所有的數，證實這一點是妖精王的義務。不過，歷代國王的驗證過程，都沒有找到例外。」

「我的命運數經過那個『步驟』處理之後，也會變成**至高神之數**嗎？」

「會的。我記得妳的命運數是六位數吧？這個大小的數最後都會變成**至高神之數**，無一例外。」

娜婕有些興奮地在腦中驗算。娜婕的命運數是 124155。這是奇數，所以要乘以 3 再加上 1，便得到 372466。這是偶數，所以要除以 2，得到 186233。接著再乘以 3 加上 1，得到 558700。娜婕歪著頭問。

「這樣一直反覆計算，真的會變成**至高神之數**嗎？」

「通常越大的數，要花越多時間計算，才能得到最後的數。用比較小的數來試試看吧。」

「比較小的數？我想想……」

娜婕選了 10。10 是偶數，所以除以 2 後得到 5。5 是奇數，所以要乘以 3 加 1，得 16。16 再除以 2 得 8。8 除以 2 得 4。4 除以 2 得 2。2 除以 2 得 1。

「啊……」

1 乘以 3 加 1，得 4。4 除以 2 得 2。2 除以 2 得 1。又變回 1 了。

「懂了吧？經過這個步驟之後，不管哪個數，最後都會變成 1。1 再用相同的步驟處理，還是會變回 1。」

娜婕也試著用其他數字驗算。下一個選的是 7。7 是奇數，乘以 3 加 1 後得 22。22 是偶數，除以 2 得 11。11 是奇數，乘以 3 加 1 後得 34。34 除以 2 得 17。17 乘以 3 加 1 後得 52。除以 2 得 26。再除以 2 得 13。乘以 3 加 1 得 40。除以 2 得 20。再除以 2 得 10。接下來的步驟會和剛才用來驗算的 10 一樣，最後得到 1。所以從 7 開始的話，最後仍是 1。

「果然還是 1……該不會，所謂的**至高神之數**就是……」

「就是『1』，也就是『存在』本身。這是所有數的源頭，誕生出萬物的母親。」

梅姆接著說。不管是人類、妖精、還是其他眾神，都是由 1 生出，再回歸到 1。

「對人類或妖精來說，命運數變成象徵**至高神之數**的『1』之後，就代表個人生命的結束，回歸到存在本身的根源。嗯，說得極端一點，就相當於『死亡』。」

妖精的疾病——「命運數泡沫化」會發生在壽命將至的妖精身上，是一種自然現象。另一方面，「考拉州過程」則是人為引起的現象，乍看之下好像是不同的東西，但效果是一樣的，都是持續改

變命運數，最後得到「1」。1是象徵唯一至高神的數，也意味著「個人的死亡」。

「之前加夫因為鏡中的汙濁空氣而變得虛弱，明明年紀還沒到，卻發生了『命運數泡沫化』。使他的命運數越來越接近1，瀕臨死亡。」

這時的加夫正往飽滿的果實飛去，梅姆看著加夫輕聲說道。

娜婕心想，要是王妃擋不住獲得**至高神之數**的誘惑，用「鏡」和「書」進行「考拉州過程」的話……王妃是不是也會出現「命運數泡沫化」的現象而死亡呢？加夫提著成熟的果實飛下來，降落在娜婕面前，對她說。

「嗯，如果王妃只是單純『死亡』的話，可能還比較好呢。」

「什麼意思呢？」

「死亡這件事，對我們這種活著的人們來說，或許很恐怖，但如果把眼界放廣一些，其實就是『與唯一至高神同化』，也可以算是一種救贖。不過要獲得這樣的救贖，必須先捨棄掉原本屬於自己的各種東西才行，其中當然也包括對命運數的執著。」

加夫咬了一口果實，慵懶地說著。

「那個王妃有辦法做到這點嗎……」

看到自己的臉映照在妖精王給予自己的鏡子時，王妃突然變得相當興奮，動作也靈活了不少。因為王妃確信，自己將會成為「唯一至高神」。但下一秒，王妃突然覺得很不舒服，到處都覺得痛。然而這種感覺也沒有持續太久。就這樣，王妃的身體一直在興奮與痛苦之間交替變化，讓她陷入混亂。慢慢地，就連身體興奮的時候，王妃也覺得痛苦。整體來說，自己的力量明顯在流失中。就好像自

己的生命像泡泡一樣瞬間膨脹，不久後又萎縮的感覺。

痛苦越來越強烈，越來越難以忍受。但王妃相信，在痛苦之後，自己就會獲得**至高神之數**。

不知何時開始，王妃發現身處無邊無際的黑暗中。黑暗中的王妃只感覺到痛苦，身體動彈不得，就這樣度過了很長很長的一段時間。接著遠方出現一道光芒，讓王妃馬上忘記了痛苦。

那是一道十分炫目的光。王妃心想，這一定就是**至高神之數**，也就是自己將獲得的「數」。自己在忍受了長久的痛苦之後，終於看見希望。

——這就是最能配得上我的命運數。

但是當王妃來到光與暗交會之處時，王妃注意到一件事。王妃無法讓「這道光」進入自己體內，但「這道光」正在將自己吸入光的內部。

——這到底是怎麼回事！

王妃看到光中有幾百、幾千，不，有數不盡的人。王妃這才明白。

——進入這道光的話，我也會變得「和這些人一樣」！

不要！我絕對不要這樣！別拿我和他們相提並論！我是與眾不同的存在！

王妃叫喊完之後，光線便消失了，周圍回到一片黑暗。沒有光的時候，王妃感到比之前還要劇烈好幾倍的痛苦，於是她憤慨地喊道。

——為什麼！為什麼我要受到這種懲罰！

然而王妃的喊叫聲完全沒有傳開，她的聲音一發出就消失。即使如此，王妃仍持續喊叫著，即使她知道，這只會讓自己更痛苦。

而且王妃沒有注意到，懲罰自己的人一直是自己。

「……也就是說，王妃無法接受自己的本質與其他人都一樣是『1』嗎？」

面對娜婕的提問，梅姆點了點頭。

「沒錯。要是她一直做不到這點，懲罰就會永遠持續下去。所以，這個看似寬容的裁決，其實是個殘酷的懲罰。」

對王妃這種人來說，更是如此，梅姆說。

「不管是人類，還是我們妖精，活著的時候都會獲得各種事物。但總有一天，我們必須放開這些東西。要是做不到這件事，獲得的東西就會成為痛苦的來源，成為詛咒。」

聽完梅姆的說明，娜婕的心情變得有些複雜。先不論王妃，自己有一天也必須放下原本擁有的事物。那或許是遙遠的未來，也或許是在不久之後。

「我……做得到嗎？」

吃完水果的加夫看著不安的娜婕，對她說。

「別想得那麼困難啦。當妳看到美麗的光時，別想太多，全身放鬆，順其自然就好。」

「喂，加夫，別亂講話。」

「我沒亂講啊，我就真的看過嘛，就是之前瀕臨死亡的時候。『光的另一頭』看起來離我很遠，卻很美麗，那裡的人們也都很快樂的樣子。

也就是說，我有看過**數之女王**喔，加夫像是在炫耀般地說著。梅姆瞇起眼睛看著加夫，輕輕地笑了。娜婕看著他們，也笑了出來。這是她許久不曾體驗過的平靜時光。但不久後，加夫突然喊道。

「啊！在那裡！」

「咦！」

加夫指向森林後方，娜婕看到一個人影。

「畢安卡！」

森林後方是一個略為開闊的平原，中央有個小丘，畢安卡就站在小丘上。她的外表仍是「黑之瑪蒂爾德」，漆黑的眼瞳仍看著梅爾森城。站在她背後的是養蜂人一族，他們帶著驢子和行李坐在周圍，像是在守護著畢安卡一樣。

兩天前，跑出城外的畢安卡遇上養蜂人一族。正在長途旅行的他們，不久前感覺到「大事即將發生的預兆」，於是朝著梅爾森城的方向移動。

畢安卡對自己的救命恩人說出事發經過。王妃失敗了，想必會被眾神審判吧。但除了王妃之外，自己也應該受到審判才對。要是沒有受到審判，自己就不曉得該怎麼活下去。

——我還是走不出這個城。

以前是因為憎惡王妃而走不出城，現在則是因為自己的罪孽而走不出城。

看著畢安卡哭泣，養蜂人一族說。

「要不要交由蜂來審判呢？」

以前，質數蜂群曾救了瀕臨死亡的畢安卡。做為神之使者的蜂，必定會做出正確的判決。聽到養蜂人這麼說，畢安卡也同意。

畢安卡挺直腰桿，等待審判降臨。過了一陣子，養蜂人的貨車內傳出吵雜聲，大量的蜂陸續飛了出來，梅爾森城的方向也傳來翅膀拍動聲，來自蜂屋的蜂陸續現身。畢安卡被大群的蜂包圍，完全遮住了她的視線。她則是靜靜閉上眼睛。

「違背神意的人，會被神之使者攻擊致死。」這是養蜂人一族

自古以來的傳說。想必自己也會因此而死吧。

——不過，被「朋友」殺掉的話，那也沒關係。

畢安卡被「朋友」包圍，靜候「審判」。卻一直沒有感覺到蜂螫的疼痛。只感覺到似乎有液體滴答、滴答地落在頭頂。這些液體沾濕了畢安卡的頭、臉、頸部、軀幹、手腳。就算眼睛閉著，也看得到液體的金黃色光芒。

——這些難道是……蜜？

為什麼？畢安卡睜開眼睛的時候，大群的蜂已經離開她，然後像是對她道別一樣，在她周圍繞了幾圈，飛回養蜂人的貨車內。

發生什麼事了？剛才就是「審判」嗎？正當畢安卡感到疑惑的時候，遠方有人在呼喊她的名字。娜婕從森林的另一邊往這裡跑來，她的後面還跟著妖精梅姆與加夫。

畢安卡愣住，眼前站著喘著氣的娜婕。娜婕瞪大眼睛看著畢安卡的臉，正要開口說話時，左眼的淚水沿著臉頰流下。

「畢安卡……變回原樣了……」

咦？畢安卡還沒弄清楚狀況，娜婕就抱住她。到底發生什麼事了？娜婕沒有回答，只是一直大哭。此時，梅姆從懷中取出一面小小的鏡子，拍動翅膀飛到畢安卡眼睛的高度，把鏡子拿給畢安卡看。

「啊……」

鏡中的臉不是那個「黑之瑪蒂爾德」，也不是「栗色頭髮的女孩」或「銀髮女孩」，而是金髮，皮膚白皙的女孩。

——這是，我的臉。

看著鏡子的畢安卡還發現，自己的臉部下方。放在娜婕紅髮的右手上，那個原本像是眉月的舊傷已經消失了。過去那個不管如何改變外貌，都會停留在身體某處的傷，那個證明自己還是自己，那個象徵著自己的憎恨傷痕已經消失，不留一點痕跡。

「我……」

聲音在顫抖，胸中澎湃激動，不曉得該如何形容此時的情感。養蜂人的長老走向畢安卡，這麼對她說。

「瑪蒂爾德，不，畢安卡。這是眾神的意志，也是做為『朋友』，蜂的意志。」

然後長老繼續說。這到底是祝福，還是詛咒，就取決於妳了。

心中充滿感動的畢安卡，聽到這句話時有種醒過來的感覺。沒錯，這不一定是祝福。對現在的自己來說，這確實是個禮物。但這不表示未來就一帆風順，相反地，也可能會墮落。譬如自己的母親——出生時就擁有很大命運數的王妃，反而因為神給予的祝福，欲望越來越多。

——會是祝福，還是詛咒？

最後還是得依個人而定。自己是個弱小、不值得相信、容易被黑暗情感支配的人。這樣的我，卻擁有一個這麼特別的命運數。想到這裡，畢安卡的身子突然縮了一下。這讓原本抱著自己大哭的娜婕抬起頭。

「畢安卡？妳沒事吧？」

娜婕哭紅的眼睛和小時候一模一樣。但原本那個愛哭、膽小的娜婕，現在已經長那麼大了，還會關心自己。

「……沒事喔。」

心裡暖暖的。自己有多久沒有這種感覺了呢？畢安卡對自己的轉變相當驚訝，心中一直想著同一句話。

——沒事的。

只要有娜婕在的話，一定沒問題。視野前方，那個原本由「母親」支配的王城仍聳立在那裡。王城所喚起的黑暗感情，也確實在自己心中。但是，只要娜婕在的話，自己就不會被黑暗情感所支配，總有一天能夠完全超越這種情感。

那時候的我，才能真正走出這座城。

解說

本書純屬虛構，與任何實際存在的人物、團體無關，亦與數秘術等實際存在的占卜方式無關。針對本書中提到幾個與數（特別是自然數）有關的話題，以下做個簡單說明，詳情請參考相關解說書籍。

以下提及的「數」，皆指 1 以上的整數。

◆因數、質數、合數（首次登場：第一章）

假設某數 b 能整除某數 a，即 a 除以 b 的餘數為 0，那麼 b 就是 a 的因數。舉例來說，3 可整除 6，故 3 是 6 的因數。對於所有數來說，1 與自己必定是自己的因數，因為 1 可整除所有數。

若某個數大於等於 2，且除了 1 與自己之外沒有其他因數，就叫做質數。質數由小到大依序為 2, 3, 5, 7, 11, 13, ……。本書中將位數很多的質數被稱做「受祝福之數」。另外，所設定的世界觀有時會把質數稱做「原質之數」，但現實中並不存在這個名稱，請特別注意。

不是 1 也不是質數的數，稱做合數（composite number），書中提及的「容易裂解的數」就是合數，同樣地，現實中也不存在這個名稱。

◆質因數分解（第一、二章）

將數字寫成質數乘積的過程，稱做質因數分解。譬如 78260 可以寫成質數乘積如下：2 × 2 × 5 × 7 × 13 × 43，這就是 78260 的質因數分解。所有數都只有一種質因數分解的方式。

要進行某數的質因數分解時，一種方法是從最小的質數（2）開始，將這個數一一除以各個質數，這種方法稱做「試除法」。本

作中娜婕等「算童」所做的計算，以及鏡中梅姆等妖精所做的計算，就是試除法。這方法很簡單，但在對極大數進行質因數分解時，計算除法的次數也會變得很多，需要花很久的時間。

除了試除法之外，質因數分解的方法還有很多。但是到現在仍沒有一種方法能快速分解很大的數。因為質因數分解相當困難，所以常用來將資訊加密。

◆ **過剩數、不足數、完全數**（第二章）

如果某數除了自己之外的所有因數總和比自己大，那麼這個數就稱為「過剩數」。譬如 12「除了自己之外的所有因數」為 1, 2, 3, 4, 6，這些數的總和為 16，故 12 是過剩數。

如果某數除了自己之外的所有因數總和比自己小，那麼這個數就稱為「不足數」。譬如 15「除了自己之外的所有因數」為 1, 3, 5，這些數的總和為 9，故 15 是不足數。

如果某數除了自己之外的所有因數總和與自己相同，那麼這個數就稱做「完全數」。最小的完全數是 6（「除了自己之外的所有因數」1, 2, 3 的總和等於 6）。

◆ **友愛數**（第三章）

如果一對數中，其中一個數「除了自己之外的所有因數總和」等於另一個數，且反之亦然的話，則這兩個數彼此互為友愛數。本作中，娜婕的命運數 124155 與里夏爾特的命運數 100485 即互為友愛數。最小的友愛數對為 220 與 284。220 除了自己之外的所有因數總和為 1 + 2 + 4 + 5 + 10 + 11 + 20 + 22 + 44 + 55 + 110 = 284；而 284 除了自己之外的所有因數總和為 1 + 2 + 4 + 71 + 142 = 220。

◆ 費波那契數列（第三、五章）

費波那契數列的首兩項為 1, 1，之後每項皆為前兩項的和。

1, 1, 2, 3, 5, 8, 13, 21, 34, 55, 89, 144,...

試觀察以上數列，從左方算起第三項為 2，是第一項 1 與第二項 1 的和；而第四項為 3，是第二項 1 與第三項 2 的和。這個數列中出現的數，稱做費波那契數。

費波那契數列有許多耐人尋味的性質。譬如自然界中，花朵的花瓣數就很常是費波那契數。另外，所有數都可以寫成若干個不連續的費波那契數之加總。本書沒有詳述，事實上，一個數只能寫成一種費波那契數的加總方式，這又叫做齊肯多夫定理。

本書中，費波那草用來製作萬能藥，其花數就是費波那契數。

◆ 費馬小定理、偽質數、卡邁克爾數（第六章）

設以下提到的數 a 與數 n，僅有 1 這個公因數。
費馬小定理如下所式。

若 n 是質數，則 $a^{n-1} \equiv 1 \pmod{n}$

所謂「$a^{n-1} \equiv 1 \pmod{n}$」，意思是「$a^{n-1}$ 除以 n 的餘數，與 1 除以 n 的餘數相等」。所以這也表示「a^{n-1} 除以 n 的餘數為 1」。

費馬小定理是判斷某數是否為質數時所使用的定理之一。若我們想知道某數 n 是不是質數，可先選擇一個數 a（這裡的 a 稱做「底」），計算出 a^{n-1}，再除以 n，然後看餘數是不是 1。如果 n 是質數，依照上述定理，餘數必定是 1。這就是本作中提到的「小費馬神判定」。

但要注意的是，就算有一個底 a 符合 $a^{n-1} \equiv 1 \pmod n$ 的條件，也不表示 n 一定是質數。書中就舉了 341 這個例子。若選擇 2 做為 a，那麼 $2^{(341-1)}$，即 2^{340} 除以 341 時，餘數為 1。所以當 n = 341、a = 2 時，$a^{n-1} \equiv 1 \pmod n$ 成立。但 341 本身可以分解成 11 和 31，是一個合數，不是質數。這種 n 就被稱做「偽質數」。

若想證明偽質數不是質數，可以試著將底的 a 代入其他數，便有可能得到「該數不是質數」的結果。也就是說，如果在底 a 代入其他數時，a^{n-1} 除以 n 的餘數不是 1，n 就不是質數。譬如剛才得到的偽質數 341，如果將底 a 改代入 3，那麼 $3^{(341-1)}$，即 3^{340} 除以 341 的餘數是 56 而不是 1，故 341 不是質數。

但對於某些合數 n 來說，不管底 a 代入哪個數，$a^{n-1} \equiv 1 \pmod n$ 都會成立（亦即費馬小定理的逆定理並不成立），這種數就叫做卡邁克爾數。我們無法藉由費馬小定理來判斷卡邁克爾數是不是質數。本作中，王妃的命運數 464052305161 就是卡邁克爾數。

◆ 質數生成方式（第六章）

目前數學家們還沒有發現能生成出所有質數，或者是只能生成出質數的式子（函數）。不過目前已知幾條式子可以生成出許多質數。$f(x) = x^2 - x + 41$ 就是一例。將 1 到 40 代入 x 時，得到的 f(x) 都是質數，也就是說

$$f(1) = 1^2 - 1 + 41 = 1 - 1 + 41 = 41$$
$$f(2) = 2^2 - 2 + 41 = 4 - 2 + 41 = 43$$
$$f(3) = 3^2 - 3 + 41 = 9 - 3 + 41 = 47$$
$$f(4) = 4^2 - 4 + 41 = 16 - 4 + 41 = 53$$
$$f(5) = 5^2 - 5 + 41 = 25 - 5 + 41 = 61$$

......

$$f(13) = 13^2 - 13 + 41 = 169 - 13 + 41 = 197$$

$$\cdots\cdots$$

$$f(40) = 40^2 - 40 + 41 = 1600 - 40 + 41 = 1601$$

全都是質數。但 $f(41) = 41^2 - 41 + 41 = 41^2$ 就不是質數了。後面的數字中,也有好幾個 $f(x)$ 不是質數。

在書中,詩人拉姆迪克斯用來製作人工妖精的裝置,就是出自這條式子。

◆ 卡布列克數(第七章)

如果一個數平方後,分成左右兩邊再加起來,會等於原本的數,這個數就是所謂的卡布列克數。(平方後如果是偶數位,則左右平分;如果是奇數位,則左邊需比右邊少一位。)

例:

$45^2 = 2025$　→ 將 2025 分成 20 和 25　→ 20 + 25 = 45

$297^2 = 88209$ → 將 88209 分成 88 和 209 → 88 + 209 = 297

書中稱其為「平方分割復原數」,但這並非現實中的稱呼方式。

◆ 三角數(第七章)

1, 3, 6, 10 等數量的點可以排列成正三角形,這些數字就叫做三角數。所有數都可以表示成 3 個以下的三角數之和,這也叫做「高斯三角數定理」。本書的「命運三角紋」就是源自三角數。

◆ 循環數(第八章)

本作中,「黑之瑪蒂爾德」的命運數是 142857,特別的是,

它的 2 倍到 6 倍的數值都由相同數字組成。

142857×2 ＝ 285714

142857×3 ＝ 428571

142857×4 ＝ 571428

142857×5 ＝ 714285

142857×6 ＝ 857142

不過 142857 × 7 = 999999。

◆梅森數、梅森質數（第八、九章）

能寫成 $2^n - 1$ 的數，稱做梅森數，也就是比 2 的連乘結果小 1 的數。梅森數中的質數，就稱做梅森質數，例如 3, 7, 31, 127, 8191 等。

設 p 為質數，已知當 $2^p - 1$ 為梅森質數時，$2^{p-1}(2^p - 1)$ 會是完全數。所以會用梅森質數來尋找完全數。

3, 7, 31, 127 等較小的梅森質數在本書中被稱做「寶珠」，524287 等較大的梅森質數則稱做不老神之數。

◆畢達哥拉斯質數（第九章）

4n＋1 的意思是某個數 n 的 4 倍加上 1，可寫成 4n + 1 的質數有無限多個。這樣的質數也稱做畢達哥拉斯質數。畢達哥拉斯質數皆可寫成兩個平方數的和，即某兩數 a、b 的平方和 $a^2 + b^2$（相對地，如果 $a^2 + b^2$ 是 2 以外的質數，這個質數必為畢達哥拉斯質數）。

舉例來說，5 是一個畢達哥拉斯質數，可寫成 $4 \times 1 + 1$，而 5 是 1^2 與 2^2 的和。其他例子列舉如下。

$$13 = 4 \times 3 + 1 = 2^2 + 3^2$$
$$17 = 4 \times 4 + 1 = 1^2 + 4^2$$
$$29 = 4 \times 7 + 1 = 2^2 + 5^2$$

本書中，命運數的「刃」就是畢達哥拉斯質數。

◆盧卡數列（第十章）

盧卡數列與費波那契數列類似，每一項都是前兩項的和。不過費波那契數列的第一項與第二項皆為 1，盧卡數列的第二項卻是 3（另一種定義方式中，定義第一項是 2、第二項是 1，接著依序為 3, 4, 7, 11, ⋯⋯）。

1, 3, 4, 7, 11, 18, 29, 47, 76, 123,...

盧卡數列與費波那契數列有許多共通性質。本作中與費波那草類似的盧卡草，就是源自盧卡數列。

◆考拉州猜想（第十二章）

對於任何數進行以下操作

1) 如果是偶數的話，除以 2

2) 如果是奇數的話，乘以 3 加 1

如此反覆操作，最後必定會得到 1，這就是考拉州猜想，是一個未解決的問題。雖然目前還沒證明這個猜想對於所有數都成立，但已知許多很大的數都符合這個猜想。

本作的「命運數泡沫化」，以及由妖精王加底管理的「考拉州過程」，皆源自考拉州猜想。

後記

　　我還記得兩年前，東京書籍株式會社的大原麻實小姐首次邀請我寫「一本以程式設計為主題的故事」。後來，我把之前的作品重寫過一遍，在 2018 年的夏天出版了《電腦誕生的奇幻旅程》一書，希望以此做為參考資料。但要依照最初的提案，寫出一個「故事」，還需要一些時間才行。在 2016 年，由東京大學出版會出版的《精靈之箱 圍繞著圖靈機的冒險》一書中，我竭盡全力寫出了一篇「以程式設計為主題的故事」，並感覺到，如果要以程式設計或電腦做為題材，建構出一個有魅力的世界的話，設定上會變得很繁雜。那時我一直想不到好的設定。經過很長一段時間的嘗試錯誤，終於決定了以下兩個方向，整個作品的輪廓才逐漸浮現出來。

　　首先是用「白雪公主的魔鏡」之類的道具來暗喻電腦。幾乎每個人都知道白雪公主的故事。邪惡的王妃詢問魔鏡，魔鏡再給出答案。這個情節相當有名，不需多做說明，讀者應該也能馬上接受這個設定。而且既然是以「白雪公主」為模仿對象，各個登場人物的性格、世界觀、故事的風格也就能定下來。

　　另一個重點則是不要用其他東西來暗喻「數」，而是讓「數」

以原本的樣子在故事中登場，讓電腦直接處理「數」。我研究了一些與數有關的主題，發現有趣的主題相當多，很適合做為核心建構出故事，大原小姐也贊成我的想法。雖然從這些概念編織出實際的故事，並不是件容易的事，但總算還是把它寫完了。這應該是因為大原小姐時常給我鼓勵與建議，「數」本身也有著深不可測的魅力吧。

這次我學到了許多與「數」有關的知識，許多知識是我首次聽聞。在寫故事的期間，常擔心自己是否理解正確，說明方式是否恰當。多虧御茶水女子大學的淺井健一老師、開成中學的松野陽一郎老師的校閱，指出許多錯誤，並在數學內容的說明上給了許多建議。兩位老師也對故事架構提出許多寶貴意見，我在修改時獲益良多。本書若有任何不正確的內容或理解上的錯誤，皆為筆者責任。

另外，感謝插畫家 Kaitan 老師繪製美麗的封面插圖。飄浮在藍色空間中的《大書》十分壯麗，這種壓倒性的魄力，讓我再次感受到繪畫的厲害。感謝設計師澤田香織小姐（Toshiki Fabre 有限公司）為本書打造出奇幻、迷人的風格，在製作《電腦誕生的奇幻旅程》一書時也受她照顧。負責校對的佐藤寬子小姐指出許多不足之處，是完成本書時的重要參考，十分感謝她的幫忙。

數論常被稱做數學的女王。本書提到的內容只是其中一小部分，甚至可以說只是皮毛而已。如果拿起本書的您，能夠喜歡娜婕等人的冒險故事，感受到數學世界的魅力，那就太棒了。

2019 年 5 月 川添愛

参考文献

1. アレックス・ベロス（著）、水谷淳（訳）『どんな数にも物語がある　驚きと発見の数学』SBクリエイティブ、2015年
2. アンダーウッド・ダッドリー（著）、森夏樹（訳）『数秘術大全』青土社、2010年
3. 上羽陽子（監修）、国立民俗学博物館（協力）『世界のかわいい民族衣装』誠文堂新光社、2013年
4. シーラ・ペイン（著）、福井正子（訳）『世界お守り・魔除け文化図鑑』柊風社、2006年
5. 塩野七生『ルネサンスの女たち』新潮社、2012年
6. 清水健一『大学入試問題で語る数論の世界』講談社、2011年
7. ジョン・キング（著）、好田順治（訳）『数秘術　数の神秘と魅惑』青土社、1998年
8. 誠文堂新光社（編）『世界のかわいい刺繍』誠文堂新光社、2014年
9. 芹沢正三『数論入門』講談社、2008年
10. チェーザレ・ヴィッチェリオ（著）、加藤なおみ（訳）『西洋ルネッサンスのファッションと生活』柏書房、2004年
11. David Wells（著）、伊知地宏（監訳）、さかいなおみ（訳）『プライムナンバーズ　魅惑的で楽しい素数の事典』オライリージャパン、2008年
12. デリック・ニーダーマン（著）、榛葉豊（訳）『数字マニアック』化学同人、2014年
13. 中沢洽樹（訳）『旧約聖書』中央公論新社、2004年
14. ハンス・マグヌス・エンツェンスベルガー（著）、丘沢静也（訳）『数の悪魔　算数・数学が楽しくなる12夜』晶文社、2000年
15. 文化学園服飾博物館（編）『世界の絣』文化学園服飾博物館、2011年
16. 文化学園服飾博物館（編）『紋織りの美と技　絹の都リヨンへ』文化学園服飾博物館、1994年
17. 苗族刺繍博物館（編）『ミャオ族の刺繍とデザイン』大福書林、2016年
18. ミランダ・ブルース=ミッドフォード（著）、小林頼子、望月典子（訳）『サイン・シンボル大図鑑』三省堂、2010年
19. 由水常雄『香水瓶　古代からアール・デコ、モードの時代まで』二玄社、1995年
20. ラリー・ローゼンバーグ（著）、井上ウィマラ（訳）『呼吸による癒やし』春秋社、2001年

國家圖書館出版品預行編目 (CIP) 資料

數之女王 / 川添愛作；陳朕疆翻譯. — 第一版.
—新北市：人人出版股份有限公司 , 2021.07
　面；　公分 . — (人人書架 ; 20)
譯自：数の女王

ISBN 978–986–461–250–5(平裝)

861.57　　　　　　　　　　110008541

【人人書架 20】

數之女王

作者／川添愛

編輯顧問／吳家恆

翻譯／陳朕疆

編輯／林庭安

發行人／周元白

出版者／人人出版股份有限公司

地址／ 231028 新北市新店區寶橋路 235 巷 6 弄 6 號 7 樓

電話／ (02)2918–3366（代表號）

傳真／ (02)2914–0000

網址／ www.jjp.com.tw

郵政劃撥帳號／ 16402311 人人出版股份有限公司

製版印刷／長城製版印刷股份有限公司

電話／ (02)2918–3366（代表號）

經銷商／聯合發行股份有限公司

電話／ (02)2917–8022

第一版第一刷／ 2021 年 7 月

定價／新台幣 380 元

　　　港幣 127 元